Il n'y a pas de vie heureuse
mais seulement des moments heureux.

GRACE KELLY, PRINCESSE DE MONACO

Mes rêves piégés

Jacqueline Geoffroy Larocque

Mes rêves piégés

— ROMAN —

L'auteur tient à remercier le Conseil des arts et des lettres du Québec de son appui financier pour l'écriture de ce roman.

www.quebecloisirs.com

UNE ÉDITION DU CLUB QUÉBEC LOISIRS INC.
© Avec l'autorisation de Flammarion Québec
© 2008, Flammarion Québec
Dépôt légal – Bibliothèque et Archives nationales du Québec, 2008
ISBN Q.L. : 978-2-89430-867-7
(Publié précédemment sous ISBN 978-2-89077-338-7)

Imprimé au Canada par Friesens

Quand tes yeux de mohair
Plongent dans les miens
Si semblables aux tiens
Je reconnais le regard tendre de ton père
Confiant et doux comme du velours
Ne serait-ce que pour cela Justine
Je sais que je t'aimerai toujours

GRAND-MAMAN JACQUELINE

1

Il était exactement seize heures vingt quand je descendis du train en provenance de Québec. Je venais de passer un long et plaisant week-end chez ma meilleure amie. Le soleil printanier caressait mes bras nus. Je serrais très fort contre moi le sac à main qui contenait la clé de ma liberté tant convoitée. Si tout allait comme je l'avais planifié, dans très peu de temps, je serais débarrassée pour toujours de Jean-Marie, mon « cher » époux.

À la pensée de la délivrance toute proche, l'ombre d'un soulagement allégea l'anxiété qui voulait encore m'étouffer. Tirant ma valise à roulettes, je m'engageai dans le passage piétonnier et, peu à peu, mon cœur se détendit pour mieux se remplir de fierté face à l'élégant bistro *Délices au coin du feu* que j'avais vendu il n'y avait pas si longtemps. Camillio, le nouveau propriétaire, me fit joyeusement un signe de la main et je pus goûter tranquillement les senteurs qui émanaient des commerces de la rue principale. Ma rue.

J'y habitais depuis l'année de mon mariage, presque quarante ans. Cette section de rue faisait partie de mon quotidien. Dès les premiers jours, j'avais pris plaisir à longer ces boutiques chaleureuses qui sollicitaient agréablement tous mes sens. Je fermai les yeux quand je passai devant la boulangerie, pour mieux respirer l'odeur de pain chaud. À peine quelques pas plus loin, je laissai mon regard gober les chocolats bien alignés dans la vitrine de madame Laprade et, en pensée, je léchai une cuillère des confitures maison disposées çà et là parmi les sucreries. Puis j'entendis un air latino-américain s'échapper du magasin d'import-export, musique envoûtante, toujours un peu surréaliste avec ses sons langoureux accompagnés d'une odeur d'encens ou d'huile essentielle selon l'humeur de la propriétaire. À cette étape de mon trajet, j'amorçai la descente d'une petite côte d'où je pouvais voir la borne-fontaine en face de ma maison.

Ce jour-là, le rouge des gyrophares d'une auto de police stationnée devant chez moi attira mon attention. Je pressai le pas. Qu'avait encore fait Jean-Philippe ?

Jean-Philippe, c'est mon petit-fils: seize ans, les cheveux droits sur la tête comme s'il se coiffait avec un pétard, plus petit que les gars de son âge mais arrogant comme pas un, il habite avec son père et ses deux demi-frères une semaine sur deux. Comme Junior demeure encore chez nous, et malgré ce qu'en disent les papiers officiels de la cour, c'est moi qui ai hérité de la garde partagée avec ses ex. En ce qui concerne Jean-Philippe, quand ce n'est pas le directeur de l'école qui m'appelle pour que j'aille le chercher parce qu'il est suspendu, c'est soit un marchand chez qui il vient de voler, soit les policiers qui l'ont trouvé dans le parc à faire des mauvais coups avec ses amis aussi drogués que lui.

— Madame Brunelle?

— Oui, que se passe-t-il?

—Vous êtes l'épouse de monsieur Jean-Marie Brunelle?

— Oui.

—Votre mari a eu un accident, madame.

— Un accident de voiture?

— Non. Il vous faudra être courageuse, madame Brunelle, et pardonnez-moi pour ce que je vais vous dire, mais j'ai le pénible devoir de vous annoncer que nous avons retrouvé le corps sans vie de votre mari dans une chambre d'hôtel.

Pendant que le policier me parlait, je savourais ces paroles que j'avais espérées bien des fois. Puis, je me dis que je rêvais les yeux grands ouverts, comme j'en avais pris l'habitude depuis des années. Mais il n'en était rien. Les deux policiers devant moi étaient bien réels et avaient l'air de guetter ma réaction. Bouleversée de surprise, et non de désespoir, j'essayais de rassembler mes idées pour me composer un visage de circonstance.

— Expliquez-moi la chambre d'hôtel, s'il vous plaît.

— D'après nos premières constatations, votre mari se serait suicidé.

— Suicidé, Jean-Marie? Impossible! Jamais Jean-Marie n'aurait fait une chose pareille.

Et je pensai: «Il s'aimait beaucoup trop pour commettre un tel geste. Il contrôlait parfaitement sa vie et surtout celle des autres. C'était encore pire depuis février, alors qu'il avait pris une presque retraite. Il gérait nos vies comme un général mène son armée et y prenait un malin plaisir. Jean-Marie était un emmerdeur, pas un suicidaire.»

Le policier me toucha le bras: «Pouvez-vous nous accompagner à la morgue?»

Mon estomac se contracta. Tout à coup, j'eus peur. De quoi? Je ne sais pas. Une peur viscérale s'installa en moi et me donna des frissons d'horreur. Qu'est-ce qui m'arrivait? Je devais répondre, mais j'en étais incapable. Je fis un signe de la tête et je montai sur le siège arrière de l'auto-patrouille.

— Comment mon mari s'est-il suicidé?

— Il s'est tiré une balle dans la tête.

— Avec quelle arme?

— À première vue, un revolver de calibre 22, mais pour en être absolument certain, il faudra attendre les tests balistiques.

Avant que le policier n'ait terminé sa réponse, mon esprit se focalisa sur mon minuscule revolver. J'avais fait cette acquisition, il y avait au moins trente ans, sur la recommandation d'André, mon patron et ami, alors que j'avais la responsabilité des dépôts bancaires. Je l'avais trouvé chez l'antiquaire du coin. C'était une arme d'une facture spéciale, fabriquée en 1859 par un armurier de Toronto. Petit et léger au creux de ma paume avec sa crosse de nacre sculptée, il ressemblait plus à un bijou qu'à un objet meurtrier. Heureusement, je n'avais jamais eu besoin de m'en servir. Mais j'étais quand même en règle. J'avais suivi des cours de tir et, par suite de cela, les autorités policières m'avaient délivré un permis de port d'arme.

Combien de fois, dans les pires moments de ma souffrance ou de ma colère, avais-je rêvé de m'en servir pour tuer Jean-Marie? Je ne saurais le dire. Mais ce n'était qu'un fantasme. On ne pouvait pas me punir pour les idées que j'avais eues.

Non pas que Jean-Marie fût un homme violent. Non, il était bien trop intelligent pour s'abaisser à me battre. Il excellait plutôt dans l'art de me détruire. Dénigrement, humiliation et condescendance étaient mon lot presque quotidien. Tout cela me donnait souvent envie de le tuer avant qu'il n'ait ma peau. Alors, pour me défouler, seule dans ma chambre, je m'entraînais avec un pistolet à eau à imiter James Bond. J'installais la photo de finissant de Jean-Marie dans le premier tiroir ouvert de son semainier, de façon à ce que sa tête arrive juste à la bonne hauteur, puis je lui tournais le dos, je sortais précipitamment le pistolet de sous mon aisselle en me retournant d'un mouvement brusque, visais et arrosais Jean-Marie entre les deux yeux. J'ai rarement manqué ma cible. Une vraie tireuse d'élite! Donc, la photo de Jean-Marie était toujours très propre... jamais la moindre poussière, comme nulle part dans la maison d'ailleurs.

Où était-il, mon revolver, à ce moment précis? Il devait se trouver dans le haut de ma penderie, bien caché dans son écrin, dans une vieille boîte à chaussures.

Arrivée à destination, j'étais anéantie. Durant le trajet, les policiers m'avaient raconté que Jean-Marie n'était pas seul dans cette chambre d'hôtel. On y avait aussi retrouvé le corps d'une jeune femme attachée nue sur le lit avec un sac de plastique sur la tête. On soupçonnait Jean-Marie d'être allé trop loin, probablement par mégarde, dans ses jeux sexuels et, pris de panique, de s'être enlevé la vie.

Comme une somnambule, je me suis assise là où l'on m'a dit de m'asseoir et j'ai regardé le store à lamelles verticales fermé sur une fenêtre intérieure. Une policière m'a parlé doucement et m'a demandé de lui dire quand je serais prête. Quand elle a tiré sur la chaînette pour ouvrir le store, je me suis vue me lever dans le reflet de la vitre puis mon regard s'est posé sur Jean-Marie. Contrairement à son habitude, ses cheveux étaient rejetés vers l'arrière. Même si ses yeux étaient fermés, j'avais l'impression que, derrière ses paupières closes, il me scrutait comme un scanner. Son teint était gris et il ne respirait pas. La ligne de sa bouche, même dans la mort, portait encore la trace de sa dureté et de son ironie cynique. Puis, j'ai remarqué une blessure à peine perceptible sur sa tempe gauche. On m'a offert un verre d'eau que j'ai accepté. On a refermé le store.

Après, j'ai osé demander qui était «l'autre». À ce moment, personne n'avait encore pu l'identifier. À part ses vêtements, aucun effet personnel n'avait été retrouvé dans la chambre. J'ai demandé à la voir. Peut-être que je la connaissais. On m'a laissée là afin de consulter les supérieurs. Le temps s'est arrêté, l'éternité a passé. De nouveau la policière a ouvert le store et je me suis regardée encore une fois me lever, mais je ne me suis pas vue tomber.

De l'autre côté de la vitre, la jeune morte sur la civière était ma fille Malory.

2

Les policiers quittèrent ma maison vers vingt-trois heures ce soir-là. Ils avaient tout passé au peigne fin. Après nous avoir interrogés chacun notre tour et fureté partout, ils partirent en emportant des tonnes de boîtes contenant tous les papiers du bureau et du classeur de Jean-Marie ainsi que son ordinateur. L'inspecteur-chef, me voyant décontenancée devant cet envahissement subit, m'expliqua que les soixante-douze premières heures suivant un crime étaient cruciales pour la réussite d'une enquête. Toute l'équipe devait profiter de ce court laps de temps pour trouver le dénominateur commun pendant que les indices et la mémoire visuelle des gens étaient encore intacts.

J'allais me mettre au lit quand, tout à coup, je pensai à mon revolver. Je courus à ma penderie, sortis la vieille boîte à chaussures et mes yeux se posèrent avec soulagement sur l'antique coffret de bois sculpté qui lui servait d'écrin. Je l'ouvris. Le moule de velours rose était vide. Je fixai la cavité comme j'avais fixé, incrédule, quelques heures auparavant, la tempe gauche de Jean-Marie. Mes pensées s'entrechoquaient et s'éparpillaient.

Un grand frisson longea mon échine. Épuisée, je m'installai comme d'habitude dans mon lit avec un livre, la lampe de chevet et le téléviseur allumés. Sa Majesté ne viendrait pas se coucher en éteignant tout, d'un clic autoritaire, interrompant sans gêne ma lecture ou l'émission en cours. Ce soir, le roi de la froideur reposait dans un tiroir aussi froid que lui, avec une étiquette attachée au bout de son gros orteil à l'ongle jaune brunâtre, côte à côte avec son enfant préférée.

J'avais déjà imaginé ma première nuit de liberté parce que, au plus profond de moi, j'espérais être veuve avant lui. J'étais certaine que ce serait l'allégresse totale.

Je m'étais trompée. J'avais le cœur en bouillie et ma tête voulait éclater. Il fallait que je réfléchisse, que je trouve qui était l'assassin de mon mari et de ma fille.

Lorsque je réussis à m'assoupir, un grotesque cauchemar, peuplé des suspects potentiels, vint hanter mon sommeil. Il allait m'habiter jusqu'à ce que l'affaire soit résolue, comme si c'était moi qui détenais la clé de l'énigme.

Nous étions dans une espèce de donjon. Les murs, immensément hauts, étaient faits de pierres suintantes. Il n'y avait pas d'escalier et toutes les embrasures donnaient sur un couloir sans issue. Jean-Marie, revêtu de l'uniforme SS, ressemblait étrangement à Hitler. J'étais debout, face à lui, sur un immense tas de fumier. Il me regardait d'un air méchant en me disant, les dents serrées : «Tu ne me quitteras jamais!» Je sentais son souffle sur ma figure. En arrière-plan, Jasmine, ma copine d'enfance, riait à gorge déployée.

Dans le reflet d'un miroir, je voyais du sang s'écouler, tel d'un robinet, de la blessure de Jean-Marie. D'en bas, ses deux anciens associés tendaient leurs coupes de champagne vers cette fontaine pour les remplir. Tout éclaboussés du liquide visqueux, ils trinquaient en se donnant de grandes tapes dans le dos.

Près d'eux se tenait Junior, un verre à la main, la face criblée de trous de beignes. Il tenait en laisse son chien Minuit, un labrador noir imaginaire, qui lui léchait le visage à grands coups de langue.

Puis arrivait, avec sa démarche de poids lourd, le pédophile. Immonde avec sa casquette crasseuse et ses dents en touches de piano. Il souriait en montrant à Jean-Marie notre petit-fils Jean-Philippe qu'il tenait à bout de bras, par la peau du cou, comme un chasseur qui vient de lever son gibier après l'avoir pris au collet. C'était horrible!

Au milieu d'une immense table couverte de pâtisseries et autour de laquelle étaient assis les sept frères de Jasmine, se tenait Igor, l'amoureux de ma jeune sœur. Il était vêtu d'un habit de prisonnier, comme dans le jeu de Monopoly. Avec une batte de baseball, il essayait d'attraper une chauve-souris à tête orangée pendant que ma sœur Alison courait se cacher sous la table en criant.

Puis, dans un bruit assourdissant de battements d'ailes, la bestiole se dirigeait tout droit vers moi. Du haut de mon perchoir nauséabond, je reconnaissais Malory. Elle crachait sur moi et le feu embrasait mes vêtements.

Je me réveillai en sueur, tapant sur ma couverture afin d'éteindre des flammes irréelles. C'était hallucinant !

L'aube se leva et, dans la chambre voisine, j'entendis pleurer Junior. La veille, sans trop d'explications, il était allé reconduire ses trois fils chez leurs mères respectives. Mon grand garçon de trente-neuf ans se lamentait comme un enfant blessé. Blessé, Junior l'avait été toute sa vie. Désespérément et par tous les moyens, il avait essayé de plaire à son père, en vain. Toute sa vie, Jean-Marie s'était obstiné à lui prouver qu'il n'était pas le fils qu'il avait souhaité. Junior n'avait jamais réussi à se hisser au niveau où son père l'attendait et ce dernier n'avait jamais perdu une occasion de le lui reprocher.

Dans la chambre d'en face, Martin, le conjoint de Malory, pleurait lui aussi, inconsolable de la perte qu'il venait de subir. Incapable de retourner chez lui pour affronter une maison où Malory ne reviendrait jamais plus, il avait donné ses clés aux détectives et avait préféré coucher chez nous. Il s'était enfermé dans la chambre de ma fille, restée intacte depuis son départ, entouré des souvenirs de jeunesse de celle-ci. Comme Junior et moi, il devait chercher à comprendre l'incompréhensible.

J'ai toujours beaucoup aimé Martin, le compagnon de vie de Malory. Quand celle-ci m'avait annoncé qu'ils allaient vivre ensemble, je n'avais pas donné un an à cette union. C'était sans compter sur l'amour indéfectible de Martin pour Malory. Dès qu'il avait posé les yeux sur ma fille, il en était tombé follement amoureux. Martin n'avait jamais connu ses parents. À sa naissance, il avait été placé en foyer d'accueil, et sa vie ensuite n'avait été que changements de famille.

Pour lui, Malory était un don de Dieu. Il l'avait suivie durant toutes ces années, comme les Mages avaient suivi l'étoile de Bethléem. C'est vrai que, quand Malory décidait de s'en donner la peine, elle pouvait être charmante. Je la soupçonne d'avoir jeté son dévolu sur Martin parce qu'elle le savait prêt à tout pour elle. Instinctivement, elle devinait les êtres qu'elle pouvait manipuler à souhait. Et Martin ne se rebella jamais. Il acceptait docilement tout ce qui venait de sa compagne, content de son sort et toujours émerveillé qu'elle l'ait choisi, lui, alors que tant de garçons lui tournaient autour.

Même si Malory aimait son père d'une façon démesurée, Martin pensait comme moi. Jamais il n'avait perçu rien de déplacé, d'impur ni même de tendancieux entre eux.

Quand j'ai mis le pied dehors pour prendre le journal, une dizaine de micros voraces m'attendaient afin de recueillir mes premières réactions. J'ai même dû repousser violemment une journaliste, plus hardie que les autres, qui essayait d'entrer chez moi pour avoir en primeur mes impressions sur cette « sale affaire ». J'ai verrouillé la porte et omis d'ouvrir les rideaux. Naturellement, c'était à la une du quotidien. Avec des détails scabreux, on dépeignait Jean-Marie comme un père incestueux qui avait des relations sexuelles anormales avec sa fille. D'après l'hôtelier interrogé par les journalistes, cela durait depuis quelques années.

Même chose quand j'ai ouvert le téléviseur. Toutes les chaînes ne parlaient que de cette histoire perverse, d'un père monstrueux, d'une fille soumise et violentée. La honte et le scandale s'abattaient soudainement sur notre famille comme un orage en été.

Pour le moment, et pour combien de temps encore, il m'était impossible de mettre le nez dehors ou de recevoir qui que ce soit. Par chance, j'avais l'afficheur téléphonique. Je pouvais aisément filtrer mes appels et répondre ainsi seulement aux personnes que je voulais entendre.

J'étais dévastée mais lucide. Je savais, moi, Rachel Cardinal, que mon défunt mari n'était pas et n'avait jamais été un père incestueux. J'étais tellement aux aguets de ses moindres gestes ; j'avais les yeux trop ouverts, jamais je n'aurais laissé passer un comportement aussi inacceptable. Alors que s'était-il produit ? Il fallait trouver, et vite, des explications plausibles et rétablir la vérité. D'ailleurs Jean-Marie était droitier. S'il s'était suicidé, pourquoi se serait-il tiré dans la tempe gauche ?

Je me sentais seule et dépassée par les événements.

À huit heures, je vis arriver chez moi, en direct sur mon téléviseur, Alicia et Simon. Ils affrontèrent bravement la meute de journalistes et tout le cirque médiatique stationné sur mon gazon. Ils repoussèrent poliment mais fermement micros et caméras et coururent pour atteindre ma porte. Je l'attendais, ma fille bien-aimée. Je lui avais parlé pendant des heures au téléphone la veille. La chaleur de ses bras me réconforterait de toute cette inquiétude. Maintenant qu'elle était là, je me sentais rassurée. Je savais qu'elle et son mari m'épauleraient pour toutes ces choses à régler dans les jours suivants.

Leurs enfants, Charles et Victoire, étaient en lieu sûr chez les parents de Simon. Quant à mes belles-sœurs, pas un mot. Elles étaient sûrement rivées à leur téléviseur, incrédules et mortes de honte. En ce qui concerne feus les beaux-parents, ils faisaient probablement la toupie dans leurs tombes.

En attendant, il nous fallait, les enfants et moi, nous rendre chez le directeur des funérailles. C'est assez particulier de devoir choisir deux tombes le même jour. La vue de tous ces cercueils dans le sous-sol de la maison funéraire m'a vraiment secouée. À mesure que nous les regardions, le commis nous indiquait les prix pour les différentes sortes de bois ou de métal, les choix disponibles pour la couleur du satin et les services afférents. C'était démentiel !

Junior, dans un élan de regret pour son défunt père, voulait absolument un cercueil en acier. Il fut très impressionné quand on nous expliqua que ce genre de cercueil se fermait hermétiquement à l'aide d'une clé et que la même clé servait à verrouiller la fausse tombe dans laquelle on insérait le cercueil au cimetière. Ce sont les porteurs qui nous la remettraient après avoir jeté leurs gants par-dessus la tombe avant de la recouvrir de terre. J'en eus des frissons et encore plus quand on me dit le prix. C'était exorbitant. Pour ma part, je trouvais que la fausse tombe avait l'air d'une immense boîte aux lettres et qu'il était totalement inutile de fermer le tout à clé. Jean-Marie était mort et il ne reviendrait pas, clé ou pas.

Junior grimaça lorsque je lui fis remarquer qu'il avait des goûts trop onéreux pour mes moyens. Il insista en se mouchant bruyamment et en disant que son père lui avait toujours acheté ce qu'il y avait de mieux. J'étais sur le point de répondre quand Alicia vint à ma rescousse :

— Fred, tu te trompes (Alicia a toujours appelé son grand frère de ce prénom), tout ce que nous avons eu lorsque nous étions jeunes, c'est maman qui l'a payé.

Comment ma cadette savait-elle cela ? Je n'en avais jamais parlé à personne. Au contraire, chaque fois que j'offrais un cadeau à l'un de mes enfants, je prenais soin de l'offrir au nom « de papa et maman », même si Jean-Marie n'y avait jamais mis le moindre sou. Et, pour éviter les questions embarrassantes, quand ils eurent grandi, à Noël, je m'achetais un cadeau que je déposais au pied de l'arbre afin que personne ne se rende compte que j'avais encore été oubliée.

Je choisis donc moi-même la tombe de Jean-Marie. J'optai pour un cercueil pas trop cher et fis inclure dans le prix le salaire des six porteurs en leur permettant de garder leurs gants.

Puis il fallut en trouver un pour ma fille. Martin ne se contenait plus. Il pleurait à chaudes larmes et je dois dire que, même si je ne m'entendais pas du tout avec Malory, j'avais de la peine que sa vie se soit terminée d'une façon aussi tragique.

Je pensais qu'après avoir rempli toutes les formalités, c'en serait terminé du salon funéraire, mais il fallait y retourner le lendemain afin de porter des vêtements pour les dépouilles. Martin, d'un air implorant, me demanda de faire cela avec lui. Or je me sentais incapable de fouiller dans la garde-robe de Malory. Gentiment, pour m'épargner et pour soulager Martin, Alicia se proposa afin d'aller quérir l'ensemble turquoise de Malory.

Je reconnaissais bien ma cadette, toujours attentive aux autres et prête à aider. J'étais vraiment privilégiée d'avoir une enfant aussi aimante et attentionnée envers moi. Il ne fallait pas qu'elle apprenne jamais que je ne l'avais pas voulue et qu'elle avait été à un battement de cœur que je me fasse avorter. Aujourd'hui, cette pensée me fait horreur car, sans Alicia, je n'aurais jamais connu l'amour véritable qu'il peut exister entre une mère et sa fille.

Cet après-midi-là, les enquêteurs nous convoquèrent au poste de police. Cela faisait déjà plus de vingt-quatre heures qu'ils avaient découvert les corps. L'autopsie de Malory était terminée. Il semblait évident, à ce stade de l'enquête, que ma fille avait eu, juste avant de mourir, une vigoureuse relation sexuelle vaginale qui lui avait causé des meurtrissures. En l'absence de sperme, les experts avaient conclu qu'elle s'était protégée. Et la présence d'une abondante lubrification avant sa mort suggérait qu'il y avait eu consentement et non viol.

De plus, le pathologiste avait remarqué sur ses fesses une éruption de petits points : ce qui laissait croire que quelqu'un l'avait battue avec une raquette de tennis de table.

Et puis à quoi servait cette collection de costumes trouvée dans la penderie de son bureau à la boutique dont elle était la propriétaire ? Il y avait une multitude d'habits de collégienne, des robes de poupée grandeur adulte, des rubans, souliers et bas courts assortis, des biberons et des culottes avec des volants d'organdi ou de dentelle. Quelles explications avions-nous à donner à cela?

Nous nous regardions, les enfants, Martin et moi, bouche bée. Nous n'avions jamais vu Malory porter ce genre de vêtements. Au contraire, depuis qu'elle avait sa propre boutique, elle avait plutôt adopté le style classique des femmes d'affaires BCBG avec bijoux assortis. D'ailleurs, Malory adorait les bijoux.

Pendant que les policiers emmenaient Martin dans une salle à part, ils nous laissèrent ensemble pour «réfléchir» à ce que nous leur cachions. Aucun d'entre nous ne comprenait rien à rien. Accompagnés d'une policière, on nous permit de nous ravitailler dans les distributeurs et, à vingt-deux heures, nous pûmes rentrer chez nous. Martin était à ramasser à la petite cuillère. Durant tout ce temps-là, on l'avait interrogé sur ses habitudes sexuelles avec Malory. On essayait de lui faire dire qu'ensemble ils pratiquaient le sado-masochisme. Et comme il s'entêtait à réfuter ces allégations, on lui demanda de se présenter le lendemain pour le soumettre au polygraphe. Il devrait être accompagné de son avocat, pour signer sa déposition et pour subir un test d'A.D.N. Cela ne l'éliminerait pas de la liste des suspects, mais au moins les policiers sauraient qu'il disait la vérité.

Même si nous avions tous des alibis en béton pour l'heure des décès, on nous avertit de ne pas quitter la ville. On nous avait à l'œil.

Nous rentrâmes à la maison démolis par la tournure des événements. La veille, on nous traitait avec tout le respect dû à la famille éplorée que nous étions. Aujourd'hui, nous devenions des assassins potentiels. Il n'y a pas de mot pour décrire notre état d'esprit. Jamais, au grand jamais, nous n'avions pensé ou même imaginé tout ce que l'on nous avait appris sur Malory. Qui aurait pu croire qu'elle menait une double vie? Et que son père y était probablement associé?

Bien qu'épuisée, je ne dormis pas beaucoup cette nuit-là non plus. Le cauchemar en profita pour perturber mon sommeil. Peut-être que la fatigue et la peur me faisaient faire des associations d'idées pour trouver un indice. À part Malory, tous les invités de cette fête macabre avaient, au moins une fois dans leur vie, souhaité la mort de Jean-Marie. Moi la première.

Quand les enquêteurs me demandèrent si je connaissais des ennemis à mon mari, j'avançai seulement que, peut-être, l'histoire de Jean-Philippe sur Internet avec ce pédophile... Ils vérifieraient.

Quelques mois auparavant, Jean-Philippe, comme bien des jeunes de son âge, s'était mis à clavarder sur Internet et avait été invité dans un site où l'on parlait de son groupe préféré. Un certain Merlin, qui se disait un peu plus vieux que lui, se mit à lui relater ses malheurs. Il lui raconta qu'il venait de perdre un fils de son âge dans un grave accident de la route. Il regrettait amèrement, disait-il, de n'avoir pas été assez à son écoute et c'était pour cette raison qu'il s'était tant attaché à mon petit-fils. Il palliait ainsi sa négligence et cela le déculpabilisait de pouvoir parler de tout et de rien avec Jean-Philippe. Il lui envoya d'abord un CD par la poste. Puis, une photocopie des billets pour le show que Green Day devait donner à Los Angeles en août afin de clore sa tournée. Comment s'était-il procuré ces billets aussi prisés? Mystère. Cependant, il disait y avoir englouti toutes ses économies et invitait Jean-Philippe à y aller avec lui, toutes dépenses payées. C'était sa façon de demander pardon à son enfant trop tôt disparu. Il avait donné rendez-vous à Jean-Philippe dans un hôtel de la ville pour lui remettre en main propre le fameux cadeau.

Comme Jean-Marie vérifiait tous les samedis matin l'historique de l'ordinateur, il lut avec suspicion l'échange entre Merlin et Mafioso (c'est le surnom que se donnait Jean-Philippe pour clavarder dans ce club).

Jean-Marie appela les policiers, qui l'accompagnèrent à l'hôtel. Ils arrivèrent à moins une, car le Merlin, pédophile bien connu d'eux, s'apprêtait à emmener Jean-Philippe on ne sait où. Cet être abject jura, les menottes aux poings, qu'il tuerait Jean-Marie quand il sortirait de prison. Et Jean-Philippe, trop jeune et trop innocent pour se rendre compte qu'il avait été berné et qu'il l'avait échappé belle, en voulait à son grand-père de lui avoir fait manquer *le* spectacle de l'année.

Je n'ai pas parlé de mes autres soupçons aux policiers. Je sentais qu'on nous regardait avec méfiance et je n'avais pas envie d'en rajouter. Je me concentrai plutôt sur Malory et la culpabilité, ce cancer de l'âme, m'envahit... encore une fois.

Peut-être avais-je baissé les bras trop tôt devant ma fille. Après m'être rendu compte de la manipulatrice tyrannique qu'elle était, j'aurais dû persévérer à essayer de la maintenir dans le droit chemin au lieu de passer les guides de son éducation à Jean-Marie. Peut-être que... je ne savais plus.

Quand l'inspecteur en chef, François Joubert, nous apporta les résultats de l'autopsie de Jean-Marie, je lui dis combien j'étais contente que ce soit lui qu'on ait nommé pour s'occuper de l'enquête. Il était un client assidu du bistro depuis des années et nous avions développé, lui et moi, une belle relation d'amitié.

En réalité, c'était le seul policier qui nous parlait avec bienveillance. Pour le moment, tout ce qu'il pouvait nous dire était que, si ce n'était pas un suicide, Jean-Marie avait été tué à bout portant. L'arme était sans aucun doute la mienne. Mais seules ses empreintes à lui étaient dessus. Si quelqu'un y avait touché, il ou elle s'était empressé(e) de tout essuyer avant de la lui mettre dans la main gauche qui, elle, portait des traces de poudre : signe qu'il avait tiré au moins une fois.

Cela expliquait l'écrin vide dans ma penderie et aussi la poignée de balles trouvées dans ses poches. Si Jean-Marie ne les avait pas apportées pour se suicider, alors c'est qu'il avait l'intention de tuer ou de menacer quelqu'un. Voilà le raisonnement que tenait l'enquêteur.

Y avait-il d'autres pistes possibles ? On me répondit qu'on vérifiait tous les noms inscrits dans les agendas de Jean-Marie et de Malory. Ça pouvait être long, mais l'enquête suivait son cours. Discrètement, juste avant de fermer la porte, François Joubert me chuchota qu'on avait vérifié l'alibi du pédophile : il était toujours en prison au moment du drame. En attendant, nous avions la permission de disposer des dépouilles.

Si Jean-Marie et ma fille l'avaient entendu! Le pauvre se serait sûrement fait écorcher vif! Personne sur cette terre n'avait jamais disposé d'eux. Pour la première fois de ma vie, après avoir consulté Martin et les enfants, je décidai du sort de mon mari et de ma fille. Je choisis de les faire exposer l'avant-midi du mardi suivant, une semaine après le drame. Les funérailles auraient lieu l'après-midi même. Je voulais éviter ainsi la foule des curieux qui, forcément, seraient au travail.

Ce soir-là, curieusement, le pédophile disparut de mon cauchemar. C'est ce qui me donna l'idée de dresser minutieusement une liste de tous les acteurs et éléments rattachés aux meurtres. Je devais me concentrer, même si je n'avais aucune envie de ressasser mes souvenirs, afin de comprendre ce qui s'était réellement passé. Je mènerais ma propre enquête en faisant défiler dans ma tête le film de ma vie.

Persuadée que c'était mon devoir, je m'investis moi-même de la mission de laver le nom des Brunelle avant de cesser de le porter.

3

A près une semaine éprouvante qui n'en finissait plus, le directeur du salon funéraire invita la famille immédiate à se présenter une heure avant le public. Je m'y rendis avec mes enfants en oubliant intentionnellement les autres.

J'étais passablement épuisée car, la veille, les détectives nous avaient encore convoqués. Tout l'après-midi, d'interminables questions nous avaient été posées sur les fréquentations de Malory, sur sa relation avec son père, leurs amis, leurs habitudes. Les policiers cherchaient des indices pouvant les mener à une autre conclusion que l'homicide suivi d'un suicide. Ils nous interrogèrent sur la possibilité que mon mari et ma fille aient eu des ennemis communs. La thèse selon laquelle quelqu'un leur en aurait voulu assez pour les tuer était saugrenue, mais pas complètement rejetée. En sortant du poste de police, je rencontrai François Joubert. Il me confia que les anciens associés de Jean-Marie étaient hors de cause. L'un était décédé et l'autre, paralysé, habitait une maison pour personnes âgées. Mentalement, je les rayai de ma liste. Ce fut leur tour, cette nuit-là, d'être absents de mon cauchemar.

Les cercueils étaient disposés en L, avec des prie-Dieu de chaque côté.

Ce fut tout un choc de voir ma fille couchée là, sur du velours de la même teinte que mon écrin vide, dans un cercueil blanc orné de roses roses. On aurait dit un cercueil d'enfant. D'ailleurs, Malory avait un corps d'enfant. Toute menue, avec son air angélique, elle était aussi adorable qu'à sa naissance. « Que t'est-il arrivé? Qu'a-t-il bien pu se passer pour que tu sois là? Où nous sommes-nous irrémédiablement perdues toutes les deux? » La culpabilité de ne pas avoir tout essayé pour me rapprocher d'elle me frappa en plein cœur. Tout à coup, l'odeur des fleurs coupées me fit vaciller. Junior me soutint et me guida vers l'autre cercueil.

Jean-Marie montrait son profil droit, comme je l'avais demandé. Je ne voulais pas que les gens s'acharnent, par curiosité, à essayer de voir la blessure. Je le regardais sans trop vouloir le regarder. Pour son âge, il était encore séduisant. Mes yeux s'attardèrent sur ses mains jointes et je me mis à fixer son index, ce long doigt tordu par toutes ces années à appuyer sur un crayon pour contrôler des chiffres et des humains. En mon for intérieur, je l'appelais le doigt de Dieu, légué par son père, le doigt qui faisait la Loi. Je me surpris à guetter le moment où il se redresserait, tellement j'étais habituée à voir Jean-Marie, tel un dictateur, le tenir en l'air quand il nous parlait. Après un long moment d'observation (je confesse cette réflexion peu orthodoxe en la circonstance), j'ai pensé que l'embaumeur avait dû le lui casser pour le faire tenir plié dans la même position que ses autres doigts et, sinon, j'espérais qu'il avait utilisé une colle extra-forte pour le maintenir immobile.

J'imaginais la frousse que nous aurions tous si, tout à coup, comme mû par l'habitude, son index se relevait pour se pointer vers nous… Je me couvris la figure de mon mouchoir de dentelle pour cacher mon envie de rire. «Fini de t'obéir au doigt et à l'œil, Bwouana.» C'était probablement ma façon à moi de me libérer de l'extrême nervosité et de l'inquiétude qui m'envahissaient. C'est à ce moment-là que finit mon deuil et que commença mon veuvage.

Je m'assis et fermai les yeux pendant un moment. Bientôt les belles-sœurs arriveraient. Je pouvais prédire exactement comment elles se comporteraient.

D'abord, elles porteraient toutes leurs tailleurs gris ou noirs avec leurs éternelles blouses blanches en crêpe de Chine. Leurs maris, eux, auraient endossé leurs blazers bleu marine, pantalons gris, chemises blanches; seules les cravates différeraient, mais resteraient dans les mêmes tons, c'est-à-dire très neutres. Le mari de Mariette aurait encore les épaules enneigées par ses pellicules et j'en serais, une fois de plus, dégoûtée. Ensemble, maris et femmes débarqueraient au salon funéraire, côte à côte, sans se tenir la main. Mes belles-sœurs auraient le corps raide comme si elles avaient avalé leur parapluie et pas une larme ne coulerait sur leurs visages impassibles. Puis, elles m'examineraient de la tête aux pieds et des pieds à la tête pour vérifier que ma robe noire n'était pas froissée, que mes bas noirs n'avaient pas filé et que mes souliers noirs étaient bien cirés. Elles s'aligneraient, de l'aînée à la plus jeune, et tendraient la main, jamais la joue, pour recevoir les condoléances de gens qu'elles n'auraient pas voulu voir ou revoir dans ces circonstances. De temps en temps, elles me jetteraient un coup d'œil pour s'assurer que je savais me tenir et que, comme il se devait, je verserais une larme aux moments appropriés.

Elles ne seraient pas déçues. Je ferais exactement ce qu'elles attendaient de moi. Après le service funéraire, la tribu au grand complet viendrait au lunch et à dix-sept heures précises, Jeannine, l'aînée, se lèverait pour partir et tout le monde en ferait autant. Quant à moi, je serais enfin libérée d'elles pour le reste de mes jours.

Le clan Brunelle interrompit mes réflexions par son arrivée. À leur vue, je me souviens d'avoir noté que je trouvais soudain que mes belles-sœurs avaient rape-tissé, sauf Marcia qui, elle, avait presque doublé de poids. Chose très surprenante, pour la première fois, elles s'adressèrent à moi plutôt gentiment, sans leur habituelle condescendance.

Pendant les funérailles, les sanglots de Junior me tirèrent de mes pensées. Il ne pleurait pas le père qu'il avait perdu mais celui qu'il n'avait jamais eu. Tel que je connaissais mon fils, il culpabilisait sûrement en se disant qu'il aurait dû faire des efforts pour se rappro-cher de son père. Surtout qu'il devait regretter amère-ment les paroles qu'il avait dites à son sujet, un soir de l'automne précédent.

À plusieurs points de vue, l'existence de Junior s'est calquée sur celle de Jean-Marie. Pas plus que son père, Junior n'avait de talent pour les études mais, con-trairement à Jean-Marie, il n'avait pas la haine pour l'inciter à persévérer. Il commença donc très jeune à travailler l'été pour un paysagiste. Il possède un don indéniable pour agencer fleurs, plantes et arbustes, et pour créer une ambiance bucolique. Vivaces, annuelles, bulbes et arbres fruitiers se mirent à fleurir mon terrain au gré de son imagination. Au fil des ans, il agrémenta le tout de lumières qui mettaient ses arrangements en valeur. L'année dernière, il rajouta un plan d'eau et notre résidence gagna le concours *Maisons fleuries*. C'est Jean-Marie qui se présenta pour recevoir le premier prix. Il adorait se voir dans les médias.

Il termina son laïus en disant : « Quand je jardine, j'ai l'impression de faire équipe avec Dieu. Je fais ma part et Il fait la sienne. »

Dans mon salon, assise près de Junior qui avait déjà englouti quelques bières, je fulminais. Tandis que la télévision nous montrait une assistance charmée par ce mot d'esprit, intérieurement, je le traitais de copieur. Cette phrase-là trônait depuis plusieurs mois sur la commode de Junior dans un cadre argenté. C'est moi qui lui avais offert ce texte, qui me faisait penser à lui. Et puis, Jean-Marie Brunelle n'avait jamais touché à une pelle ni planté une seule fleur de sa vie !

Junior non plus n'en revenait pas. De sa prononciation chuintante, il dit :

— Quand je le vois, comme ça, avec son sourire aussi parfait que lui, j'ai envie de lui casser ses grandes dents une par une et de les lui faire avaler jusqu'à ce qu'il en crève.

Et, d'un geste rageur, il fracassa sa bouteille de bière contre les pierres du foyer.

Je ne répondis rien et ne fis aucun reproche à mon fils, car j'étais d'accord avec lui. Mais l'inquiétude me serra le cœur et je pensai : « Un jour, les fils se toucheront et Junior fera une grosse bêtise. »

J'étais certaine que c'était cette phrase qu'il ruminait et qui le rendait si malheureux.

Il faudra que je lui parle pour lui dire qu'il était en état de «légitime défense émotionnelle» lorsqu'il avait prononcé ces paroles hargneuses. Il n'avait pas à regretter sa détresse psychologique du moment, et cela ne faisait pas de lui un criminel. Jean-Marie avait toujours eu le don de nous pousser à bout.

Ainsi, un jour, après un de nos éternels dîners dominicaux avec toute sa famille, nous tirions un nom et nous devions dire à quelle pâtisserie cette personne pouvait être comparée et pourquoi. Jean-Marie pigea le nom de mon fils. Il ne réfléchit même pas une seconde et dit : «Junior me fait penser à un trou de beigne parce qu'il est rond et vide.» Un silence sépulcral accueillit ces paroles méchantes et humiliantes. Junior se leva de table et alla pleurer dans sa chambre. Les autres continuèrent le jeu, comme si de rien n'était, pendant que moi, j'allais laver l'amoncellement de vaisselle sale. Je me traitai de lâche parce que je ne pouvais même pas aller consoler mon grand garçon que je savais gravement blessé. Je n'aurais pas su quoi lui dire tant je trouvais Jean-Marie cruel envers mon enfant. Je suis certaine que, s'il avait pu choisir, Junior aurait préféré un coup de poing sur le nez. Ça aurait guéri, contrairement à la blessure que son père venait de lui infliger. Je savais qu'il en resterait marqué à jamais. Jean-Marie n'était pas digne de l'amour de Junior, il ne le méritait pas.

Junior... les trous de beignes... Voilà une explication à mon cauchemar. Il faudrait que je programme mon cerveau pour qu'il sorte mon fils de mes analyses nocturnes. Avec l'alibi qu'il avait fourni aux policiers, qui, eux, l'avaient scrupuleusement vérifié, j'étais aussi certaine de lui que de moi-même. Ni lui ni moi n'avions tué Jean-Marie.

Pour ne pas avoir à écouter l'homélie longue et fastidieuse tissée de phrases toutes préparées du prêtre – qui se perdait dans une longue litanie de : *Toute la communauté pleure ces citoyens exemplaires, un bon père de famille, une épouse si dévouée, etc.* Qu'en savait-il lui ? – je forçai mon esprit à penser à autre chose. Il m'emmena à ce soir où Jean-Marie m'avait convoquée dans son bureau au sous-sol. Durant la journée, l'enseignante de Malory, épouse d'un de ses employés, l'avait appelé pour lui demander de passer à l'école. Elle lui avait montré une rédaction, dont le sujet était *La surprise,* que ma fille avait écrite et lue devant toute la classe. Elle y expliquait que, dans sa courte vie, la plus grosse surprise qu'elle avait eue avait été de se lever un matin et de voir un homme, qui n'était pas son père, couché dans le lit de sa mère. Et cela s'était produit alors qu'elle avait environ cinq ans, quand son père travaillait encore à l'extérieur de la ville et qu'il ne revenait que les fins de semaine. Elle suggérait malicieusement certaines choses à mon sujet, en omettant de dire que j'avais dû partir en pleine nuit pour l'hôpital avec un Junior qui dépassait les trente-neuf degrés de fièvre. Dans l'urgence, j'avais appelé André pour qu'il vienne garder Malory, que je ne voulais ni réveiller ni inquiéter.

Jean-Marie, avec son ego plus gros que lui, n'avait sûrement jamais imaginé que je puisse le tromper. Il était tellement fâché contre moi que j'ai cru qu'il allait me battre. Il lui fallait une explication, et vite, qu'il m'obligea à aller raconter à l'enseignante. Ça, c'était le style de Malory. Un petit poison, et toujours prête à m'avilir. Sa mauvaise foi l'empêchait d'avoir mauvaise conscience.

Et tous ces hivers, où, avec mes économies, nous faisions le voyage en train jusqu'à Montréal pour voir les vitrines animées de la rue Sainte-Catherine. C'était toujours Malory et Jean-Marie qui occupaient les places près de la fenêtre. Une fois, la dernière, j'avais pressé Junior pour que nous arrivions les premiers à la banquette et que nous ayons ainsi les meilleures places. Malory avait rechigné et demandé à son père de nous déloger. Elle disait qu'il fallait ab-so-lu-ment que je lui cède ma place, sinon elle aurait mal au cœur. J'avais prévu le coup. Je lui offris un comprimé anti-naupathique, qu'elle jeta par terre en tapant du pied. Je fis aussi semblant d'ignorer l'ordre muet de Jean-Marie. Il se leva, prit sa fille par la main et, ensemble, ils allèrent s'asseoir dans un autre wagon. Arrivés à Montréal, j'eus beau regarder partout, je ne les vis pas. Junior et moi étions mal dans notre peau et nous ne fûmes pas capables de nous amuser autant que nous nous l'étions promis. Nous étions inquiets et aux aguets, espérant les voir apparaître à tout moment. À l'heure du retour, je m'aperçus que c'était Jean-Marie qui avait nos billets. Comme je n'avais plus assez d'argent et pas de carte de crédit, je dus appeler André, à frais virés, pour qu'il vienne nous chercher. Cette semaine-là, tous les soirs, j'eus droit à de la soupe à la grimace. Malory me traita même de «passée date» parce que je n'avais pas de carte de crédit, alors que c'était son père qui me défendait d'en avoir une.

L'incorrigible petite fille à son papa avait aussi des privilèges que les autres n'avaient pas. Elle avait, toute jeune, exigé un verrou à la porte de sa chambre. Elle y stockait des friandises et toutes sortes de choses qu'elle refusait de partager avec son frère et sa sœur. Même mariée et partie depuis des années, son «sanctuaire», à sa demande, était resté intact.

La seule fois où Malory avait réussi à faire sortir Jean-Marie de ses gonds, c'est le jour où elle était arrivée avec des dépliants de Harley Davidson. Il était tellement furieux qu'il en bavait. Stupéfaite de la colère qu'elle avait provoquée, elle avait jeté ces images à la poubelle et n'en avait plus jamais parlé. Le lendemain, elle avait tendu à son papa chéri deux billets de spectacle pour la Place-des-Arts, où se produisait mon chanteur préféré. J'étais folle de joie! En cruelle tortionnaire qu'elle était, elle m'avait signifié de son ton glacial qu'elle accompagnerait son père.

Combien d'autres humiliations cette horrible mégère m'a-t-elle fait subir? Impossible à compter. Ce serait aussi décourageant que d'essayer de dénombrer les grains de sable du sablier de ma vie.

Au cimetière, quand le cortège funèbre s'arrêta près de la fosse, j'eus un autre choc. Sur l'immense pierre tombale BRUNELLE, dressée au milieu d'un terrain double, étaient inscrits les noms des descendants de père en fils. Mais de voir mon nom, gravé dans le granit, sous celui de Jean-Marie me remua tout entière. À

côté de «Rachel Cardinal», l'année de ma naissance...
Pas de place pour mes belles-sœurs ni pour mes filles.
Ça, c'était sûrement une idée de mon beau-père. Il
gérait les vivants du fond de son tombeau. «Pas de
chance avec moi, vieux schnock. Tu as peut-être fait inscrire mon nom, mais tu n'auras pas mon cadavre. Quand
je mourrai, je serai incinérée et mes cendres seront jetées
à la mer. Pas question que je dorme à côté de ton fils chéri pour l'éternité. Non merci, j'ai assez donné.»

Assise dans la limousine, regardant une dernière fois
le monticule de fleurs qui recouvraient la tombe, je me
suis dit que plus jamais je n'entendrais Jean-Marie crier
mon nom (toujours prononcé à l'anglaise) de sa voix
irascible, cassante, exigeante, m'appelant au pied comme un chien bien dressé. «Rééétcheuuule...»

J'avais réservé le salon de thé des *Délices au coin du
feu* pour le lunch après les funérailles. Nous étions une
trentaine de personnes. Comme Jean-Marie n'avait
jamais eu d'amis, il y avait là quelques-unes de ses
vagues relations de travail, ses sœurs et leur famille,
mes enfants et mes amis. Après avoir à peine goûté au
repas, mes belles-sœurs me demandèrent un entretien
privé. Intriguée, je les conduisis à mon ancien bureau
adjacent au salon. Elles voulaient savoir si je croyais
toutes ces insanités que les médias avaient rapportées
à propos de leur frère et de leur nièce. Ce qu'elles
voulaient surtout vérifier, c'était si j'adhérais à la thèse
du suicide de leur frère.

— Bien sûr que non !

Du plus profond de mon être, j'étais absolument
certaine que Jean-Marie ne s'était pas suicidé, pas plus
qu'il n'était un père incestueux. Je leur jurai que

pendant les prochains jours je m'appliquerais à le démontrer aux policiers.

— Soyez sans crainte, dès que cette affaire sera réglée, le nom des Brunelle redeviendra blanc comme neige!

Soulagées, elles me remercièrent et m'assurèrent de leur confiance et de leur soutien. Nouveau, ça? Puis elles s'éclipsèrent, non sans avoir jeté un regard dédaigneux à mon amie de toujours, Marie-Andrée, et à son conjoint, Hubert.

Je les reconduisis à la porte en croyant que je les saluais pour la dernière fois lorsque ma belle-sœur Jeannine me dit:

— Nous nous reverrons chez le notaire pour la lecture du testament.

Surprise, je fronçai les sourcils en signe d'interrogation. Puis je haussai les épaules en me disant qu'elles devaient penser que Jean-Marie leur laissait un petit quelque chose hérité de ses parents. Et je n'y songeai plus.

Ce soir-là, nous mangeâmes sur le pouce et je me souviens d'avoir eu cette réflexion: «Enfin seule avec ceux que j'aime!» et mon cœur s'apaisa.

Les enfants allèrent se coucher très tôt. Ils étaient exténués. Même s'ils n'étaient pas très attachés à leur père et à leur sœur, ils étaient parents avec eux par le sang. Moi, je ne l'étais pas avec Jean-Marie. Par contre, Malory était ma fille. Je sais bien que la peine ne se quantifie pas, mais je peux dire sincèrement que Martin en avait beaucoup plus que moi. C'était très regrettable, mais c'était ainsi.

J'offris l'hospitalité à mes amis, qui ne se firent pas prier pour s'installer dans ma chambre. Coucher sur le divan n'était pas un inconvénient pour moi, j'en avais l'habitude. Et je leur étais tellement reconnaissante d'être là.

4

La famille Brunelle forme une société autarcique. Quand j'y suis entrée, je ne me doutais pas jusqu'à quel point ses membres étaient rigides, sérieux et ennuyeux. Mes belles-sœurs, même après leur mariage, ont toujours vécu sous la férule de leur père. Jean Brunelle était un homme dominant qui ne souriait jamais et qui carburait à la haine. Il nourrissait une aversion féroce contre Kenneth Marshall qui, disait-il, lui avait volé son invention, sa richesse.

Mon beau-père travaillait dans une usine et, pour encourager les employés, les patrons, des anglophones, avaient disposé à leur intention une boîte à suggestions afin d'améliorer soit la vitesse de production, soit la qualité du produit, ou de diminuer les accidents de travail. Une fois par mois, la meilleure idée était récompensée d'un bonus. Le montant variait selon la quantité d'argent que faisait économiser l'auteur à la compagnie. Le père de mon mari, qui était petit *boss* à l'usine, avait consacré son temps libre pendant des mois à patenter une pièce de machinerie qui, reliée au système d'engrenage, empêcherait l'arrêt des travaux lors d'un bris. Cette invention, disait-il, déviait les fils vers un métier de secours et la pièce de tissu continuait d'être fabriquée sans interruption pendant que les mécaniciens réglaient le problème. Le procédé était ingénieux et Jean Brunelle était certain de faire fortune. À la fin du mois, la compagnie avait récompensé un des ouvriers pour une idée futile. Jean n'était pas allé s'informer tout de suite, car, croyait-il, l'ingénieur était probablement obligé de tester son produit. Après quelques mois de silence, il s'était enfin décidé à aller voir monsieur Thompson, son surintendant, pour lui demander des explications. Ce dernier, d'un air sceptique, avait promis de s'informer auprès du grand *boss*. Après quelques semaines d'attente et de silence, monsieur Brunelle avait renouvelé sa demande. Monsieur Thompson lui avait dit qu'il s'était informé et que personne n'avait entendu parler de son projet ou vu son plan. Mon beau-père avait alors demandé à voir le grand patron, mais on lui avait refusé cet entretien. Il n'avait plus entendu parler de rien jusqu'au jour où il avait découvert qu'on rajoutait à tous les métiers sa propre invention. Il s'était plaint à monsieur Thompson, qui s'était moqué de lui. Il avait ri en lui disant qu'il fabulait et que, d'ailleurs, il était impossible qu'un simple ouvrier comme lui ait pu concevoir une invention de cette envergure.

— *Come on Johnny! You are not an engineer!* Il faut un ingénieur comme monsieur Marshall et des mois de travail scientifique pour arriver à une réalisation de cet acabit... Crois-moi, retourne à ton job et cesse de mentir à ce propos. Ce n'est pas bien d'essayer de s'enrichir sur le dos des autres.

Ce n'est pas le même homme qui sortit de l'usine ce jour-là. Fou de colère et de haine, mon beau-père ne s'en remit jamais. Tout le reste de sa vie, il le passa rempli d'une rancune sans borne, criant vengeance. Il fulminait quand, peu de temps après l'événement, monsieur Marshall se fit construire une immense maison dans le quartier le plus huppé de la ville, s'acheta une voiture luxueuse et offrit à sa femme bijoux et fourrures. On chuchotait qu'il avait vendu son invention à des fabricants européens et américains et que l'argent rentrait à flots. Il devint immensément riche.

Mon beau-père ne quitta jamais son emploi. Par obligation familiale et aussi par entêtement. Il préférait rester sur place et guetter les moindres faits et gestes de «Kenneth le sale», comme il le surnommait, afin de lui nuire le plus possible. Un jour, il aurait sa revanche !

Par un pur hasard, ma belle-mère donna naissance à son cinquième enfant, un fils enfin, le jour même où madame Marshall accouchait de son premier et unique enfant : un garçon aussi. Déjà, dans la pouponnière, mon beau-père faisait des comparaisons. Le sien était plus grand, plus gros, plus beau. Le Seigneur avait entendu ses prières et c'est par cet enfant, ce fils bien-aimé, qu'il se vengerait de ce maudit Anglais.

Dès sa naissance, Jean-Marie hérita de la haine féroce de son père pour les Marshall. Gregory Marshall devint la personne à abattre. La seule trêve dans la vie de Jean-Marie fut sa tendre enfance. Quand vint le temps de l'inscrire à l'école, ses parents, obnubilés par leur désir irraisonné qu'il soit parfaitement bilingue, optèrent pour l'école anglaise.

Jean-Marie revint de sa première journée tout fier d'avoir appris de nouveaux mots : *French Canadian Pea Soup*. Insulté, son père l'empoigna par le chignon du cou et lui ordonna de casser la gueule à quiconque oserait lui crier cette injure. Et pour accélérer l'apprentissage de l'anglais, il lui paya des cours privés tous les samedis.

Dès lors, Jean-Marie se vit dans l'obligation de rapporter à la maison des résultats scolaires plus que satisfaisants. Dans les sports, ce fut la même chose. Il fallait qu'il soit le premier partout. Ce que Gregory obtenait sans effort, Jean-Marie le gagnait en trimant comme un bagnard. Malgré son acharnement et une discipline de fer, il demeura toujours bon deuxième.

On les prenait souvent pour des frères. Ils étaient tous deux de beaux jeunes hommes, d'égale grandeur, avec une épaisse chevelure blonde, des traits d'Adonis et des corps d'Apollon. Leur étonnante ressemblance physique ne s'arrêtait pas là ; ils aimaient les mêmes sports, les mêmes matières en classe, la même musique et le même style de vêtements. La différence, c'est qu'au contraire de monsieur Marshall, qui était très riche, monsieur Brunelle père se saignait à blanc pour payer à Jean-Marie tout ce que pouvait avoir Gregory. Toutes les filles du couvent, sauf mon amie Jasmine, étaient folles de ces deux jeunes athlètes. L'acné de l'adolescence passa à côté d'eux sans les toucher. Moi, je préférais Jean-Marie à cause de ses yeux. On le surnommait Jean-Marie Belles Prunelles parce qu'il avait des yeux gris bordés d'une épaisse frange de cils noirs qui lui donnaient un regard à faire damner une sainte nitouche comme moi. J'étais attirée par eux comme l'aiguille d'une boussole par le nord. D'ailleurs, mes trois enfants tiennent de leur père leurs yeux magnifiques.

À l'époque, j'ai tout essayé pour me faire remarquer de lui. Avec mon bâton de majorette, j'ai fait des exercices pendant des heures et des heures, seule dans ma chambre, puis sur notre parterre afin de passer l'audition pour être admise dans le corps de *Tambours et clairons* de notre ville et d'être près de lui le plus souvent possible. J'ai réussi haut la main l'examen d'admission. Enfin, j'étais majorette, lui, trompettiste et Gregory, tambour-major. Mais ni l'un ni l'autre ne posa les yeux sur moi.

Cela faisait deux ans que je ne les avais pas vus. Ils fréquentaient tous deux l'Université Concordia. Moi, j'achevais mon secondaire et j'étais une gardienne d'enfants très en demande. Je n'avais pas oublié Jean-Marie et je mouillais encore ma petite culotte en rêvant à lui. J'ignorais, à ce moment-là, qu'il serait aussi le seul garçon qui me ferait tant mouiller mon oreiller.

Un des rares samedis soir où j'étais libre, Gregory Marshall fit irruption au snack-bar où je sirotais un Coca-Cola avec mon copain André. Il prit place sur le tabouret voisin et m'offrit de remplacer ma bouteille vide. J'étais contente de le revoir et j'acceptai avec plaisir lorsqu'il m'invita à danser un rock endiablé sur l'air qu'il venait de choisir dans le juke-box. Quand une banquette se libéra, nous nous installâmes afin d'être un peu plus isolés pour parler. Je n'osai pas lui demander des nouvelles de Jean-Marie, mais Gregory mentionna qu'ils faisaient partie de la même équipe de football. Voyant probablement mes yeux pétiller, Gregory me demanda :

— Tu as encore le béguin pour lui, hein ?

Rougissante, je me mis à bégayer quelque chose d'incompréhensible.

En gentleman, Gregory fit comme si de rien n'était et mit un slow avant de me reconduire sagement chez moi.

— Comme ça, je n'ai aucune chance ? dit-il en tentant de m'enlacer.

— Non et merci pour l'agréable soirée.

Et je lui flanquai un rapide baiser sur les lèvres.

Il me sourit et me promit de me téléphoner bientôt. Pendant que je le regardais s'en aller, il se retourna et me dit : « En préférant Jean-Marie Brunelle, tu choisis le plus méchant de nous deux ! Un loup déguisé en Mère-Grand. Gare à toi, gentille Rachel : il te dévorera toute crue ! » et il disparut au coin de la rue en sifflotant. Je pensai, flattée, que ses paroles avaient été dictées par la jalousie.

Je me trompais.

Dans la même semaine, une certaine madame Duval m'appela pour du gardiennage. Elle payait bien et j'adorais m'occuper des enfants. Depuis que j'étais toute jeune, j'étais attirée par eux et ils me le rendaient bien. Elle réserva mon samedi et mon dimanche, car elle recevait sa parenté pour le baptême de sa dernière-née. Pendant que tout le monde était à l'église, je préparai la table afin que tout soit prêt pour leur retour après la cérémonie. Quand je vis Jean-Marie Brunelle parmi les invités, mon cœur ne fit qu'un bond. Je ne savais pas qu'il était le frère de madame Duval. Cet après-midi-là, pendant que je servais les amuse-gueules, sa famille au grand complet remarqua combien j'étais nerveuse et maladroite. Je vis bien, après que j'eus fini de ranger la vaisselle, le coup d'œil que monsieur Brunelle lança à son fils en lui enjoignant de me raccompagner. J'en étais tellement heureuse que je l'aurais embrassé!

J'avais dix-sept ans; à peine un mois plus tard, j'aurais fini mes études secondaires et me dirigerais alors vers l'École des beaux-arts. Inutile de dire combien je fus folle de joie, la semaine suivante, quand Jean-Marie me demanda s'il pouvait avoir l'honneur de m'accompagner à mon bal de finissants. Je n'en croyais pas mes oreilles! J'étais tellement ébahie que, jusqu'à la dernière minute, j'eus peur qu'il se désiste en se moquant de moi. Mais non! Cendrillon arriva au bal au bras de son prince charmant! Et c'est comme ça que Jean-Marie Brunelle, le très populaire Jean-Marie Brunelle, l'adorable Jean-Marie Brunelle, l'extraordinaire Jean-Marie Brunelle, entra dans ma vie.

Cet été-là fut le plus merveilleux de toute mon existence. Il me fréquentait les bons soirs. Nous allions voir des films, il m'offrait une crème glacée, m'emmenait pique-niquer dans les champs et faire du canot sur la rivière. Au mois d'août, il m'invita à Plattsburgh, au cinéma en plein air, voir *A Summer Place*. Troy Donahue et Sandra Dee me firent tellement pleurer que Jean-Marie sortit son mouchoir pour m'éponger les yeux. C'est là, entre deux hoquets, qu'il me demanda en mariage. Fondante comme un chocolat au soleil, je le laissai passer à mon doigt une bague à cabochon qui, m'assura-t-il, serait un jour remplacée par une vraie bague de fiançailles avec diamant. Quelle jeune fille aurait refusé de vivre une histoire d'amour encore plus extraordinaire qu'à l'écran?

Bien sûr que je deviendrais sa femme et que je l'attendrais le temps qu'il finisse ses études. Bien sûr que je renoncerais aux miennes pour travailler à plein temps afin de pouvoir me payer des broches pour replacer mes dents proéminentes qui me complexaient et, de cette façon, je serais la mariée la plus parfaite que la terre ait portée. J'ignorais que je venais de m'embarquer dans un bateau qui prenait l'eau! J'étais jeune, naïve, follement amoureuse de l'amour et, surtout, j'y croyais d'une manière puissante et irrationnelle.

Quand l'automne arriva, Jean-Marie repartit pour Montréal. Il m'appelait tous les mercredis soir à dix-huit heures puis il arrivait le vendredi, une fin de semaine sur deux, à la même heure, sauf en période d'examens, où il ne venait qu'une fois par mois. J'attendais toujours aussi fébrilement ses appels et ses visites. Impulsive, dès que je le voyais arriver, je sortais en courant pour me jeter dans ses bras. Se disant d'un tempérament plutôt timide, il m'incita à contrôler mes pulsions et à garder mes ardeurs pour lorsque nous serions mariés. Il affirmait que les effusions amoureuses en public le mettaient mal à l'aise. Avec mon immense capacité d'aimer, j'étais persuadée que je parviendrais à faire tomber toutes les barrières de Jean-Marie dès que je serais sa femme.

Je me trompais.

Dès mes fiançailles, les parents d'André, mes voisins, m'avaient chaleureusement accueillie à leur snack-bar. Je remplaçais ma sœur Miranda qui y avait travaillé comme serveuse depuis qu'elle avait laissé l'école et qui venait de partir pour s'établir aux États-Unis.

Madame Lajoie, femme bien enrobée et toujours de bonne humeur, m'initia patiemment à l'art de la pâtisserie. Généreusement, elle me confia ses secrets culinaires comme on transmet un précieux héritage. Son mari, du même type qu'elle, faisait l'ordinaire en chantant des airs d'opéra. Par son passe-plat, il saluait clients et amis pendant qu'André les servait au comptoir. Nous formions une équipe efficace et le temps passait vite, car nous avions du plaisir à travailler ensemble.

À cause de cette ambiance d'amicale complicité, il me fut facile d'oublier que j'avais renoncé à une carrière pour en choisir une autre, complètement différente, mais qui me fournissait l'argent nécessaire à mon mariage. Aveuglée de bonheur, je ne pouvais certainement pas deviner à ce moment-là que ces trois années d'attente seraient les plus heureuses de ma vie.

5

Quelques jours après les funérailles, je me retrouvai seule à la maison. Junior et Martin étaient retournés à leur travail respectif. Ils étaient partis le matin, le cœur gros, redoutant les regards que leurs collègues poseraient sur eux. Je décidai de vider l'immense penderie de ma chambre. Junior ne voulait rien garder des effets personnels de son père. C'était aberrant de voir les dizaines de complets, de chemises et de chaussures que possédait Jean-Marie. Contrairement aux siens, mes vêtements n'occupaient que très peu d'espace. Il est vrai que pour le travail je portais un uniforme. J'en profitai pour me débarrasser de ce que je ne mettrais plus et mis le tout dans des sacs que Junior irait porter aux bonnes œuvres.

Bien classés, par ordres alphabétique et numérique, sur la tablette du haut, il y avait les albums de photos de mon défunt. Je dis les albums de Jean-Marie, car il ne voulait pas que les enfants ou moi y touchions et les salissions. Lui seul pouvait nous les montrer. Il y rangeait méticuleusement toutes les photos et cartes

de remerciements après y avoir inscrit la date, l'événement et les noms. Plusieurs étaient consacrés aux
coupures de journaux dans lesquelles on parlait de lui
ou de sa compagnie.

Ces albums m'appartenaient maintenant. Ils ra-
contaient ma vie. Celle que j'avais voulu fuir. Je sortis
celui de mon mariage en songeant que je tenais dans
mes mains les images qui avaient clos en beauté trois
années de bonheur insouciant.

La veille de la cérémonie, j'avais suspendu mon
chapelet à la corde à linge pour commander le beau
temps. Le soleil fut au rendez-vous, aussi éclatant que
mon nouveau sourire sans broche, et fit étinceler de
tous leurs feux les pierreries de ma robe achetée le
printemps précédent en compagnie de Jean-Marie
dans un des plus chics magasins spécialisés de la Plaza
Saint-Hubert. Les vendeuses n'avaient pas souvent eu
l'occasion de servir une fiancée qui magasinait sa robe
de mariée avec son futur époux. D'autant plus que
celui-ci insistait, ruban à mesurer à la main, pour que
la traîne fasse plus de trois mètres.

Quand j'entrai dans l'église, en ce 23 juillet 1966,
dans ma somptueuse robe de mariée, j'entendis des
exclamations d'admiration de part et d'autre de l'allée.
L'église était décorée d'une façon peut-être un peu
trop ostentatoire, mais je ne fis aucun commentaire,
car ma belle-mère et mes belles-sœurs y avaient mis
toutes leurs énergies. Marchant lentement, à pas glissés
comme on me l'avait montré, je me prenais pour Grace
Kelly, ma grande idole. Tandis que tous les regards
étaient tournés vers moi ; moi, mes yeux fixaient

intensément le bout de la grande allée où mon beau prince m'attendait, sérieux mais si élégant dans son somptueux smoking. J'étais émue et tremblante de bonheur quand je dis «Oui, je le veux» et je remerciai Dieu avec ferveur d'avoir permis que Jean-Marie m'aime et qu'il me fasse réaliser un rêve idyllique.

Sur le chemin du retour de notre voyage de noces au mont Pocono, je babillais comme une enfant tant j'avais hâte de rentrer chez nous. Alors que presque tous les jeunes couples de notre âge s'installaient dans un trois pièces avec des meubles achetés à crédit, Jean-Marie m'avait emmenée un mois auparavant, les yeux bandés, devant la maison du docteur Morin. Quand j'avais ouvert les yeux, je n'avais pas compris tout de suite ce que lui et moi faisions sur le trottoir, en face de cette élégante demeure. J'étais loin de me douter que j'y habiterais pendant quarante ans. Folle de joie, je l'avais à peine écouté me raconter que notre bon docteur était parti avec toute sa famille travailler pour l'organisme Médecins sans frontières. Il avait vendu la maison toute meublée afin de se lancer dans la grande aventure. Ébahie, j'avais pénétré dans mon futur nid d'amour et visité chaque pièce avec ravissement. Quatre chambres? m'étais-je exclamé avec surprise.

— Oui et j'ai bien l'intention de les voir habiter par des petits Brunelle, m'avait susurré mon fiancé.

J'étais aux anges! Ravie, comblée, il n'y avait pas de mots pour décrire mes sentiments de l'époque. Être amoureuse de Jean-Marie était la chose la plus extraordinaire qui me soit jamais arrivée. J'avais toujours habité dans une minuscule maison, qui aurait pu entrer facilement dans l'immense salon qui allait être le mien. C'était incroyable!

Ce jour-là, j'y revenais en tant que madame Rachel Brunelle et, comme le veut la tradition et comme moi j'y tenais, Jean-Marie s'apprêtait, de mauvaise grâce je dois le dire, à me soulever dans ses bras pour me faire franchir le seuil de la maison, lorsque la porte s'ouvrit brusquement sur son père qui nous attendait avec impatience.

Il avait apporté notre album de mariage ainsi que les journaux qui en parlaient. On le qualifiait *du* mariage de l'année. Pendant que mon mari et son père se délectaient des différents articles, tous aussi élogieux les uns que les autres, je me précipitais pour feuilleter l'album. Ce même album qu'aujourd'hui je n'avais pas envie d'ouvrir parce que je me rappelais très bien la peine que j'avais eue lorsque je l'avais regardé pour la première fois. Sauf celle sur le perron de l'église, où l'on nous voyait en rangs d'oignons, il n'y avait pas une seule photo où ma famille et mes amis étaient présents. Monsieur Brunelle me dit qu'il reviendrait le lendemain nous en donner l'explication. Je pensai que les Brunelle avaient trouvé ma famille trop simplement habillée pour apparaître dans leurs souvenirs de famille.

Comme j'ouvrais la bouche pour répliquer, il m'arrêta dans toute sa dignité de patriarche pour s'adresser à son fils, les yeux brillant de contentement:

— Les Marshall doivent en baver un coup!

Ce soir-là, après avoir insisté, j'appris par Jean-Marie, et sans qu'il m'en dise trop long, la raison pour laquelle les Brunelle détestaient tant les Marshall.

Quand je voulus prendre la défense de Gregory, qui en réalité n'y était pour rien, Jean-Marie m'ordonna sèchement de me taire.

— Je t'ai dit ce que tu voulais savoir. Le reste ne te regarde pas. C'est une affaire de famille. Je te prie de ne plus jamais m'en parler et te demande de te comporter en conséquence. Sujet clos.

Et il me tourna le dos.

Je préparais le déjeuner le lendemain matin quand ses parents arrivèrent. Je les invitai à se joindre à nous et ma belle-mère me commanda d'aller m'habiller, car il était inconvenant pour une femme de se mettre à table en pyjama. Sur le moment, je crus qu'elle plaisantait, mais à son air réprobateur et au coup d'œil qu'elle lança à mon mari rougissant, je constatai que c'était sérieux. Elle en profita aussi pour me glisser discrètement que mon lit devait être fait avant que je commence les préparatifs du repas. Décidément, Jean-Marie et moi avions eu une éducation diamétralement opposée.

Nous mangeâmes rapidement car j'avais remarqué que mes beaux-parents avaient apporté le projecteur et j'avais hâte de voir les films de mon mariage. Je me dépêchais de desservir et de tout ranger, mais cela allait moins vite que je ne l'aurais voulu, car quelqu'un, pendant mon absence, avait déplacé les choses dans mes armoires. Ma belle-mère remarqua que je les replaçais à ma façon et me fit observer que c'est elle qui les avait disposées de la bonne manière. Gênée et m'excusant, je cessai mes arrangements en me disant qu'il y avait bien des choses que j'ignorais pour être une parfaite maîtresse de maison.

Puis on passa au salon. J'étais excitée comme une petite fille. À l'époque, les films étaient muets, mais dans ma tête, j'entendais la magnifique musique de Strauss pendant que je nous regardais danser la grande valse sur l'air du *Danube bleu.* Jean-Marie n'avait pas du tout la souplesse d'un bon danseur, mais on voyait qu'il s'appliquait pour ne pas se tromper. Notre professeur de danse nous avait dit: «Laissez-vous guider, Rachel. Jean-Marie vous a bien en mains et c'est lui qui dirige.» Je ne savais pas à ce moment précis que Jean-Marie prendrait cela à la lettre pour le reste de sa vie.

Quelques pas encore et on voyait les invités se joindre à nous. Puis, la caméra nous montra maman qui fixait quelque chose d'un air incrédule. L'objectif suivait son regard pour se rapprocher de mon père, en train de fouiller dans le sac à main de ma belle-mère. Aucune méprise possible, on le voyait très bien enfouir l'argent dans ses poches alors qu'Alison faisait un paravent de son corps pour le cacher au reste des gens.

Pendant que j'entendais le bruit cliquetant annonçant la fin de la bobine, mon beau-père ouvrit les rideaux. J'aurais préféré rester dans l'ombre pour cacher mon visage défait et plein de larmes. J'étais stupéfaite! Envahie par une honte sans nom. J'aurais voulu fuir pour me cacher là où l'on ne m'aurait pas trouvée. Je me sentais aussi stupide que je pouvais le paraître. Et ce lourd silence qui régnait... Personne ne me tendit la main pour me réconforter. Je devais me calmer toute seule. Je n'osais lever les yeux de peur de rencontrer leurs regards chargés de mépris. J'éclatai en sanglots en espérant que Jean-Marie me prendrait dans ses bras et me consolerait. Tout ce qu'il réussit à dire fut: «Maîtrise-toi, Rachel!» et son père prit la parole.

— Maintenant, tu comprendras pourquoi nous t'interdisons, et ceci pour toujours, d'inviter ces gens ici. Par amour pour notre fils, afin de lui éviter le scandale, nous n'avons pas porté plainte. Mais je suis quand même allé chez eux, dès que j'ai vu le film, essayer de récupérer mon argent. Malheureusement, il n'en restait rien. Avec eux aussi, j'ai été très clair, ils sont bannis de cette maison à jamais.

Tremblante, je promis de tout rembourser.

— C'était le deuxième versement pour payer la salle, le repas et l'orchestre. Tu n'auras pas assez de toute ta vie, avec ton modeste salaire de serveuse, pour rembourser cette somme. Alors, en ce qui te concerne, passons l'éponge, mais n'oublie jamais ce que je viens de te dire: pour aucune raison, je n'admettrai ces gens ici! Maintenant, tu peux aller refaire ton maquillage.

On me donnait la permission de me retirer et j'obéis, trop soulagée d'aller me cacher seule avec ma honte et ma peine.

Je mis des années à essayer de ne plus verser des torrents de larmes en pensant au comportement exécrable de mon père et de ma sœur. Des années à m'efforcer de ne plus rougir en pensant à l'humiliation subie.

Après avoir feuilleté mon album de mariage, par bravade, je déposai ma tasse de thé sur le visage de Jean-Marie, en m'assurant d'y laisser une trace bien collante. Assise en tailleur, toute seule dans mon lit, je ris de mon geste enfantin. Je savais que je ne regarderais plus jamais ces images. Confortablement installée, j'avais plutôt hâte de passer aux albums suivants et de retrouver les premiers sourires de Junior.

Jean-Marie n'assista pas à la naissance de Junior parce que je ne pus pas le joindre à l'université. C'est André qui m'accompagna à l'hôpital et qui arpenta pendant trente-six heures le corridor des futurs papas. De temps en temps, il téléphonait à la pension de Jean-Marie, mais sa logeuse répondait chaque fois qu'elle ne l'avait pas vu.

Dans la soirée, après vingt-quatre longues heures, madame Brunelle fit une brève apparition pour me dire que son fils ne pourrait pas se libérer avant le lendemain, car il devait subir un examen de fin d'année. Puis, s'approchant de moi, elle m'ordonna tout bas à l'oreille : « Cesse donc de forcer. En principe, ce bébé ne devrait naître que demain. » « Mais pourquoi ? » criai-je, dégoulinante de sueur, entre deux violentes contractions. « Rappelle-toi, Rachel, vous vous êtes mariés le vingt-trois juillet et nous ne sommes que le vingt-deux avril. Je ne voudrais pas que des cancans colportent que votre mariage a été consommé la veille. »

Me voyant éclater en larmes, elle se dit très désappointée de mon attitude puérile et demanda à l'infirmière d'appeler ma mère à la rescousse. Ce que j'avais défendu à André de faire car, pour maman, infirmière de profession, nos bobos n'étaient jamais graves. Elle en avait toujours vu des pires. Ma mère vint donc me dire de prendre mon mal en patience ; qu'un premier accouchement était la plupart du temps très long, car le « chemin n'était pas encore ouvert ». Au bout d'une heure, je lui donnai son congé, qu'elle accepta avec soulagement. Je lui promis de l'appeler dès que le bébé serait là.

Après son départ, je demandai à l'infirmière de soir comment je pouvais faire pour ralentir la naissance. La

voyant surprise de ma question, je lui confiai la recommandation de ma belle-mère.

— Madame Pète-Sec a des idées datant du déluge.
Laissons faire la nature. C'est votre bébé qui décidera
de l'heure de son arrivée. En attendant, je vais vous
masser le dos, ça vous aidera à vous détendre.

Tournée sur le côté, pendant qu'elle me frictionnait
vigoureusement et me faisait un bien incroyable, je
souris, soulagée de sa réponse.

Quel grand bonheur lorsqu'on me mit, le lendemain
matin au lever du soleil, mon fils tout frais tout beau
dans les bras. J'étais née pour être mère. Avoir un enfant, c'est vivre une deuxième fois. Quand sa minuscule
menotte s'est agrippée à mon doigt, j'ai su instanta-
nément que j'étais accrochée pour la vie. Il me semblait
que j'avais toujours vécu en attente de ce moment
béni. Junior promettait d'être un enfant superbe, car il
avait déjà le regard charmeur de son père. Je vivais
encore sur mon nuage!

Jean-Marie vint en fin d'après-midi pour une visite-
éclair et distribua des cigares «C'est un garçon» avec
fierté. Son père et lui se félicitèrent, heureux que le
nom des Brunelle se perpétue. Me croyant endormie,
ils chuchotèrent:

— Quand Gregory Marshall lira la chronique des
naissances, il en sera malade d'envie. Par sa faute, il
n'aura jamais d'enfant. Il n'a que ce qu'il mérite. La
lignée des Marshall s'éteint avec lui. Personne ne s'en
plaindra.

— Mais de quoi parlez-vous?

— De rien, Rachel, rendors-toi, nous partons.

J'avais envie de croire que j'avais rêvé cette conversation entre les deux hommes, car c'était d'une malveillance inouïe.

Je connaissais Sandy Shaw, la femme de Gregory. Plus jeunes, nous étions dans le même corps de majorettes et elle venait souvent au snack-bar, seule ou avec lui. Je savais ce qui lui était arrivé.

Monsieur Marshall avait offert à son fils pour son enterrement de vie de garçon une rutilante moto. À peine deux semaines après leur mariage, un après-midi, alors qu'ils faisaient une balade, Gregory était entré en collision avec un camion. Sandy avait été éjectée plusieurs mètres dans les airs et s'était brisé la colonne vertébrale en retombant sur le trottoir.

Elle avait été entre la vie et la mort pendant plusieurs semaines, puis s'était réveillée paraplégique. Fou de chagrin, Gregory avait laissé tomber ses études pour se consacrer totalement à sa jeune femme.

Que mon mari ait des propos aussi méchants à leur endroit me bouleversait.

Pendant mon séjour à l'hôpital, André vint me rendre visite tous les jours, m'apportant fleurs, revues et délicieuses pâtisseries. Il disait qu'il me faisait *tester* les nouveautés, car madame Lajoie arrivait d'un colloque sur la cuisine internationale où elle avait échangé des recettes avec des chefs pâtissiers de plusieurs pays.

Quand Jean-Marie vint me chercher, il m'annonça tout de go qu'il avait réussi son baccalauréat en commerce et qu'il s'était trouvé un emploi à Montréal.

J'étais très déçue, car contrairement à ce qu'il m'avait promis, il avait décidé, sans me consulter, de prolonger ses études. Il voulait combiner études et travail et devenir actuaire.

Arrivés à la maison avec Junior, Jean-Marie remarqua que je portais encore mes vêtements de maternité. Il m'obligea à me peser devant lui et s'étonna que je n'aie pas retrouvé mon poids de jeune fille. Ses sœurs, elles, étaient sorties de l'hôpital avec leurs vêtements ordinaires. Il m'acheta le *Guide canadien de l'alimentation* et me demanda de m'y conformer. Il m'expliqua qu'il faisait cela pour mon bien et, clin d'œil à l'appui, que j'étais beaucoup plus désirable mince qu'avec des bourrelets. D'ailleurs, sa mère viendrait me montrer les recettes que sa famille avait l'habitude de cuisiner.

Ainsi donc, tous les soirs où Jean-Marie était absent, je voyais débarquer chez moi ses parents. Au début, je trouvais cela gentil de leur part. Je les comparais à mes parents, qui ne prenaient jamais de nouvelles et n'avaient pas l'air d'être très enthousiasmés par le fait d'être grands-parents. Je faisais tout pour plaire à ma belle-famille. J'étais comme de l'argile entre leurs mains et je me laissais façonner par eux pour qu'ils m'aiment. Depuis que j'avais fait de Jean-Marie un père, il me semblait tout naturel qu'ils m'intègrent à leur famille.

Je me trompais.

Les Brunelle n'ont jamais agrandi leur cercle familial pour moi, seulement pour mes enfants.

Tous les dimanches matin, avant la messe et avant que sa famille n'arrive pour dîner, se déroulait le rituel de la pesée et cela dura des années. J'ai longtemps cru que Jean-Marie se préoccupait de ma santé. Je le trouvais attentionné et, dans l'innocence la plus totale, je virevoltais devant mon miroir aux alouettes!

Sur les photos de baptême de Junior, je me vois avec ma taille de jeune fille, tenant mon magnifique bébé, calme et souriant, devant l'appareil photo. J'avais cependant les yeux tristes parce qu'on avait refusé d'inviter mes parents et j'étais stressée comme chaque fois que les Brunelle venaient chez moi. Ils avaient le don d'alourdir l'atmosphère et mes amis (qu'on avait admis non sans réticence) n'avaient pas réussi à alléger l'ambiance. À ce moment-là, j'avais pensé que c'était peut-être à cause de mon beau-père qui, faisant fi de mes longues heures de souffrance, avait dit en levant son verre pour le premier et seul toast:

— Longue vie à Junior, qui a eu la décence de naître le vingt-trois!

Ce n'était pas grave que j'aie souffert neuf heures de plus, non, l'important était que les commères n'avaient rien pu insinuer... Eh bien! Laissez-moi dire qu'elles ne connaissaient pas Jean-Marie et son honneur. Il m'a respectée jusqu'à notre nuit de noces.

Ma nuit de noces! Je l'avais imaginée bien autrement. Comme toutes les jeunes filles de mon âge, j'étais abonnée à ces revues de l'époque: *Intimité, Nous Deux*. En les lisant, je m'abreuvais d'amour à l'eau de rose et je fantasmais en m'imaginant le septième ciel. En pensée, je m'identifiais aux personnages et je prêtais les gestes des héros à mon fiancé. La vérité fut tout autre.

Le premier soir, quand je sortis de la salle de bain après avoir enfilé mon ensemble en nylon jaune offert par Miranda, il dormait. Moi, qui depuis des années rêvais à ce moment béni où je pourrais enfin me nicher dans la chaleur de sa large poitrine, je me glissai donc doucement près de lui en pensant qu'il faisait une sieste et qu'après s'être reposé, il se tournerait vers moi. J'attendis toute la nuit. Il s'éveilla en grande forme le lendemain matin et se moqua allègrement de mon accoutrement. Il disait qu'il n'avait jamais rien vu d'aussi singulier. L'après-midi même, nous magasinions pour moi un pyjama disons plus... conventionnel. J'aimerais bien savoir ce que la femme de chambre a pensé lors-qu'elle a trouvé le cadeau de ma sœur dans la poubelle.

Finalement, les filles de mon école avaient raison : Jean-Marie n'embrassait pas bien. J'avais toujours l'impression de recevoir le baiser d'une ventouse mouillée. Pour ce qui était de l'acte lui-même, il avait lieu le samedi soir à vingt-deux heures précises, après le bain. Je le retrouvais, couché sur notre lit, les mains derrière la tête, la souris sur le ventre. Il m'accueillait par une phrase du style : «Viens dans mes bras, chanceuse !» et, sans préliminaires, il entrait en moi en piochant. Il faisait l'amour comme on fait des redressements, len-tement d'abord, pour se réchauffer, puis en accéléré pour en finir au plus vite et tout cela, presque sans aucun contact peau à peau. C'était douloureux. Le len-demain, je souffrais d'une cystite chronique. Pour sou-lager cet inconfort quasi perpétuel, je mangeais des graines de citrouille qui, disait-on, avaient le pouvoir de soulager ce genre de douleur. En incurable romantique, je me disais qu'il allait apprendre et que je me devais d'être patiente.

Je me trompais.

En fermant l'album de Junior, je me souvins que c'est le soir de son baptême que nous conçûmes Malory.

Pour moi, être enceinte était euphorisant. J'aimais cet état où je sentais se développer en moi notre enfant. J'avais l'impression d'assister Dieu dans la création d'un miracle. Jean-Marie sursauta lorsque je lui appris la nouvelle.

— Tu n'as pas pris tes précautions ?

— Quelles précautions ?

— Pour ne pas tomber enceinte.

— Qu'est-ce que tu veux dire ?

— Tu le demanderas à ton médecin.

Je ne savais même pas de quoi il parlait.

Comme tout était compté et calculé au sou près et que mon salaire servait à payer la nourriture, le téléphone et les dépenses occasionnées par le bébé, je dus retourner travailler. Ma voisine Fernande, dont j'étais devenue l'amie, s'offrit pour garder Junior. Quelle chance de l'avoir eue dans ma vie. Un véritable ange gardien !

J'ai dû mûrir vite pour suivre la cadence de ma nouvelle vie. Au début, je ne parvenais pas à tout faire. Alors Jean-Marie, excellent en chiffres, me chronométra et me fit un horaire pour m'aider à m'en sortir. Une vraie marathonienne ! Le pire, c'étaient les fins de semaine. Il arrivait le vendredi soir avec son sac de linge sale et inspectait la maison de fond en comble pour voir si tout était propre. Ça l'était. Je n'avais pas oublié la première fois où il était revenu à la maison. Il avait passé son doigt sur le réfrigérateur et l'avait trouvé graisseux. Quinze minutes plus tard, sa mère était chez nous pour me montrer les endroits à ne surtout pas négliger : cadres de portes, tringles à rideaux, plinthes, tiroir à ustensiles, couvercle de la poubelle et, surtout, au moins trois fois par jour, siège et cuvette des toilettes. Elle me dressa aussi une liste, comme elle en avait fait à chacune de ses filles, et, dès le lendemain, m'envoya son vendeur d'eau de Javel. À partir de ce jour, quand elle venait chez moi, elle se permettait d'inspecter le moindre recoin pour vérifier que je n'avais rien oublié. Ils n'ont jamais rien eu à redire. Mais chaque fois j'étais anxieuse en les voyant chercher la poussière ou la tache oubliées. De vrais maniaques de la propreté ! Et je devins comme eux.

À l'été 1967, quand on annonça que Grace Kelly, mon idole de toujours, viendrait donner une conférence de presse à l'Expo 67, je jubilai. Ce serait ma seule et unique chance de la voir en personne. Junior avait à peine trois mois, je portais notre deuxième enfant, j'étais retournée vaillamment au travail et Jean-Marie n'avait pris aucune journée de vacances, même pas pour ce sacro-saint voyage annuel de camping avec sa famille dont il m'avait tant parlé. C'est pour toutes ces raisons que les parents d'André planifièrent une visite à *Terre des hommes* avec leur fils, notre amie Jasmine et moi. J'appelai Jean-Marie pour l'inviter à se joindre à nous. Pour commencer, il refusa tout net, parce que cela coûterait cher de gardienne, le laissez-passer n'était pas donné et le prix des repas était exorbitant. Il le savait car, avec son passeport, il y allait trois ou quatre fois par semaine.

Je me décarcassai à plaider ma cause : Fernande garderait le bébé bénévolement, les Lajoie paieraient mon entrée et se chargeraient du panier à piquenique.

Il me rappela le lendemain en me disant qu'il viendrait nous rejoindre à l'entrée. Il acceptait cette entrave à sa routine uniquement pour me faire plaisir. J'étais folle de joie ! Je le remerciai comme une condamnée à mort remercie son bourreau de l'épargner.

Jean-Marie était au rendez-vous. Dieu qu'il était beau ! Debout là, à m'attendre, avec le soleil en arrière-plan. Quelle merveilleuse journée nous avons passée ! Jean-Marie nous a servi de guide. Nous avons visité plusieurs pavillons et du haut des airs, dans le monorail, avons eu une vue d'ensemble de cette gigantesque exposition. C'était magique, comme un voyage autour du monde. Quelques pas et nous nous retrouvions dans un autre pays, avec une culture différente et une langue inconnue. J'ai pu aussi assister à la conférence de Grace et j'étais assez près pour la prendre en photo. Elle était, si cela se peut, encore plus belle en personne que sur les multiples images que je collectionnais d'elle depuis tant d'années. Élégante, racée, extraordinairement séduisante. Je n'avais plus de mots pour la décrire !

Nous avions gardé les manèges pour la soirée tandis que les parents d'André s'offraient un spectacle musical. Nous nous sommes amusés comme des fous ! Cela faisait une éternité que je n'avais autant ri ! J'ai retrouvé, ce jour-là, le fiancé qui m'avait tant charmée. Il était en grande forme. Ses yeux brillaient, il avait le feu aux joues. Il ne cessait de répandre sur nous son humour caustique. Jasmine, qui était une championne à ce jeu-là, lui répondait du tac au tac. André et moi, nous nous contentions de rire aux éclats devant leurs échanges de réparties de plus en plus piquantes.

C'est au souvenir de cette journée que je m'accrochais lorsque je trouvais difficile la tyrannie de son régime répressif. Je me disais qu'une fois ses études et l'éloignement terminés, il redeviendrait ce charmant jeune homme enjoué.

Je me trompais.

La naissance de Malory, le 10 février 1968, fut bien différente de celle de Junior. La rupture des eaux eut lieu au snack-bar, un mois avant la date prévue. J'en fus tellement gênée ! Mais tout le monde me rassura et André, pour la deuxième fois, m'accompagna à l'hôpital. Cette fois-là, tout alla très vite. Je poussai comme une forcenée et trois heures à peine après mon arrivée, on me ramenait dans ma chambre avec ma fille dans les bras.

Qu'elle est jolie sur les photos, ma Malory. Tout comme Miranda, elle a les cheveux roux et le teint laiteux de notre mère. Comme Junior, elle a hérité des yeux de son père. Un angelot miniature en porcelaine.

Pour ma sortie, j'endossai le tailleur bleu marine que j'avais acheté pour mon voyage de noces. Jean-Marie me félicita, j'avais compris le principe. J'avais fait ce que l'on attendait de moi. Ma passion pour lui n'avait d'égale que ma dévotion.

Au baptême de Malory, je flottais dans mes vêtements. J'avais les yeux cernés à cause des nuits sans sommeil: deux bébés aux couches, le biberon toutes les quatre heures et Junior, si calme autrefois, qui ne cessait de pleurer depuis l'arrivée de sa sœur. Jean-Marie ne venait qu'aux deux semaines à cause de ses examens.

Il y a des moments dans la vie où l'on se sent dépassée. C'en était un. J'étais triste aussi parce que mes amis s'étaient tous trouvés de bonnes raisons pour ne pas assister à la cérémonie. Les Lajoie avaient attrapé une gastrite et ne voulaient pas contaminer les bébés. Jasmine, plus franche, refusa mon invitation en me disant que les Brunelle étaient trop constipés, qu'ils la mettaient mal à l'aise.

— Ils sont tendus comme des cordes de violon. Dis-leur de ma part de péter un bon coup, ça va leur faire du bien!

Sacrée Jasmine! Elle avait le don de me mettre en joie!

Ce soir-là, je me couchai épuisée. Pas question que nous concevions un troisième enfant. J'étais dans «mes jours dangereux» et Jean-Marie vérifiait mon calendrier dans mon tiroir de chevet avant d'avoir «une envie». Là aussi, après avoir consulté mon médecin, j'avais compris le principe.

Je n'avais pas repris mes forces quand l'été arriva. J'essayai bien d'argumenter afin que nous reportions notre voyage à l'année suivante, mais il n'y avait rien à discuter. Il me fallut donc boucler les bagages de toute la maisonnée pour les traditionnelles vacances en famille. Chaque été, les Brunelle louaient le même immense terrain pour une semaine, près d'un lac dans le parc du Mont-Tremblant. Le camping sauvage était leur façon de faire le plein d'air pur, de nature et de calme. Tout le monde en bénéficiait et cela resserrait les liens familiaux.

Deux bébés qui pleurent au milieu de la nuit, ça fait assez de bruit pour énerver les mâles en quête de tranquillité. Les femmes durent m'aider à entretenir le feu pour chauffer les biberons et bercer mes petits. En plus d'être épuisée, je devais subir la mauvaise humeur et l'exaspération de Jean-Marie. Le soir sous la tente, je pleurais tout bas et l'implorais : je voulais que nous rentrions chez nous. Lui, s'obstinait à rester. J'étais dévastée qu'il n'éprouve aucune empathie pour moi. Tout ce qui me vient à l'esprit quand je repense à ces vacances, c'est l'air excédé de la tribu Brunelle, les pleurs incessants de Junior et moi, à genoux au bord du lac, à laver des tonnes de couches souillées dans l'eau froide. Pour la première fois, je réalisais que les violons ne jouaient pas éternellement.

Je refermai l'album de ma fille en pensant qu'elle ne pesait pas plus maintenant qu'à sa naissance. Martin avait fait incinérer son corps. De la maison funéraire au mausolée, c'est moi qui avais porté l'urne. Instinctivement, comme une mère tient son bébé naissant dans ses bras, je l'avais tenue serrée contre mon cœur. Cette enfant que je n'avais jamais aimée demeurerait éternellement pour moi une énigme.

Je plongeai dans mes pensées pour survoler les années qui avaient suivi.

Après ces vacances désastreuses, je fus presque soulagée lorsque Jean-Marie reprit le chemin de Montréal. Il avait un examen important en droit et me blâmait pour le lourd fardeau familial que *je* lui avais imposé si vite. Pourtant, c'était lui qui avait voulu se marier à tout prix.

Si je souhaitais qu'il réussisse, il me faudrait éviter de l'incommoder avec les dépenses afférentes à la vie quotidienne et, surtout, ne plus faire d'enfant avant qu'il ait terminé ses études. Cela voulait d'abord dire pour moi plus d'heures de travail au resto.

«Avec la méthode contraceptive Ogino, il faudra que ton mari apprenne à faire la sauterelle sur la colline», avait blagué mon amie Jasmine, ma confidente pour les sujets intimes.

Puis Jean-Marie échoua une deuxième fois. Il devint de plus en plus irritable. Il *fallait* qu'il ait ce diplôme, c'était une question d'honneur, de loyauté envers ses parents qui s'étaient tellement privés pour lui. Il se concentra donc uniquement sur ses études et son travail, ne revenant à la maison que le samedi soir. Il était complètement absorbé par ses études. Je détestais les dimanches matin où, assis face à face à la table de la cuisine, je devais lui détailler mon budget, factures à l'appui. Il épluchait tout. Je lui remettais mes talons de paie pour qu'il vérifie que je n'avais rien dépensé d'inutile, puis il roulait la monnaie que j'avais reçue en pourboires. Quand les chiffres ne correspondaient pas, il me questionnait jusqu'à ce que je retrouve l'erreur. Je ne sais pas pourquoi, mais déjà à cette époque je lui mentais au sujet de mon revenu. André me faisait des chèques pour un certain pourcentage de mes gains réels et gardait la moitié de mes pourboires, qu'il déposait sur un compte qu'il avait ouvert à nos deux noms. Je voulais m'acheter une auto et je pressentais que Jean-Marie n'était pas près de donner son consentement. En attendant, je prenais la vieille *station wagon* des parents d'André pour les visites médicales et les courses. Ils m'aidaient comme ils le pouvaient et me trouvaient bien vaillante de travailler et d'élever deux enfants toute seule, sans aucune distraction.

Peu de temps après, ma mère décéda d'une double pneumonie. Si je ne vois pas une photo d'elle, j'ai de la difficulté à me rappeler son visage. Je ne me souviens plus de ses traits. Quand j'essaie de penser à elle, je ne vois qu'une main parsemée de taches brunes, portant un anneau doré à l'annulaire, qui empèse et repasse son uniforme d'infirmière. Un jour à la télé, une femme de cent un ans disait que sa maman lui manquait. J'ai été surprise et triste de cette réflexion, car moi, je n'ai aucun souvenir d'une quelconque complicité entre ma mère et moi.

Maman, bien qu'elle soit arrivée au Québec très jeune, n'a jamais prononcé un seul mot français. Fille unique, elle était venue d'Irlande par paquebot avec ses parents. On les avait mis en quarantaine à Grosse-Île, où sa mère était morte du typhus. Chaque année, pendant ses vacances, elle se rendait, en compagnie de mon grand-père, à Berthier-sur-Mer. Là, ils prenaient le traversier qui les emmenait à leur lieu de pèlerinage. Agenouillés sur la tombe de cette femme aimée, morte trop jeune, ils se recueillaient en lui racontant l'année qui venait de s'écouler sans elle. Comme le voulait la tradition irlandaise, mon grand-père offrit à maman un magnifique rosaire pour sa confirmation. À partir de ce moment, elle l'apporta chaque fois avec elle pour le réciter pieusement durant sa visite.

Quand elle avait su que j'étais enceinte, elle m'avait dit :

— Ne te fie pas à moi pour garder tes petits. Je vous ai élevées sans aide, vous ferez de même.

J'étais la seule de ses filles qui lui avait donné des petits-enfants. Miranda, l'aînée, était partie pour la Floride, chez une tante, le jour de ses vingt et un ans, sans intention de retour. Elle avait rencontré là-bas un Américain beaucoup plus âgé qu'elle. Veuf avec de grands enfants, il ne désirait pas en élever d'autres. Cela faisait l'affaire de Miranda, qui disait ne pas avoir la fibre maternelle. Quant à la plus jeune, Alison, qui s'était toujours cachée dans les jupes de notre mère, elle prendrait sa relève pour s'occuper de la maison et de notre père, qui avait toujours eu un penchant immodéré pour la bouteille.

Quand Jean-Marie obtint enfin son diplôme d'ac-tuaire, je pensais qu'il établirait son bureau dans notre ville. Il m'imposa deux années de patience supplémen-taires, le temps de parfaire ses connaissances auprès d'hommes d'expérience. La déception que j'éprouvai fut immense. Quand allions-nous enfin former une vraie famille ? Les enfants grandissaient et me donnaient du souci chacun à leur façon.

Très émotif, Junior ne s'était jamais remis de la nais-sance de sa sœur. On aurait dit qu'il l'attendait pour tout faire. Je leur ai appris en même temps à manger seuls, à marcher, à être propres, à attacher leurs chaus-sures, à tracer les chiffres et les lettres de l'alphabet.

J'ignorais si c'était Junior qui était lent, comme l'insinuait la famille Brunelle, ou Malory qui était trop précoce. Mais dès leur plus jeune âge, j'ai su que Junior aurait un caractère plutôt mollasson et que Malory serait un cheval rétif. Déjà, à deux ans, elle avait le regard condescendant des Brunelle, tandis que Junior avait toujours l'air d'un chiot en quête d'une caresse. Chaque fois que Junior voulait monter sur les genoux de son père, Malory occupait déjà la place. Jean-Marie ne comprenait pas que Junior avait lui aussi grand besoin de sa tendresse. Il se contentait de lui frotter les cheveux alors qu'il soulevait Malory au bout de ses bras pour la couvrir de baisers sonores. Junior tendait ses petits bras potelés vers eux en disant :

— Junior aussi veut becs, Junior aussi…

Jean-Marie lui répondait :

— Non Junior, toi, tu es un homme comme papa et un homme n'embrasse pas un homme. On se donne la main comme ça.

Et quand il laissait tomber sa menotte, Junior hurlait en s'accrochant au pantalon de son père :

— Encore main papa, encore.

J'essayais d'intervenir en faveur de mon fils, mais Jean-Marie m'admonesta du regard en me demandant ce que je connaissais au juste de l'éducation des garçons. J'avais été élevée avec des filles, et ce n'était sûrement pas sur le «fif» du snack-bar qu'il fallait prendre exemple.

Encore une fois, ses paroles me blessaient par leur cruauté. Moi, je savais, mais je gardais secrètes les souffrances intérieures qu'André portait.

6

D'aussi loin que je me souvienne, André et moi avons toujours été inséparables. Il était le frère que je n'avais jamais eu. Nos parents étaient voisins. Lorsque nous étions jeunes, chaque soir après l'école, nous nous arrêtions au restaurant de ses parents prendre notre collation. Une boisson gazeuse pour deux accompagnée d'une succulente pâtisserie dont seule sa mère avait le secret. Je me sentais privilégiée d'avoir accès à de vraies gâteries, car chez moi nous n'avions pas les moyens d'en acheter.

André connaissait tous mes secrets et je n'ignorais rien des siens. Sporadiquement, quand elle en avait assez de sa nouvelle meilleure amie, Jasmine se joignait à nous. Sa famille était aussi voisine de la nôtre, mais ma mère ne l'aimait pas beaucoup. Maman me disait souvent d'être prudente et de me méfier de Jasmine. Elle la pensait sournoise, instable et très précoce avec les garçons. Moi, elle me fascinait. Elle était drôle, elle jurait et n'avait peur de rien. Fille unique avec sept frères, elle avait son franc-parler et cela était très utile au trio que nous formions. Les grands de l'école ne s'attaquaient jamais à nous quand elle était là. Ses frères avaient très mauvaise réputation. Ils cherchaient et trouvaient facilement de bonnes raisons pour se bagarrer. De sorte que Jasmine pouvait se permettre d'être baveuse avec n'importe qui car, quoi qu'elle fasse ou dise, elle se sentait toujours protégée. Leur père les avait élevés comme on dresse un pitbull : à attaquer.

J'avais une quinzaine d'années lorsque, pour la fête d'Halloween, les filles durent se déguiser en garçons et vice-versa. André rappliqua dans ma chambre tout excité par cette idée. Jasmine et moi, nous nous amusâmes à lui faire essayer ma maigre garde-robe. Aussi filiforme que moi, il portait la même taille. Des bas de nylon au soutien-gorge, en passant par les souliers à talons, tout lui allait comme un gant. Puis ce fut la séance de maquillage. À vrai dire, si nous ne l'avions pas connu, nous l'aurions haï. Attifé comme ça, il était devenu la plus jolie fille de tout le quartier, et tous les garçons déguisés en femmes le sifflèrent, croyant que c'en était une vraie.

André mit beaucoup de temps à me remettre mes vêtements et quand il les rapporta, il s'arrangea pour être seul avec moi. Ce soir-là, il me confia son lourd secret.

J'ai toujours su qu'André avait été adopté. Ni lui ni ses parents ne l'avaient jamais caché. Mais pourquoi avait-il été abandonné ? Ça, c'était une autre histoire. Auparavant, il me fit jurer de ne jamais rien révéler à personne. Même pas à Jasmine. Il le lui dirait lui-même quand il le jugerait opportun. Il me raconta alors ceci :

« Après des années de tentatives infertiles, papa et maman ont décidé de forcer la main de Dieu. Ils savaient qu'ils seraient de bons parents et que, quelque part, un enfant leur était sûrement destiné. Comme leur restaurant n'était jamais ouvert le dimanche, ils ont profité de leur balade dominicale pour se rendre à la crèche de Montréal. Ils ont vu presque tous les enfants mâles de l'orphelinat mais, après avoir fait le tour de tous ces jolis minois, ils n'avaient pas trouvé celui qu'ils cherchaient. Ils y sont retournés trois dimanches de suite. Toujours sans résultat. Ils commençaient à désespérer lorsqu'une religieuse, qui les avait remarqués, leur a demandé pourquoi ils n'arrivaient pas à en choisir un.

— On ne sait pas. On pense que le fait de ne pas avoir d'enfant ensemble est une erreur divine et on voulait adopter un enfant qui subit le même sort que nous.

— Mais tous les enfants qui sont ici sont de regrettables erreurs ! Vous n'avez qu'à prendre n'importe lequel !

Interloqués, mes parents n'en revenaient pas d'entendre des paroles aussi peu charitables sortir de la bouche de la bonne sœur.

— Je crois que vous ne pouvez pas comprendre, a réussi à répondre papa.

— Oh si ! Je comprends. Vous voulez remédier à une erreur par une autre erreur. Alors, suivez-moi, je vais vous présenter une monstrueuse erreur que personne n'a jamais vue.

Elle les a guidés le long des couloirs reluisants de propreté, surveillés par de grands crucifix de bois et d'abondantes fougères en pot. Ils suivaient la religieuse, presque au pas de course, dans cette odeur pénétrante d'amidon et de plantes. Main dans la main, ils sont entrés derrière elle dans une minuscule chambre où, assis à terre, je jouais seul. Je les ai regardés tour à tour mais j'étais fort intrigué par la présence du monsieur. Je n'avais jamais vu un homme de ma courte vie. Papa s'est laissé examiner, a souri de toutes ses dents et s'est penché pour me tendre les bras. C'est sans hésitation que je me suis levé pour m'y précipiter. Maman pleurait en caressant ma tête de chérubin. Tu comprends : un blond aux yeux bleus ! Un vrai petit ange, disait-elle.

Ils étaient heureux et n'avaient plus envie de continuer leur visite. Alors papa a dit à la religieuse :

— Finalement, ma sœur, ce ne sera pas nécessaire de nous présenter l'autre candidat.

— Mais, monsieur, c'est lui que je voulais vous montrer.

— Ah ? Et qu'a-t-il donc de si monstrueux ?

— Nous ne savons pas si cet enfant est un garçon ou une fille. Il est né avec les deux sexes.

Si elle avait voulu que ses paroles fassent de l'effet, elle avait réussi. Mes parents étaient sans voix, éberlués par ce qu'ils essayaient d'assimiler.

Après un long moment de silence, ils ont demandé :

— En sera-t-il toujours ainsi ?

— La science n'est pas assez avancée pour se prononcer sur cette question. Mais une chose est absolument certaine : il est les deux et l'orphelinat n'a pas les moyens de le faire opérer pour qu'il soit l'un ou l'autre.

D'un regard entendu, papa et maman ont décidé, là, sur-le-champ, que je serais quand même leur enfant et qu'ils m'aideraient du mieux qu'ils le pourraient.

Je te dis que la bonne sœur n'a pas fait traîner les procédures. Trop contente de se débarrasser de la «chose», elle a réglé ça en deux temps et trois signatures. Une heure plus tard, j'étais officiellement André Lajoie, fils de Rolland et Alice Lajoie, et jamais personne, à part les médecins consultés, n'a rien su de mon handicap.»

Je le regardais, hébétée, n'en croyant pas mes oreilles.

— Rachel, dis quelque chose. Tu ne vas pas t'évanouir au moins?

— Non... non... enfin, je ne sais pas. C'est la première fois que j'entends parler d'une chose pareille. As-tu été opéré en fin de compte?

— Non. Les médecins n'ont pas vu ça souvent, eux non plus. Ils ont conseillé à mes parents d'attendre l'adolescence, pour voir lesquelles de mes hormones, mâles ou femelles, se développeraient le plus. Alors, ils me feront ce qu'ils doivent me faire.

— Tu veux dire qu'en plus d'avoir un... un...

— Un machintruc?

Son mot me fit rougir et je chuchotai:

— Dis-moi que tu me fais marcher.

— Je te jure que non.

— C'est complètement dingue, ton affaire! Et si c'est vrai, je viens de comprendre les poupées que ta mère achetait en disant que c'était pour moi quand j'allais jouer chez vous. Elles étaient pour toi? C'est ça?

— Oui, mais je jouais avec seulement quand tu étais là.

— Tu préférais les camions alors ?

— Pas plus. J'aimais surtout les jeux de table et écouter de la musique. Déjà, à cet âge, mon apparence m'empêchait de vivre l'une ou l'autre de mes identités.

— Alors, ça veut dire que tu as des règles tous les mois ?

— Non, je n'ai pas ça, et pas de barbe non plus, pas même un léger duvet sur le visage comme les garçons de mon âge. Ma voix ne mue pas et je n'ai pas de poitrine qui se forme. Regarde.

Et André retroussa son gilet jusqu'aux aisselles.

— Idiot, triple idiot, dis-je en lui donnant une bourrade.

— Je grandis normalement, mais mon corps ne donne aucun signe que mes organes sexuels se développent.

— Y a-t-il un nom pour cette... et j'hésitai, maladie-là ?

— C'est une forme d'androgynie.

— Qu'est-ce que ça veut dire ?

— Le terme androgyne désigne un individu qui manifeste certaines caractéristiques sexuelles reconnues comme relevant de son sexe en même temps que certaines de l'autre sexe.

— Oh ! Docteur ! Répète-moi ces mots savants. On dirait que tu as étudié la définition par cœur.

— Je l'ai gravée dans ma tête et quand je ne sais pas quoi faire, j'essaie de la décortiquer pour mieux comprendre.

— Et cela t'aide vraiment ?

— En tout cas, j'ai compris qu'il faudrait qu'on trouve un autre mot, parce que je n'ai pas encore d'identité sexuelle définie, donc je ne peux pas savoir quelles caractéristiques relèvent de mon sexe ou de l'autre. Et le garçon ou la fille qui est en moi a vraiment envie de savoir.

— Est-ce que ça peut être long?

— Je ne sais pas. Mais une chose est certaine, c'est que depuis que je me suis déguisé en fille, j'ai beaucoup aimé les sensations que ça m'a données. Pour la première fois de ma vie, je me sentais belle, bien dans ma peau et terriblement femme.

— J'avoue qu'en ce qui me concerne, et même si mes vêtements étaient bien simples, je te trouvais aussi belle qu'une actrice de cinéma.

— Mes parents m'ont dit la même chose.

— Et eux, qu'en pensent-ils?

— Ils sont plus mêlés que jamais. Mais ils veulent que ce soit moi qui décide. Papa dit que, dans ma malchance, je suis encore chanceux, car figure-toi qu'en Allemagne les médecins se prennent pour Dieu. Dès la naissance d'un enfant comme moi, les parents doivent indiquer au chirurgien s'il doit couper ou coudre. Leur loi interdit les mutants. Dans leur pays, pas d'équivoque.

— Chanceux d'être Québécois!

— Oui, mais surtout chanceux d'avoir eu mes parents. Ça fait déjà plusieurs années qu'ils amassent leurs sous en vue d'une opération. D'une façon ou d'une autre, c'est certain que ça va en prendre une.

— As-tu peur?

— J'aime autant ne pas y penser. Mais je t'avoue que j'ai hâte que mon corps se décide. Ça prend beaucoup d'énergie pour camoufler et mentir.

— As-tu déjà embrassé une fille? Je veux dire un vrai baiser d'amoureux?

— Tu veux dire lui faire des grimaces dans la bouche?

— Niaiseux!

— La réponse à ta question est non. Je n'en ai jamais eu envie. Je préfère ta compagnie et celle de Jasmine. Je me sens à l'abri avec vous deux.

— Parce qu'on n'est pas assez pétards pour t'en donner le goût? Tu repasseras pour les compliments!

— Non, non. C'est tout simplement que je suis trop mal dans mon corps. Je ne veux pas d'amis. Je ne suis à l'aise avec personne, d'un sexe ou de l'autre. J'aurais trop peur que quelqu'un découvre mon secret. Avec toi, c'est pas pareil; tu es comme ma sœur. Tu ne portes pas de jugement sur moi. En ta compagnie, j'oublie mes craintes et je me sens une vraie personne. Garçon ou fille. Et toi, as-tu déjà fait ça avec un gars?

— J'ai essayé avec Pierre Laurendeau l'hiver passé à la patinoire.

— Et puis?

— C'était pas mal, mais il s'est mis à vouloir aller plus loin et j'ai eu peur. De toute façon, ce n'était qu'une expérience, il ne m'intéresse pas du tout.

— Penses-tu avoir un jour ta chance avec Belles Prunelles?

— Je l'espère de tout mon cœur!

— Ton tour va venir, parce qu'il n'est jamais avec la même fille. Il paraît que son père lui a interdit de sortir régulièrement avec une fille.

— Moi, j'ai entendu dire par les filles à l'école que c'est parce qu'il embrasse mal, mais je n'en crois rien.

Elles disent ça parce qu'elles ne peuvent pas lui mettre le grappin dessus.

Ma mère vint mettre fin à notre conversation en frappant à ma porte de chambre pour inviter André à souper avec nous. Il accepta en la remerciant de sa gentillesse et nous courûmes nous laver les mains. Contrairement à mon habitude, je fus plus silencieuse ce soir-là. Et après qu'André nous eut quittés, maman vint s'installer à côté de moi sur les marches du perron.

— Il t'a enfin raconté son gros «problème», n'est-ce pas?

— De quoi parles-tu?

— D'André et de son «handicap».

— Comment sais-tu ça?

— Madame Lajoie me l'a raconté dès le premier soir de l'arrivée d'André. Ils étaient tellement heureux d'avoir enfin un enfant à aimer, à choyer! Et comme ils étaient beaux à voir quand ils m'ont demandé de prendre des photos de leur nouvelle famille! André était mignon comme un bébé de calendrier!

— Ils sont super, les parents d'André, n'est-ce pas maman?

— Ce n'est pas pour rien que je suis leur amie. Ce sont des gens généreux, qui sauront accompagner André dans les décisions qu'il prendra.

— Que penses-tu de tout ça, maman?

— Je pense qu'André n'aura pas le bonheur facile, mais par contre je le trouve très chanceux de t'avoir, toi, comme amie. Je suis certaine que tu seras toujours près de lui pour l'aider dans les épreuves qui se pointent à son horizon. Est-ce que je me trompe?

Les yeux pleins de larmes, je fis non de la tête. Quand je voulus me rapprocher d'elle pour lui montrer combien le compliment me touchait, ma mère se leva et alla se coucher. Elle m'avait assez vantée pour un seul soir.

Ce n'est qu'en 1968 que l'homosexualité ne fut plus traitée comme un crime sexuel. Les homosexuels commençaient à s'affirmer et la société devrait un jour les accepter tels qu'ils étaient. Mais ce n'était pas demain la veille. On en était à l'étape où on tolérait leur « maladie », tandis que la majorité des gens considéraient leur comportement comme hérétique. C'est pour cette raison que les bars gays virent le jour. Ensemble, les homosexuels seraient plus forts et uniraient leurs voix et leurs efforts pour se faire entendre, se faire accepter.

Quand un client, plutôt efféminé, raconta au resto avoir visité un tel endroit à Montréal, André fut intrigué. Peut-être qu'enfin il pourrait découvrir, sans être montré du doigt, quelle était sa véritable identité. Il me demanda de l'accompagner. Ses parents garderaient les enfants et personne n'en saurait jamais rien. J'acceptai en priant intérieurement pour que Jean-Marie ne découvre jamais notre escapade.

Ni l'un ni l'autre n'avions vraiment fréquenté les vrais clubs. C'était loin de la salle paroissiale où nous allions danser les samedis soir durant notre adolescence. Nous dûmes rester debout un bon moment, le temps que nos yeux s'habituent à la pénombre et repèrent une table libre, et probablement aussi le temps que tous les clients détaillent à leur guise les deux campagnards que nous étions.

Après que nous eûmes commandé nos consommations, ce ne fut pas très long. Une fille à l'allure masculine vint s'asseoir très près de moi, tandis qu'une espèce d'Hercule s'installa sur le tabouret à côté d'André. Malgré leurs manières un peu trop familières, nous les trouvâmes plutôt sociables. André me présenta comme sa sœur à Daniel et à Linda. Nous fîmes connaissance dans un climat amical et plein d'humour. Puis, Daniel invita André à danser un slow. Je vis tout de suite son mouvement d'hésitation, mais je l'encourageai du regard. Après tout, nous étions là pour ça. Linda m'invita à son tour. Je refusai en lui avouant que j'étais là seulement pour accompagner mon frère et qu'en réalité j'étais mariée et mère de deux enfants.

Elle me regarda d'une drôle de façon. Puis, sans avertissement, elle passa sa main entre mes cuisses en me disant à l'oreille :

— Je suis certaine que ton gentil mari n'a jamais osé t'embrasser là.

J'enlevai sa main précipitamment, regrettant d'avoir mis ma jupe paysanne.

— S'il te plaît, laisse-moi tranquille. Je ne suis vraiment pas comme ça.

— Comme quoi ?

— Comme toi.

— Qu'est-ce que j'ai de différent de toi ?

— Ben, tu sais... une fille qui aime les filles.

— J'aime aussi les gars.

Alors là, je ne savais plus quoi faire pour retenir mon menton qui tombait bien bas.

Linda éclata de rire. Plus elle me regardait, plus elle riait. Je ne savais plus où me mettre et, des yeux, je cherchai désespérément André.

— Ne t'affole pas. Je ne te sauterai pas dessus pour te violer. Ah! Si tu voyais ta tête!

— Qu'est-ce qu'elle a, ma tête?

— On dirait que tu viens de voir une extraterrestre.

— Excuse-moi. Je ne voulais pas te blesser.

— Oh! Bien élevée avec ça! Décidément, ce soir, j'ai frappé le gros lot!

— Excuse-moi, Linda, mais il y a méprise.

— Non, mon cœur, il n'y a pas de méprise. Contrairement à ce que je vois d'habitude chez les hétéros comme toi, il n'y a pas de mépris dans ton regard et je t'en remercie beaucoup. Alors, faisons contre mauvaise fortune bon cœur. Buvons à ta santé, ma chère, et à la santé de ta belle petite famille!

Et Linda siffla le serveur pour commander deux autres bières.

Étrangement, après cette mise au point, je la trouvai sympathique. Elle me raconta son histoire, ses déboires, la honte de sa famille. Pour la première fois, je prenais conscience des souffrances et des humiliations que devaient subir les gays. C'était différent de ce qu'André avait vécu, mais, d'une certaine façon, ça se ressemblait.

Sur le chemin du retour, André resta plutôt silencieux. Ce n'est qu'à la maison, devant sa mère et son père inquiets, qu'il consentit à s'ouvrir un peu. Il leur raconta qu'il s'était beaucoup amusé. Qu'il avait dansé comme ça faisait longtemps qu'il en avait envie. Son partenaire n'était pas un aussi bon cavalier que moi, mais il ne s'en tirait pas si mal.

Sa mère demanda:

— As-tu ressenti quelque chose au moins... ?

— Non, rien du tout. Je n'ai même pas eu une mauvaise pensée. Aucun désir. À vrai dire, pendant une bonne partie de la soirée, le fait de danser avec cet homme m'a donné l'impression d'être un peu pédé. J'essayais de toutes mes forces de chasser cet inconfort pour ne pas gâcher ma veillée. Au cours des premières danses, je n'avais qu'une idée : rentrer en courant. Vers la fin de la soirée, j'ai quand même réussi à me détendre et j'avoue franchement avoir aimé la sensation d'être dans les bras d'un homme, le contact de sa barbe sur ma joue, l'odeur et la force qu'il dégageait.

— Vas-tu y retourner ?

Alors André, écarlate, avoua avoir un rendez-vous pour la semaine suivante.

— Avec Daniel ?

— Oui et...

Il me regarda en hésitant.

— Oh ! Non, non et non. Ne compte pas sur moi pour retourner là-bas.

— Ce n'est pas ça.

— C'est quoi alors ?

Rougissant de plus belle, il bégaya :

— Daniel voudrait que je sois habillé en fille.

Je guettais l'effet que cela ferait sur ses parents, mais ils accusaient le coup. Ils étaient un peu mal à l'aise mais pas autant que moi.

— Tu voudras bien me prêter quelques vêtements ?

— Avec plaisir.

Quand je me couchai, je songeai longtemps au couple que formaient monsieur et madame Lajoie. Je les comparais aux parents de Linda, qui lui avaient montré la porte lorsqu'ils s'étaient rendu compte qu'elle était différente des autres. Je me disais qu'André était chanceux d'avoir des parents aussi ouverts. Ils l'aimaient sincèrement tel qu'il était, Ce qu'ils espéraient pour lui était tout simplement son bonheur et ils le lui disaient. Ils étaient d'un type plutôt rare et je pris la résolution, ce soir-là, d'agir comme eux avec mes petits.

Incapable de dormir, je repensai à Linda. J'avais été embarrassée par ses gestes, mais troublée par ses paroles. Cela se pouvait-il que l'amour physique existe vraiment comme elle me l'avait décrit ? Était-il possible qu'un couple normal s'embrasse de cette façon osée ? Je n'avais jamais été aussi intime avec mon mari et je rougissais à seulement y penser.

Peut-être en parlerais-je avec Jasmine. Elle avait toujours l'air de tout savoir sur le sexe et la vie en général. Cela faisait un bout de temps que je ne l'avais pas vue. Elle devait être amoureuse ! Son métier de représentante en vins l'amenait à parcourir les grands hôtels de la province pour vendre ses produits. Au fil de ses tournées, elle rencontrait souvent l'homme idéal, tombait amoureuse, s'envoyait en l'air, vivait intensément sa passion, puis rejetait le type quand elle avait fini d'en faire le tour. Finalement, ce n'était pas encore le bon.

Quelques jours plus tard, André se pointa après l'habituelle visite de mes beaux-parents pour faire l'inventaire de ma garde-robe. Il essaya tout, mais rien ne l'accrocha. Il était vrai que, depuis mon mariage, je

suivais moins la mode. J'optais plutôt pour des vêtements classiques de bonne coupe, qui dureraient des
années et que j'achetais aux mêmes boutiques que
fréquentaient mes belles-sœurs.

Il faudrait donc magasiner pour André. Ses parents
me donnèrent congé pour l'accompagner dans les
boutiques à l'extérieur de la ville. Il choisissait, j'essayais. Il voulait séduire et moi, je m'amusais à jouer
au mannequin pour lui. Vêtements, souliers, sacs à
main, maquillage, tout y passa. À la fin de la journée,
nous étions fourbus, son compte en banque était à sec,
mais il était heureux comme je l'avais rarement vu.

7

La semaine suivante, Jasmine rappliqua. Elle avait l'air d'une vraie hippy et avait une proposition à nous faire, à André et à moi. Elle se préparait à aller au festival de Woodstock et voulait payer son voyage en vendant des muffins et des biscuits. Étions-nous d'accord pour lui en faire une énorme quantité? Après avoir calculé le profit que nous en tirerions, nous acceptâmes le marché. Elle nous apporterait, discrètement, la recette et l'ingrédient spécial le samedi suivant au snack-bar.

Je n'eus pas de difficulté à échanger mon mercredi contre le samedi. Depuis qu'André pouvait s'arranger tout seul, ses parents ne travaillaient plus le samedi. Pas d'objection non plus du côté de Jean-Marie. Il avait prévu ne rentrer que le dimanche, car il devait travailler une partie de la soirée sur un dossier important. J'étais donc libre de m'adonner à ce qui me procurerait les sous pour acheter un portique de jeux aux enfants et peut-être même une glissoire.

Jasmine arriva tôt le matin avec la drogue. André et moi savions que ce n'était pas tout à fait légal, mais nous avions terriblement besoin d'argent. Dès la première fournée, l'odeur âcre de la marijuana se répandit dans tout le resto. Heureusement le samedi, la clientèle habituelle des travailleurs était relayée par les jeunes. C'était la journée de la semaine où frites et hot-dogs remplaçaient le menu du jour.

Excessivement nerveux, craignant que quelqu'un ne reconnaisse l'odeur suspecte et ne pose les mauvaises questions, nous commencions à regretter amèrement de nous être laissés embarquer dans cette activité illégale. Même avec les hottes fonctionnant à pleine capacité, nous ne réussissions pas à évacuer ces effluves qui se propageaient partout. Nous étions en sueur quand André eut une idée géniale. Il courut chez le poissonnier et revint avec des kilos de filets d'aiglefin frais.

— Aujourd'hui, au menu : poisson et frites. Désolé, chers clients, nous manquons de saucisses !

Cela marcha à pleine vapeur. L'odeur du poisson frit cachait l'autre et nous travaillâmes comme des fous trois samedis d'affilée, avec cette peur enivrante qui faisait monter notre adrénaline à son maximum. Je me sentais délinquante par procuration. Nous finissions tard, car il fallait emballer chaque muffin et chaque biscuit dans une pellicule plastique pour les congeler.

Le jeudi soir, après la fermeture, Jasmine stationna sa Westfalia orangée dans le garage attenant et nous l'aidâmes à camoufler la quantité impressionnante de nos « produits maison ». Nous dégustâmes ensemble la dernière douzaine pour nous récompenser de nos efforts et pour taire les dernières inquiétudes qui nous

envahissaient, André et moi. S'il fallait que les doua-
niers l'interceptent et découvrent le pot aux roses!
Un peu comme deux zombies, nous la regardâmes
prendre le chemin des États-Unis.

Le mardi suivant, nous n'avions pas encore de
nouvelles. Avait-elle eu un pépin? Était-elle en prison?
Nous nous faisions un sang d'encre à son sujet quand
elle réapparut, provocante dans un short en jeans qui
laissait voir le rond de la fesse, une blouse blanche en
coton indien, nouée sous des seins comme des boutons
de sonnettes, sans soutien-gorge, et aussi bronzée que
la fille étendue dans le sable sur les affiches d'huile
solaire à la mode. Une chance que Jean-Marie n'était
pas à la maison! Il aurait sûrement eu une attaque!
Lui, si prude et qui traitait Jasmine de «cocotte» même
quand elle était habillée convenablement.

Du sac géant à fleurs psychédéliques qu'elle portait
en bandoulière, dont la confection avait exigé plus de
tissu que tout le reste de son habillement, elle sortit
des liasses de billets américains. Les ventes avaient été
plus qu'excellentes puisque, sur place, elle avait gonflé
ses prix.

— Le monde était tellement dans les vapeurs que,
même à ce prix-là, ils trouvaient que c'était une vraie
aubaine, dit-elle devant notre air ébahi et incrédule à
la vue de tant d'argent.

Pas besoin de supplier Jasmine pour qu'elle nous
raconte son voyage dans tous les détails. Mais avant de
commencer son récit, elle nous dit qu'elle nous avait
rapporté un cadeau pour nous remercier de l'avoir
«épaulée» dans son projet. Elle fourragea dans son

énorme sac et, après en avoir vidé le contenu sur la table, elle trouva enfin ce qu'elle cherchait. Une boîte contenant trois chaînes en or avec trois breloques différentes qui, mises bout à bout, formaient la phrase : *Friends for ever*. Elle nous les tendit en souriant tandis qu'elle enfilait la sienne sur sa belle peau brune. Aux États, c'était la mode des serments entre amis. Ravis, nous l'embrassâmes puis nous nous hâtâmes de mettre nos nouveaux bijoux. Heureuse de nous avoir fait plaisir, Jasmine s'installa confortablement pour se lancer dans une description détaillée de son aventure.

Nous sûmes donc que la musique avait débuté le vendredi à dix-sept heures sept pour n'arrêter que le lundi matin. Quatre cent mille jeunes étaient au rendez-vous. À l'entendre parler, cela avait été une orgie sexuelle où la drogue et la boisson circulaient à flots. Elle était partie dans les dernières et s'était retrouvée coincée dans un bouchon de circulation. Pour la première fois, nous entendions parler de révolution dans le monde. Elle nous fit un long discours sur l'idéal *peace and love* et nous expliqua que notre génération, celle de l'après-guerre, préconiserait dorénavant une approche plus hédoniste de la vie. S'il y avait une autre guerre, les jeunes refuseraient de se battre. Ils s'assoiraient par terre, sans armes, devant l'ennemi. « Faites l'amour et non la guerre », voilà le leitmotiv de la jeunesse moderne. Enthousiasmés, nous assistions à la naissance du mouvement *flower power*.

— Bon, assez parlé de moi. Que faites-vous de bon ces temps-ci ?

— Rien de spécial. Pour ma part, rien n'a changé. C'est toujours boulot, bébés, dodo.

— Avec tes beaux-parents qui viennent te superviser et t'inonder de bons conseils tous les soirs?

Je fis oui en soupirant.

— Dis-leur d'espacer leurs visites.

— Je vous avouerai que j'y pense depuis un bon bout de temps, mais je ne sais pas comment leur dire ça et surtout je ne sais pas comment ils vont réagir.

— Ce n'est pas ton problème, leurs états d'âme.

— Je ne voudrais pas les offenser ni que Jean-Marie le prenne mal.

— Jean-Marie, Jean-Marie! On voit bien que ce n'est pas lui qui les a sur le dos tous les soirs. Il n'a aucun souci ton Jean-Marie, à Montréal avec ses chiffres.

Je demandai grâce à Jasmine. Je ne voulais pas entendre une fois de plus, en tout cas pas ce soir-là, ses sarcasmes sur la famille Brunelle. Elle comprit et changea de sujet.

— Et toi, André? Quoi de neuf?

— Moi, ça ressemble à Rachel. Boulot, musique, dodo.

— Personne en vue?

— Non, j'ai bien peur de mourir vieux garçon!

Il n'y avait pas de danger qu'André lui raconte son aventure du bar gay.

Le soir du jour J, André était dans tous ses états. Anxieux de plaire, inquiet de ne pas être à la hauteur et soudain incertain de son audace, il avait envie de faire marche arrière. C'était la première fois que je le voyais comme ça. Heureusement que ses parents étaient là pour le calmer. Il hurlait ses sentiments en vomissant de peur. Il criait que son double sexe le plongeait dans une quadri-sexualité. Était-il un homme à homme? un homme à femme? une femme à homme ou une femme à femme? Les Lajoie et moi étions déconcertés. Il étalait des émotions enfouies dans ses abysses intérieurs et pleurait en nous disant qu'il n'en pouvait plus. Il se comparait aux vers de terre et aux escargots qui, eux aussi, portent les deux sexes. «Les bibittes les plus laides du monde. Ils rampent jusqu'à ce que quelqu'un leur rende le service de les écraser.»

Nous étions dévastés. Force nous était de constater qu'André s'était toujours appliqué à nous cacher le mépris qu'il avait pour lui-même.

Ce soir-là, même s'il en avait enfin l'opportunité, il n'avait plus envie de découvrir son identité. Il avait juste le goût de se coucher et de lécher ses plaies comme un animal gravement blessé.

Il nous fallut beaucoup de patience et de doigté pour le convaincre de tenter cette nouvelle expérience. Il devait savoir pour enfin entreprendre la longue guérison de ce mal-être de plus en plus insupportable. Lui aussi avait droit au bonheur, peu importe avec qui!

Son premier geste concret fut d'enlever sa camisole. Horreur! Il avait du poil aux aisselles et un peu sur les jambes. Sa mère nous prêta son rasoir et lui appliqua des sacs de thé sur les yeux.

André avait les cheveux longs comme la mode de l'époque le permettait. De ce côté, les Beatles lui avaient rendu service. Ce fut un jeu d'enfant de faire tenir sa «cloche» à l'aide d'un fixatif. Légèrement maquillé du même bleu que ses vêtements, il était transformé de façon hallucinante. Il ressemblait en tous points à Candi Green, la danseuse de l'émission *Jeunesse d'aujourd'hui.* Il ferait sensation!

Il me fallut attendre jusqu'au lundi pour savoir comment s'était déroulée sa soirée. Je me présentai plus tôt au travail, car j'avais trop hâte qu'il me raconte. Mon arrivée au resto ouvrit les vannes du moulin à paroles. Il avait passé une soirée MA-GNI-FI-QUE, EX-TRA-OR-DI-NAI-RE. Il ne tarissait pas d'éloges sur les nouveaux amis qu'il s'était faits et sur les clubs où ils l'avaient emmené. Lui si mordu de musique en avait eu pour son argent. Daniel l'avait trouvé sensationnel déguisé en femme et avait même montré un soupçon de jalousie quand d'autres gars l'avaient invité à danser. Il était enthousiasmé et me remerciait du fond du cœur de l'avoir «forcé» à s'y rendre. Ses parents me firent un clin d'œil reconnaissant et il me sembla qu'ils souriaient plus que d'habitude.

André devina la question que j'avais au bord des lèvres.

— En ce qui concerne «ça», je ne sais pas encore. Daniel ne m'a pas fait d'avances et... je le regrette.

— Est-ce que ça veut dire que tu as ressenti quelque chose?

— Oui.

— Quoi?

— L'envie d'aller plus loin qu'un simple baiser.

— Le lui as-tu dit?

— Non.

— Lui as-tu fait sentir que tu étais consentant pour autre chose?

— Non.

— Pourquoi?

— Parce qu'il m'a avoué, au cours de la soirée, être tombé amoureux de moi. Il veut me respecter en prenant son temps.

— Donc, tu sors avec lui?

— Oui, me répondit-il avec un sourire enchanté.

Ainsi commença la double vie d'André. Tous les samedis soir et une ou deux fois en semaine, il se rendait à Montréal rencontrer son amoureux et des amis avec qui il pouvait être lui-même.

Tout alla bien jusqu'au soir de sa première relation sexuelle. Les gestes amoureux de Daniel envers André étaient ceux d'un homme envers un autre homme, et André ne pouvait pas. Il désirait Daniel comme une femme désire un homme, avec tout ce que cela implique. Cela devenait impossible.

Après un long et douloureux cheminement qui l'avait mené à l'acceptation de son homosexualité, Daniel avait quitté femme et enfants pour pouvoir vivre sa différence. Il ne voulait surtout pas refaire la même erreur, la même tricherie. Ce serait manquer d'honnêteté envers André et ça, il s'en sentait incapable. Il avait vécu trop longtemps dans le mensonge pour y retomber de nouveau.

La séparation fut déchirante. André qui, à vingt-cinq ans, commençait à peine à espérer une vie meilleure, devait faire le deuil de son premier amour.

Il s'ensuivit une semaine plus que sombre. André ne vint pas au resto et les Lajoie se relayaient auprès de lui, de peur qu'il ne commette une bêtise. Ils ne voyaient pas d'issue lorsque Daniel rappela André. Il disait qu'il s'ennuyait et qu'il voulait lui présenter quelqu'un qui pourrait l'aider. Après bien des hésitations, mon copain partit ce soir-là, le cœur lourd d'appréhension.

Daniel lui présenta un ami psychiatre qui aidait les hommes mal dans leur peau et voulant devenir des femmes. En réalité, il n'avait encore jamais traité de cas d'hermaphrodisme comme celui d'André, mais il y avait énormément de similitudes avec le transsexualisme. André disait que c'était rassurant de l'entendre expliquer des sentiments qu'il éprouvait et qu'il n'avait jamais dévoilés à personne. La thérapie coûtait une vraie fortune, mais André avait confiance et ses parents aussi. Daniel devint son meilleur ami. Ils regardaient les mêmes gars.

Mais jusqu'à ce que son problème soit réglé, André avait décidé de demeurer chaste. Ce qui ne l'empêchait nullement d'avoir du plaisir et de continuer à sortir. D'ailleurs, ces rencontres avec des gens qui vivaient des choses similaires lui ont probablement sauvé la vie. Désormais, il avait sa soupape, un monde où il pouvait s'exiler et évoluer sans craindre un jugement trop sévère.

8

Le retour définitif de Jean-Marie à la maison concorda avec l'entrée de Junior en première année et celle de Malory à la maternelle. J'étais tellement contente! Enfin, nous allions avoir une vraie vie de famille et mon mari serait là tous les jours. Il était temps! Après sept ans de mariage, je considérais que j'avais été très patiente.

Jean-Marie était heureux, ses parents aussi. Il venait d'être engagé par la firme la plus prestigieuse de la ville. Il était le parfait exemple du rêve américain: gros bungalow en briques, auto de l'année stationnée devant le garage double, deux adorables enfants et une charmante épouse. Il ne manquait que la piscine. C'est pour cette raison que je devrais continuer à travailler au moins quatre jours par semaine.

L'ajustement de notre vie de couple n'alla pas sans heurt. Jean-Marie trouvait que je bichonnais trop Junior. D'après lui, je l'élevais comme une fille et il me reprochait les moindres caresses et mots gentils que je lui prodiguais. Dès que Jean-Marie élevait la voix,

Junior pleurait à fendre l'âme. Impatiente devant ces pleurs, Malory le mordait et les larmes de Junior redoublaient. Dieu qu'il a été mordu, cet enfant-là! Et comme il a pleuré! Un jour, quelqu'un m'avait conseillé de mordre Malory pour qu'elle puisse se rendre compte de la douleur qu'elle infligeait à son frère. J'ai hésité longtemps, puis une fois où j'ai vu perler le sang à travers les empreintes de dents sur le bras de mon fils, je l'ai fait. Malory n'a pas bronché, elle a seulement serré les dents en me regardant droit dans les yeux. Son visage fermé en disait long sur les sentiments qui l'animaient à mon égard.

Pour tout le monde, Malory était un bonbon pour les yeux et Jean-Marie en était fou. En ce qui me concernait, j'avais l'impression qu'elle épiait chacun de mes gestes et profitait de ce que j'avais le dos tourné pour tyranniser son frère ou commettre des mauvais coups en laissant accuser quelqu'un d'autre à sa place. Mais je voyais clair. Jamais je n'ai admis pareil comportement sans essayer de redresser la situation et cela la mettait en rogne de voir que je la perçais à jour. Même sous la torture, je n'aurais jamais avoué que je l'aimais moins que Junior. En mon âme et conscience, je cherchais désespérément en moi ce bienheureux lien parent-enfant qui m'avait reliée à Junior dès que j'avais posé les yeux sur lui. De toutes mes forces et malgré ma culpabilité, j'essayais de ressentir cet amour inconditionnel pour Malory aussi, mais je n'y parvenais pas. Dans le regard gris acier de Malory, je ne retrouvais pas la douceur et la gentillesse de mon aîné, seulement la sévérité et l'indifférence des Brunelle. Peut-être sentait-elle qu'il y avait un manque de ma part, même si je m'efforçais que cela ne paraisse pas? C'était sûrement ma faute.

Elle se servait de l'adoration de son père pour le manipuler. Dès son retour à la maison, ils devinrent des alliés au quotidien. Jean-Marie, comme Malory, se mit à surnommer Junior « gros bébé-lala » à cause de ses peurs et de ses pleurs. Père et fille riaient aux éclats lorsque Junior, crédule et apeuré, se cachait le ventre avec sa serviette au sortir du bain parce que son père lui faisait croire, geste à l'appui, que s'il lui dévissait le nombril, les fesses lui tomberaient à terre.

Ils riaient aussi d'entendre les cris d'épouvante que lançait Junior lorsqu'il insistait pour écouter son père raconter une histoire à sa sœur. C'étaient toujours des contes horribles dans lesquels des monstres dévoraient des enfants. Ces nuits-là, comme la chambre du maître était interdite aux enfants, je devais me lever plusieurs fois pour rassurer mon fils, qui se débattait dans d'effrayants cauchemars. En temps ordinaire, j'avais donné un truc à Junior pour qu'il dorme paisiblement. Je lui disais de se concentrer très fort pour venir me rejoindre dans ses rêves. Cela fonctionnait à tout coup et le matin suivant il me racontait son rêve dont je faisais partie intégrante. Mais les soirs de grande agitation, seule la chaleur de mon corps venait à bout de son anxiété nocturne. L'aube me trouvait souvent à moitié endormie près de lui, surveillant ses sursauts de terreur.

Constamment humilié par son père, il se referma sur lui-même, en gardant cependant l'espoir de pouvoir lui plaire un jour. Et Dieu sait qu'il en a déployé des efforts, qu'il en a mis de l'acharnement à arriver à ses fins.

L'occasion se présenta quand Jean-Marie l'inscrivit à des cours de hockey. Comme il était fier, mon Junior, lorsqu'il revint du magasin de sport avec son équipement tout neuf. Il voulait tellement se rapprocher de son père. À cause de sa rondeur et du poids de son équipement, Junior, moins souple que les autres, tombait constamment et ne parvenait pas à se relever seul. Quand l'entraîneur le voyait, il le remettait sur pieds, sinon Junior restait allongé à plat ventre ou sur le dos, protégé de la glace par son casque. Assise dans les gradins, je trouvais qu'il faisait pitié. Jean-Marie bouillonnait. La semaine suivante, les commentaires hostiles des gens autour de moi attirèrent mon attention. Jean-Marie, à l'aide d'un large ruban gommé, avait fixé les gants que portait Junior à son hockey. Le pauvre n'avait même plus ses mains pour se protéger en cas de chute.

— Mais qu'est-ce que tu lui as fait? Tu veux qu'il se casse le cou ou quoi?

— S'il veut jouer au hockey, il devra jouer pour gagner.

— Voyons donc! Il n'a que six ans. Il faut d'abord qu'il apprenne en s'amusant avant de devenir un Guy Lafleur. Va le détacher tout de suite, ça m'arrache le cœur.

— Baisse le ton et va nous attendre dans la voiture. Ton gros bébé-lala n'a surtout pas besoin de ta pitié pour devenir un homme, me dit-il en me lançant ses clés.

Je ne retournai jamais à l'aréna. Junior, lui, persévéra; c'était la seule façon qu'il avait trouvée pour attirer l'attention de son père sur lui.

«Dans la vie, t'as la trouille ou t'as des couilles.» Voilà une phrase que Jean-Marie ne se lasserait jamais de lui répéter, toutes occasions confondues. Junior ne s'illustra jamais comme un fin marqueur, mais il fut un bagarreur hors pair : le champion des points de suture et des minutes de punition.

En fin de compte, le retour tant espéré de Jean-Marie s'avérait décevant. Son besoin tyrannique de rangement et de propreté le rendait impatient devant le moindre jouet à la traîne. Je pris donc l'habitude de faire tout ramasser par les enfants avant qu'il n'arrive pour les repas. Le soir, c'était encore pire. Enfermé dans son bureau au sous-sol, il ne tolérait aucun bruit. Il suffisait qu'il émette un grognement pour que j'envoie les enfants jouer dans leur chambre avec la promesse d'un calme parfait. C'était plus difficile pour Junior. Ses camions et ses autos miniatures faisaient souvent des accidents spectaculaires qui lui valaient la punition de se coucher immédiatement, toutes lumières éteintes. Junior avait peur seul dans le noir et Jean-Marie le savait.

Malory, elle, n'a jamais joué avec aucun jouet. Elle n'a jamais tenu une poupée plus de cinq minutes. Elle préférait les jeux de société, où elle pouvait imposer ses propres règles et tricher pour gagner. Son père la trouvait débrouillarde. Junior pleurait, impuissant devant leur complicité. Il perdait à tout coup et moi, je haïssais cette malhonnêteté encouragée par Jean-Marie.

Quand je voulus lui en parler, il m'expliqua qu'il laissait faire Malory afin de pousser Junior à se défendre. Il le trouvait trop moumoune, trop dans mes jupes.

— Mais quand il se défend, tu le rabroues. Ne vois-tu pas combien Junior a peur de toi? Tu es trop sévère avec lui.

— Moi aussi, j'avais peur de mon père. Il a été très exigeant avec moi et je ne le regrette pas. Aujourd'hui, j'ai tout ce que j'ai souhaité, je possède tout ce pourquoi j'ai tant travaillé et ce n'est pas fini. Regarde-moi aller.

— Qu'est-ce que tu veux de plus?

— La notoriété. Toutes les présidences des clubs et associations, je les arracherai une par une au fils à papa recyclé en pousseux de fauteuil roulant.

— Jean-Marie, je déteste t'entendre parler de Gregory et de Sandy de cette manière. On dirait une vendetta.

— C'en est une.

— Vas-tu tenir rancune à Gregory de t'avoir donné une raclée alors que vous étiez au primaire? C'est de l'enfantillage. Tu ne peux haïr un homme toute ta vie pour une histoire de gamins.

— Rachel, ce ne sont pas tes affaires. Ceci ne regarde que moi, et moi seul. Je ne laisserai personne se mettre en travers de mon chemin. Alors, garde tes remontrances pour toi et cesse de prendre sa défense, ça m'enrage.

— Revenons à Junior. Pourrais-tu, s'il te plaît, être un peu moins dur envers lui? Il me semble qu'un mot gentil ou une caresse de temps en temps, ça le valoriserait et lui donnerait confiance en lui.

— Un mot gentil, je lui en dirai lorsqu'il le méritera; quant aux caresses, oublie ça. Je ne veux pas en faire une tapette comme tu sais qui.

— Ça aussi, ça me dérange. Lorsque tu parles d'André, tu emploies toutes sortes de sobriquets insultants. C'est mon ami et je veux que tu le respectes. Après tout, tu étais bien content que ses parents m'offrent un emploi.

— Vas-tu me reprocher le pain que je mange ?

— Il n'est pas question de ça. Je travaille pour notre mieux-être, quoique faire creuser une piscine je m'en serais bien passée. Je suis certaine que c'est encore pour épater Gregory.

— Tu as mis dans le mille. Ce sera une piscine olympique. Plus grosse et mieux équipée que la sienne.

— Tu n'es pas un peu gonflable ?

— Oui et j'aime ça. Bon, assez discuté pour ce soir. Bonne nuit.

Et il éteignit la lumière. Deux minutes après, il émettait un ronflement sonore et régulier tandis que moi, je repensais à notre discussion. Finalement, j'étais encore perdante. Rien de ce que je disais n'avait le moindre poids. Tout ce que je faisais était matière à critique. Jean-Marie avait cessé de m'écouter et de m'embrasser. L'avait-il déjà fait ou était-ce moi qui, aveuglée par l'amour, avais magnifié notre relation de couple ? Je glissai dans le sommeil. C'était tellement plus confortable que de me torturer avec toutes ces questions ! Demain, ça irait mieux ! Ce soir, je devais être trop fatiguée et la fatigue déforme les pensées, c'est bien connu.

Avec ce genre de réflexion, Jean-Marie avait beau jeu de baliser ma vie et celle des enfants.

Après quelques ajustements houleux dont je sortais toujours démolie, je laissai la vie me happer et la routine s'installer. Inconsciemment, je m'étais mise sur le pilote automatique.

J'essayais de ne pas rouspéter quand nous allions quelque part accompagnés des enfants et que c'était Malory qui s'assoyait sur la banquette avant près de son père tandis que Junior et moi étions relégués à l'arrière.

Je feignais de ne rien voir quand Jean-Marie, de plus en plus pingre, achetait un seul cornet de crème glacée pour les deux enfants et que Junior devait implorer sa sœur pour avoir le droit de lécher lui aussi.

Je m'efforçai de cacher la déception que j'éprouvai pour eux lorsque nous les emmenâmes pour la première fois à l'exposition agricole de la ville et que Jean-Marie refusa de leur acheter un bracelet qui leur aurait donné accès aux manèges. Lui seul s'amusa ce soir-là. Il dut gaspiller au moins vingt dollars à acheter des balles de baseball afin d'atteindre une cible, sûrement truquée, pour gagner une peluche rose à cinquante sous qu'il donna à Malory.

Une fois que leur père se fut bien amusé, j'offris aux petits d'aller voir les animaux. Je savais que Junior en raffolait et c'était gratuit. En passant devant le kiosque de friandises, je réussis à trouver dans mon sac à main, et ce, malgré la désapprobation de Jean-Marie, tout juste assez d'argent pour acheter à chacun une barbe à papa. Il fallait qu'ils goûtent à cela au moins une fois dans leur vie.

Dès notre arrivée à la grange, Junior se retrouva dans son élément. Il courait d'une stalle à l'autre, il voulait tout voir. Malory se bouchait le nez d'un air dédaigneux et voulait que l'on écourte la visite, car, disait-elle, les senteurs lui donnaient mal au cœur. Ignorant que je la surveillais, je vis très bien ma fille pousser sciemment son frère, qui tomba à genoux dans le crottin de cheval. Puis, avec un sourire triomphant, elle tendit les bras vers son père pour qu'il la prenne afin de lui éviter de salir ses souliers neufs.

Pour Jean-Marie, il n'était pas question que Junior monte dans sa voiture neuve pour y laisser son odeur nauséabonde. Je rentrai donc à pied, seule avec mon fils. Par chance, nous n'habitions pas loin.

Ce soir-là, quand j'allai border ma fille, je lui révélai ce que j'avais vu. Le visage fermé, elle nia tout en prétendant que je me trompais et me dit que je devrais m'acheter des lunettes ; voyant son père dans l'entrebâillement de la porte, elle s'écria en faisant semblant de pleurnicher :

— Papa ! Maman dit que c'est de ma faute si son gros bébé-lala est tombé dans le caca de cheval. Dis-lui que c'est pas vrai.

— Rachel ! Pourquoi encore accuser Malory d'une faute commise par ton chouchou ?

— Parce que j'ai vu Malory pousser Junior.

— Dis-lui, papa, qu'elle a besoin de lunettes.

— Moi aussi, j'ai tout vu et figure-toi que Junior, maladroit comme toujours, a trébuché dans ses souliers.

Malory me regarda d'un air triomphant. Jean-Marie venait d'ouvrir la valve malicieuse de l'hypocrisie et du mensonge à volonté.

— Mensonge, double mensonge !

Ulcérée, je fis demi-tour et m'acheminai vers notre chambre, Jean-Marie sur les talons. Il claqua la porte à en ébranler les murs et m'empoigna le bras si fort que je criai de douleur.

— Plus jamais, tu m'entends, plus jamais tu ne me traiteras de menteur devant ma propre fille.

— Lâche-moi, tu me fais mal.

— M'as-tu compris?

— Tu sais aussi bien que moi que tu n'as rien vu. Moi, j'ai vu Malory bousculer Junior. En appuyant ta fille dans ses mensonges, tu lui donnes la permission de prendre une mauvaise tangente. Ton rôle de père consiste à lui casser au plus tôt cette mauvaise habitude qu'elle a de mentir à tout propos. Si tu ne le fais pas, tu lui confirmes en quelque sorte que tu l'approuves. Tu lui donnes du pouvoir et un jour, elle te le fera regretter amèrement.

— Tais-toi!

— Oh! Oui! Je vais me taire, mais à partir d'aujourd'hui, lorsque mademoiselle Malory aura des problèmes, tu t'en occuperas.

— Avec plaisir! Fin de la discussion!

Peut-être Malory aurait-elle été différente si, à ce moment-là, je n'avais pas renoncé aussi facilement? Le soulagement de la mère démissionnaire que je fus à cette époque vient encore aujourd'hui semer le doute.

9

En 1977, Jean-Marie avait ouvert, avec trois de ses collègues, sa propre compagnie. Les plus gros clients avaient suivi les quatre nouveaux associés, creusant ainsi une faille que leur ancien bureau ne pourrait jamais colmater. Devenus compétiteurs, les deux clans se firent une lutte sans merci.

Le domaine financier explosait et les jeunes hommes d'affaires étaient extrêmement pressés de gravir tous les échelons afin d'obtenir une place de choix et de la conserver. Poussé par son désir incoercible de réussir, Jean-Marie s'était lancé avec férocité et détermination dans la compétition. Il était dans son élément. Les jeunes loups avaient les dents acérées et les vieux n'y survécurent pas. Ces hommes qui avaient aidé et encouragé mon mari se retrouvèrent, du jour au lendemain, à se chercher un emploi.

Jean-Marie travaillait le jour, le soir et la fin de semaine. Il fallait que nous le comprenions, il bâtissait sa carrière, c'est-à-dire notre avenir. Les rares fois où il était à la maison, il s'enfermait dans son bureau au sous-sol. Une fois par mois, il passait quelques jours à

New York pour y rencontrer de gros clients américains. Lorsqu'il n'était pas chez nous, il y avait moins de tension et l'air était plus respirable. À cette époque, je voyais déjà la différence et je me traitais d'égoïste en pensant au soulagement que me procuraient ses fréquents voyages.

J'en ai serré des mains de notables, d'hommes d'affaires, de présidents de toutes sortes d'associations et tout cela avec mon plus gracieux sourire. Pour entrer dans les cercles les plus fermés de la ville, il fallait montrer patte blanche. L'image du jeune homme prometteur, toujours accompagné de sa charmante épouse, produisait son effet. D'ailleurs, ce n'est qu'au cours de ces mondanités que je voyais Jean-Marie croquer à belles dents dans mes pâtisseries en disant fièrement aux gens qu'elles avaient été confectionnées par mes blanches mains. À la maison, c'était une tout autre histoire. Une pâtisserie pour quatre! Et seulement le samedi soir, car dans notre régime alimentaire, selon ma belle-mère, il fallait éliminer les quatre P: pain, patates, pâtes et pâtisseries, surtout les miennes, débordantes de calories et de cholestérol! Vive ses muffins au son, pleins de fibres! Ça, c'était la santé dans notre assiette!

J'en ai subi des soirées à écouter ses collègues faire des commentaires à propos de clients dont on ne mentionnait que les initiales afin de conserver leur anonymat. J'ai souvent ri jaune lorsque Jean-Marie montrait la photo de nos enfants qui avaient tous deux les dents avancées en disant: «Que voulez-vous, ils ne peuvent pas avoir seulement les qualités de leur père, faut bien qu'ils aient un défaut de leur mère!» Les gens, surpris devant ce sarcasme, souriaient par politesse, mais moi, j'ai toujours pensé qu'ils riaient de moi et j'en étais profondément humiliée. J'ai souvent eu envie de répliquer, sans l'avoir jamais osé et aujourd'hui je le regrette: «Et Junior tient de toi sa petite tour de Pise en jello.»

Ces réunions me pesaient. J'y allais sans rechigner, car Jean-Marie y tenait et me disait que c'était mon devoir de l'accompagner. J'ai joué aussi souvent qu'il le désirait mon rôle de potiche. Moi dans l'ombre, lui en pleine lumière. Même dans une pièce remplie de gens, je me sentais seule. Ce n'est qu'en ces occasions que je retrouvais le jeune homme qui m'avait demandé en mariage. Je le voyais passer d'une personne à l'autre, souriant, subtil dans ses approches pleines d'humour, à l'aise dans cette jungle de relations publiques. C'était aussi incroyable de voir toutes ces femmes, mariées ou pas, flirter avec mon mari, là, sous mon nez, comme si je n'existais pas. On aurait dit que j'étais une feuille de papier cellophane. Lorsque nous nous retrouvions face à face, il regardait ailleurs, constamment à la recherche d'une nana écourtichée qui, contrairement à moi qui portais toujours ma petite robe noire classique, avait de surcroît le décolleté laissant voir une poitrine sans soutien-gorge. Ça gonflait son ego et sa capacité de séduction quand, soutenant son regard insistant, la belle lui rendait son sourire. Cela lui donnait du pouvoir, de la supériorité et lui confirmait le prix inestimable qu'il donnait à son corps. Et moi, devant ce manque absolu de respect et d'attention, je finissais toujours par me rabaisser. Comme je ne ressentais pas son amour, je me sentais constamment menacée.

Au retour de ces soirées mondaines, il était heureux. Il avait l'impression que la moitié du monde lui appartenait et qu'il n'avait qu'à tendre la main pour s'approprier la demie qui lui manquait. Une fois, je l'ai félicité pour ses réparties vives et drôles. J'ai eu le malheur d'ajouter que j'aimerais bien qu'il en fasse autant quand il était seul avec moi. Il m'a répondu :

— Je n'ose pas faire de l'esprit avec toi, ce serait comme jouer au solitaire.

Ce soir-là, comme mon calendrier le lui permettait, il m'a fait l'amour. Même humiliée et peinée comme je l'étais, je n'aurais jamais songé à me refuser à lui. Et comme d'habitude, sitôt qu'il a eu son plaisir, il s'est précipité sous la douche comme si je l'avais sali. Je me souviens de m'être demandé : À qui pensait-il pendant qu'il s'essoufflait sur moi ?

Seule avec mon questionnement dans le lit conjugal, pendant qu'il se lavait, j'attendais que la brûlure, autant morale que physique, s'apaise. Il ne me serait pas venu à l'idée alors que j'aurais pu me donner moi-même le plaisir que mon corps réclamait.

Jean-Marie, au cours de ses longues études, avait dû rater le cours de biologie. Après onze ans de mariage, il ne savait pas encore que le corps de sa femme n'était jamais satisfait. Il ne connaissait pas les gestes qui m'auraient fait tant de bien et ne s'en préoccupait pas. Une nuit que j'avais fait un rêve érotique et où j'avais le désir à fleur de peau, je me suis dit que si moi je lui donnais un certain plaisir, peut-être qu'il penserait à me rendre la pareille. Alors, profitant de son sommeil, tout doucement, très sensuellement, j'ai commencé à l'embrasser sur la poitrine, à lui lécher les mamelons puis je me suis enhardie sur la raie de poils qui mène au nombril. Il s'est éveillé en même temps que son érection. Il s'est levé d'un bond et, tel un roi qui rabroue son sujet, l'index en l'air, il m'a reproché mes intentions en tâchant de m'humilier :

— Je sais où tu veux en venir, Rachel. Je ne m'abaisserai jamais à te laisser faire les gestes d'un mauvais film porno. Tu me déçois énormément. Enregistre bien ceci dans ta cervelle d'oiseau une fois pour toutes : tu es la bouche qui embrasse mes enfants et comporte-toi en conséquence. Cesse d'agir comme une dévergondée. Tiens-toi-le pour dit, et ceci, jusqu'à la fin de tes jours. Je ne tolérerai plus jamais de nouvelles incartades. Va prendre une douche froide, ça te calmera les ardeurs. Et n'oublie pas d'aller à confesse pour te faire pardonner tes idées perverses.

Il termina sa réprimande en me giflant à toute volée.

Même si mon désir inassouvi avait disparu depuis longtemps, je la pris, cette fameuse douche froide, et j'en profitai pour chialer un bon coup, honteuse des caresses que mon jeune corps avait quémandées et voulu donner.

Quand je me recouchai, Jean-Marie faisait semblant de dormir. Allongés dans le noir, côte à côte, nous ne fîmes aucun commentaire. L'affaire était close. Avec un goût de sang dans la bouche, je regrettais amèrement ma hardiesse et j'espérais qu'il ne m'enverrait pas sa mère le lendemain, comme chaque fois que je ne faisais pas les choses à leur façon. Madone le jour, putain la nuit, ce ne serait pas pour moi. Chez nous, ce serait madone le jour, madone toujours. Ce soir-là, j'ensevelis mes hormones pour les oublier à tout jamais... même au confessionnal.

Le lendemain matin, j'avais les lèvres tuméfiées. Sa chevalière m'avait ouvert la peau et l'enflure était très évidente. Dans la salle de bain, je me photographiai à quelques reprises avec la caméra instantanée. J'avais eu tellement peur de sa violente réaction que l'idée de me protéger en gardant des preuves de son geste m'était venue tout naturellement. À la place de son verre de jus d'orange habituel, je déposai sur la table un des clichés. Même si l'exercice s'avéra douloureux, je m'efforçai d'articuler clairement, haut et fort, mon message: «N'oublie jamais que c'est la bouche qui embrasse tes enfants...» et je partis en claquant la porte pour aller faire une longue marche matinale dans le parc voisin.

Quand je fus certaine que la maison était vide, je retournai chez moi. Ce matin-là, sans vouloir donner trop d'ampleur à l'incident de la veille, j'en conclus que je ne pourrais jamais diriger le vent. Ce serait donc à moi dorénavant d'ajuster mes voiles.

Je me souvins soudain que j'avais caché les photos de mes babines en chou-fleur sous la doublure de mon coffret à bijoux. Je ne les avais plus jamais regardées. Je soulevai le satin et les trouvai. Les vingt-huit ans qu'elles avaient passés dans leur cachette les avaient soudées les unes aux autres. Mon visage était complètement décoloré et tout ce qu'il en restait était une tache brune en forme d'éclair sur mes lèvres. Je sursautai lorsque j'entendis une voix dans mon dos et j'eus un geste instinctif pour les camoufler. Junior revenait de son travail et, tout en s'excusant de m'avoir fait peur, il récupéra les instantanés sous mon oreiller.

Je ne dis mot pendant qu'il les regardait. Puis, il serra les dents et me dit: «Le salaud! Il t'avait battue hein?»

Je lui dis d'oublier cela, que ce n'était arrivé qu'une seule fois. Une fois de trop, d'accord, mais une seule fois. Juré. Je tins naturellement secrète la raison pour laquelle nous avions eu ce différend en alléguant que je ne m'en souvenais même plus.

Junior me regarda d'une manière tellement intense que je détournai les yeux. Il savait que je n'avais pas oublié mais que je ne dirais rien. Je lui demandai de les jeter, c'est ce qu'il fit.

Je réalisai soudain que j'avais passé la journée entière dans ma chambre à regarder des photos et à faire un important survol de la moitié de ma vie, la partie que je qualifierais d'innocente. Je rangeai les albums que j'avais examinés dans de grands cartons et j'allai préparer le souper. J'avais quasiment hâte de me coucher afin de voir revenir mon obsédant cauchemar. Je savais qu'il y manquerait maintenant beaucoup de personnages. J'avais moins peur d'affronter la nuit. C'est curieux la manière dont l'inconscient peut rassembler des détails qui ont l'air insignifiants mais qui, mis bout à bout, nous rappellent certains moments de notre vie. J'étais décidée à les analyser un par un, à décortiquer leurs significations et, par le fait même, à trouver l'assassin.

10

Le lendemain, je m'éveillai après une nuit bien remplie. Il ne restait plus grand monde dans mon rêve : les sept frères de Jasmine, ma sœur Alison et son gros *chum* Igor. Malory, Jean-Marie et moi y étions encore, mais je ne nous avais jamais inclus sur ma liste de suspects.

Après mon petit déjeuner, je téléphonai à l'inspecteur Joubert pour m'enquérir du déroulement de l'enquête et lui glissai les noms. Si ça pouvait l'aider... Il me confia que chaque jour qui passait le handicapait davantage dans ses recherches, mais qu'il ne désespérait pas de trouver le coupable.

En sirotant mon café, je lorgnai mon lit défait et les albums qu'il me restait à regarder. Ce n'étaient pas tant les photos qui me repoussaient que cette seconde partie de ma vie. Je savais qu'une chose en amène une autre et que je m'obligerais à replonger dans ce passé, pas si lointain, qui m'avait tant fait souffrir. Mais je voulais absolument le faire pour m'en exorciser à jamais. Il me semblait qu'après, je pourrais vivre enfin ma liberté.

Je me projetai vingt-huit ans en arrière, alors que je travaillais encore au snack-bar et que Jasmine venait me voir chez moi de temps en temps, le mercredi matin. Elle attendait mon jour de congé pour passer un peu de temps seule avec moi et me rapporter tous les ragots du coin. C'était notre temps réservé aux discussions de filles.

Ce matin-là, elle me demanda si j'avais fait une tentative de séduction avec le conseil qu'elle m'avait donné. Sans préciser, je lui dis que Jean-Marie ne voulait rien savoir de ça.

Elle le qualifia d'arriéré, de dégonflé et de macho. Décidément, ils ne s'aimaient pas, ces deux-là. Si elle avait su quels mots il employait à son égard: vulgaire, pas de classe, agace-pissette. Ils s'évitaient.

Elle s'informa d'André, sachant que sa chirurgie était imminente. Sept longues années à suivre le protocole de préparation s'étaient écoulées. Pendant ce temps, il rencontrait une équipe formée d'un psychiatre, d'un psychologue, d'un endocrinologue et d'un urologue, qui l'avaient aidé à fortifier sa certitude absolue de sa féminité. Il avait pris des hormones et avait maintenant des seins. Restait l'ultime étape de l'ablation du pénis. En ce qui concernait sa pomme d'Adam, il n'en avait pas, donc cela lui évitait une opération. André était confiant, il s'était trouvé! Son corps était réellement celui d'une femme et ses organes génitaux mâles, considérés comme des malformations apparues au cours du premier trimestre de sa vie intra-utérine. Le seul hic: André aurait l'anatomie de Marie-Andrée, mais ses fonctions reproductrices resteraient inaptes à la fécondation.

À cause de l'arrivée massive sur le marché de chaînes de *fast food* et autres restaurants de beignes et café, les Lajoie perdaient peu à peu leur clientèle. Autour d'une table ronde, alors que les recettes des derniers mois avaient périclité, nous cherchâmes la meilleure solution : fermer complètement et vendre l'établissement ou rester ouvert et changer de mission. Quelle était leur force par rapport à la concurrence ? Leurs délicieuses pâtisseries ! Les Lajoie engagèrent un architecte qui exécuta un ingénieux plan de rénovations. Il faut dire que la vieille bâtisse, avec ses murs hauts de dix pieds, n'était pas sans attraits. Sise dans une pointe de la rue principale, sur un immense terrain, elle avait déjà le cachet des maisons européennes. Comme le papillon qui sort de sa chrysalide, le résultat fut éblouissant. Boiseries et planchers furent décapés et vernis. La tourelle qui servait jadis d'entrepôt devint une verrière naturelle où, comme au Ritz, il faisait bon prendre le thé l'après-midi. L'imposante cheminée, après avoir subi une renaissance spectaculaire, éclairait de ses lueurs chatoyantes la bonne soupe maison, spécialité de monsieur Lajoie. Avec l'immense grille à pains, le projet était vraiment avant-gardiste. Dehors, plusieurs grilles plus petites donnaient envie aux clients de faire rôtir des guimauves que nous offrions en même temps que le café sur une coquette terrasse où les arbres servaient de parasols, et un stationnement privé remplaça les vieux hangars en décrépitude.

Le projet était innovateur. *Délices au coin du feu* garda son ancienne clientèle et en attira une nouvelle. Les gens venaient de loin pour goûter nos pâtisseries et nous offrions une multitude de mélanges de café et de thé pour les accompagner. J'étais passée maître en cuisine internationale. Notre service de traiteur devint si populaire qu'il s'étendit bien au-delà des limites de la ville. Notre marque de commerce devint un *must* et nous dûmes engager et former une nouvelle équipe pour répondre à la demande.

Malheureusement, monsieur et madame Lajoie ne vécurent pas assez longtemps pour profiter de leur investissement. Un dimanche après-midi, alors qu'ils faisaient une balade en auto, ils furent happés par un train. André et moi fûmes durement éprouvés. Ces gens-là étaient devenus ma famille, mes parents. L'affection qu'ils me portaient m'avait aidée à surmonter tous mes malheurs. Ils me considéraient comme leur fille et à leur contact j'avais beaucoup appris sur les gens et sur moi-même.

Leurs sourires accueillants et leur bonne humeur journalière allaient terriblement me manquer. Leur attachement réciproque et leur grande dévotion envers leur fils m'avaient donné foi en l'amour véritable. Ils étaient mon port d'attache, mon phare dans la nuit. Ils étaient partis ensemble, comme ils l'avaient toujours souhaité. Mais pour André et moi, c'était beaucoup trop tôt...

J'accompagnai André chez le notaire. Non pas que j'aie été convoquée, mais pour qu'il ne soit pas seul. Il était l'unique légataire de deux hypothèques non assurées à cause des problèmes cardiaques de sa mère et du diabète de son père.

Les Lajoie avaient hypothéqué leur maison et englouti leurs économies dans leur fabuleux projet de rénovation. Le peu de liquidités restantes, c'est-à-dire l'argent qui devait servir à l'opération d'André, suffit à peine à les enterrer. Bien sûr, le commerce fonctionnait au-delà de leurs espérances, mais les mensualités à rembourser étaient très importantes, sans compter l'achat d'une camionnette devenue obligatoire pour les livraisons.

André était découragé, angoissé à l'idée d'être obligé de tout vendre et de se retrouver seul, sans emploi. Et avec ce corps moitié homme moitié femme, maintenant que le traitement était enclenché, qui l'embaucherait ? Il broyait du noir, non sans raison cherchant désespérément une manière de l'aider, lui qui n'avait jamais hésité à me rendre service, je pensai soudain aux montants qu'il prélevait chaque semaine sur mon salaire. Je dois dire qu'avec les intérêts je disposais d'une somme assez imposante.

Pour commencer, il refusa tout net. Je lui précisai qu'il s'agissait d'un prêt et qu'en échange j'utiliserais sa nouvelle camionnette comme si c'était la mienne. Il céda, mais à cette ultime condition : si j'investissais toutes mes épargnes, je devenais copropriétaire à parts égales. Cinquante cinquante, à prendre ou à laisser. C'était trop. Je n'avais pas besoin de consulter un expert pour savoir que la générosité d'André dépassait ma mise. Mais lui aussi fit valoir ses arguments et je cédai à mon tour. Nous retournâmes chez le notaire pour légaliser mon investissement. André et moi étions mutuellement satisfaits. Lui, pourrait aller de l'avant avec son projet tant attendu de chirurgie et moi, à trente et un ans, je devenais copropriétaire du restaurant où je travaillais depuis plus de quatorze ans. Comme je ne pouvais donner d'explications sur la provenance de mon compte en banque, je décidai, de connivence avec André, que je tiendrais secrets les papiers que je venais de signer. Je dis à mon mari qu'André m'avait vendu des parts pour un dollar parce qu'il tenait absolument à ce que je sois copropriétaire quand je prendrais l'affaire en main pendant sa longue absence. Ainsi, toute sa vie, Jean-Marie ignora le montant investi. D'ailleurs, chaque fois qu'il a été question, en privé, de mon entreprise, il ne se gênait pas pour la mépriser. Il prenait un malin plaisir à me répéter avec son air narquois: «La moitié de rien égale deux fois rien. Il y a de quoi être fière! Commences-tu à comprendre pourquoi, quand je te regarde aller, je suis contre le clonage?» et il éclatait de son grand rire sarcastique.

André vendit la maison de ses parents au père de Jasmine pour une bouchée de pain, car la banque menaçait de la reprendre. Le peu d'argent récupéré ainsi ne réussit pas à effacer totalement l'hypothèque qui s'y rattachait.

Il s'installa dans la mansarde du bistro transformée pour la circonstance. L'endroit était assez vaste. Les magnifiques meubles anciens de ses parents en occupaient l'espace. Il y tenait beaucoup, car il les considérait comme son seul véritable héritage. À chaque extrémité, une rose occidentale baignait l'ensemble, assez coquet il faut dire, dans des lueurs de vitrail.

11

Quand André fut prêt à emménager, Jasmine, munie de bouteilles de champagne et de quelques grammes de mari, vint nous aider et nous fêtâmes l'installation de notre copain dans son loft. Nous venions d'apprendre ce nouveau mot. À New York, habiter un loft était très «*in*».

Au cours de notre conversation, je n'étais pas assez saoule pour ne pas voir le coup d'œil inquisiteur que me lança André lorsque Jasmine lui demanda s'il aurait assez d'argent pour se faire opérer. En me regardant droit dans les yeux, il lui répondit un «Oui, pas de problème» sans mentionner notre association. Curieusement, moi qui racontais tout à Jasmine, je fus soulagée qu'il ne parle de rien et qu'il fasse dévier nos propos sur autre chose. Jasmine, la plus gelée de nous trois, me demanda d'un ton méprisant, en s'allumant un autre joint :

— Comment va ton John Mary? Toujours aussi pressé d'accéder à la haute société?

— S'il te plaît, n'entame pas une discussion sur lui ce soir. Nous passons une agréable soirée. Je n'ai pas envie que tu me fasses tes commentaires acides à son sujet.

— C'est vrai qu'on a du plaisir. Pas mal plus que tu peux en avoir avec sa petite queue de renard toute croche.

Je mis un certain temps à assimiler ce qu'elle venait de me dire.

— Comment sais-tu que Jean-Marie a le... machin croche?

Un ange passa. Je me rendais compte que Jasmine, à travers les vapeurs de l'alcool et la drogue, cherchait une réponse plausible.

— C'est toi qui me l'as dit.

— Quand ça? Je ne m'en souviens pas du tout.

Je la connaissais trop pour ne pas voir qu'elle fouillait avidement dans sa tête pour trouver une réponse adéquate afin de se sortir de ce mauvais pas.

— Le soir où on a mangé des muffins avant mon départ pour Woodstock.

Même si j'avais été un peu dans les brumes de l'herbe, je ne me souvenais pas d'avoir jamais parlé de cela avec quiconque.

— André, tu te rappelles ça, toi?

— Non, j'étais trop décollé pour me rappeler quoi que ce soit! J'avais seulement hâte d'aller me coucher! Parlons d'autre chose, les filles. De mon opération peut-être?

Et la conversation dévia sur la prochaine chirurgie d'André, mais le ver resta dans la pomme.

Peu de temps après, alors que nous devions livrer un buffet commandé par l'un de nos meilleurs clients, notre chauffeur se déclara malade. Comble de malchance, c'était le jour de congé du gérant et André souffrait d'une grippe carabinée. Après avoir mis les enfants au lit, je demandai à Fernande de les surveiller pendant que j'irais livrer et installer les tables pour le lunch de fin de soirée. En passant devant le plus grand restaurant de la ville, où j'aurais tant voulu que Jean-Marie m'emmène – leurs prix étaient trop exorbitants, disait-il –, je crus le voir y pénétrer accompagné de... Jasmine. C'était tellement inattendu que je faillis emboutir l'auto devant moi. J'avais la berlue ! C'était impossible ! Jasmine et Jean-Marie ! Ils se détestaient comme chien et chat ! Je m'étais sûrement trompée ! Je lui demanderais tantôt lorsqu'il rentrerait à la maison.

Quand il arriva ce soir-là, il m'annonça qu'il venait de sortir d'une rencontre avec un client difficile au bureau et qu'il n'avait pas faim. Je lui dis quand même que j'avais cru le voir entrer au resto avec ma meilleure amie.

— Es-tu folle ? Moi avec ta cocotte ? Faudrait que je sois mal pris ! C'était peut-être elle, mais ce n'était pas moi, ça, je te le jure.

Je m'excusai pour mes paroles soupçonneuses et me couchai rassurée. Qu'est-ce que j'avais imaginé ?

Le lendemain, je n'y pensais plus lorsque Jasmine vint casser la croûte au resto. Je m'arrangeai pour me libérer et l'accompagnai dans la verrière, déserte à cette heure de la journée. Elle me raconta avoir essayé le nouveau resto la veille et je lui dis à ce moment que je croyais l'avoir vue avec mon mari. Elle éclata d'un rire sonore en me disant que j'étais drôlement « sautée » pour seulement penser qu'elle et Jean-Marie...

— Avec qui étais-tu alors?

— Juré, tu n'en parles à personne?

Je jurai et l'écoutai me chuchoter à l'oreille le nom de son nouvel amant: Gregory Marshall.

— Tu vois, tu l'as confondu de loin, comme bien des gens d'ailleurs, avec ton concombre de mari.

Je n'en revenais pas! Gregory Marshall trompait Sandy au vu et au su de tout le monde.

— Déniaise, ma fille! Sandy est paraplégique, il n'y a pas seulement ses jambes qui ne fonctionnent pas.

— Mais si elle vient à le savoir? Tu t'imagines le drame?

— Qui te dit qu'elle ne le sait pas?

Là, c'était le bout de mon innocence! Comment une femme, même handicapée, pouvait-elle accepter de partager son époux avec une autre?

— Pour le garder, figure-toi donc! Faut qu'elle comprenne que, de temps en temps, un homme est un homme, avec des besoins d'homme. Tu sais ce que ça veut dire?

— Et toi là-dedans? Tu sais qu'il ne divorcera jamais pour t'épouser?

— Qui parle de mariage? Je veux bien d'un homme dans mon lit mais pas pour la vie. De toute façon, la plupart du temps, ce n'est que pour une partie de nuit.

— Tu parles comme une croqueuse d'hommes!

— Mais Rachel, *je* suis une croqueuse d'hommes, et fière de l'être!

J'ai toujours trouvé que Jasmine était belle à en couper le souffle. Cet après-midi-là, à la lumière de ses confidences, je sus qu'elle en était consciente et qu'elle se servait de sa beauté de femme fatale pour capturer la proie sur laquelle elle jetait son dévolu. Je la soupçonnais de prendre un plaisir fou à voir les regards remplis de désir se poser sur elle.

— Quand j'entre dans un bar, je repère très vite le plus séduisant. Qu'il soit marié ou pas, je m'en fiche.

Je ne pus m'empêcher d'échapper un «oh!» qui l'agaça, mais elle était lancée…

— Mon défi, c'est qu'il succombe dans le plus court laps de temps. Je lui souris, je m'installe près de lui pour qu'il me paie un verre, je l'allume et ensuite, hop! au lit. On va toujours à l'hôtel. Les rares fois où j'ai invité quelqu'un chez moi, c'est parce qu'il était un sacré bon baiseur!

Je préfère les hommes mariés et je ne m'en suis jamais cachée. Cohabiter avec un homme ne m'intéresse pas. Très peu pour moi le lavage des vieilles chaussettes et des slips sales. Ils ont leur femme pour ça, et moi, j'ai le meilleur d'eux-mêmes. Quand je suis tannée, je les laisse tomber et je passe au suivant. C'est mon choix et je ne suis pas près de changer! En étant une femme indépendante, je n'ai jamais personne à remercier.

— Et la maternité? Tu n'as pas le goût d'avoir des enfants?

— Pour ce que ça donne! Les marmots, c'est juste bon à te fermer la porte de la liberté!

— Mais quand tu seras vieille, qui prendra soin de toi?

— Ne t'en fais pas pour moi! Rendue à cet âge-là, si je m'y rends, il y aura plein de maisons pour les p'tites vieilles comme moi, qui paieront pour qu'on prenne soin d'elles.

— Tu me décourages !

— Parlons d'autres choses. Veux-tu que je te raconte en détail ce que j'ai dégusté hier soir ?

Et elle noya le poisson que j'étais dans un flot de paroles apaisantes.

La semaine suivante, je vis dans le journal la photographie de Sandy et de Gregory. On les montrait assis dans une Land Rover, fusil à la main, entourés de guides souriants à la peau noire. Ils étaient rentrés la veille d'un safari d'un mois en Afrique.

Dans mon cœur, une peur mortelle transforma le doute en certitude. Et dans l'odieux silence, des roulements de tambour se mirent à scander dans ma tête et dans ma poitrine : « Ton mari et ta meilleure amie ! »

Ce soir-là, quand Jean-Marie m'appela pour me dire de ne pas l'attendre pour souper, j'eus de la difficulté à lui répondre.

— Rachel, m'as-tu entendu ?

J'hésitai. J'avais tellement envie qu'il me dise que c'était moi qui me trompais et non lui qui me trompait. J'aurais voulu crier que la peur me tenaillait les entrailles. J'aurais fait n'importe quoi pour reculer et ne pas avoir lu ce maudit journal.

— Rachel, es-tu là ?

— Oui.

— Es-tu encore en train d'écouter un téléroman à l'eau de rose pendant que je te parle ?

— Non, ça va, j'ai compris. Et à quelle heure comptes-tu rentrer ? réussis-je à articuler péniblement.

— Vers vingt heures trente. Bye.

Je raccrochai comme au ralenti, pendant que dans ma tête germait un plan. J'allais coucher les petits de bonne heure, emprunter l'auto d'André et aller voir chez Jasmine. Au souper, l'impatience s'empara de moi. J'avais hâte que les enfants finissent de manger, je les trouvais lents à prendre leur bain et il me semblait que Fernande mettait bien du temps à arriver. Enfin, je pus partir. Mon cœur cognait dans ma gorge, mes genoux s'entrechoquaient et mes mains tremblaient sur le volant. Je stationnai au coin d'une rue plus loin. De cette façon, je pus observer à mon aise Roméo, la main sur la portière de notre auto, souriant à sa Juliette, qui lui envoyait des baisers de son balcon.

Comment ai-je fait pour revenir chez moi sans avoir d'accident? Je ne le sais pas. Faut croire que Dieu me protégeait. Je rangeai l'auto dans le garage d'André et montai chez lui pour lui remettre ses clés.

— Mon Dieu! Qu'est-ce que tu as, Rachel? On dirait que tu viens de voir un fantôme!

— J'aurais préféré que ce soit un fantôme.

Je me jetai dans ses bras en éclatant en sanglots et lui racontai pêle-mêle mes doutes, mes peurs et ma découverte de la dernière heure. Il me servit une boisson forte et me laissa continuer, impuissant devant ma rage et mon désarroi.

Tout ça était la faute de Jasmine. Comme elle avait dû profiter de mes confidences les plus intimes pour me jouer dans le dos. Sale hypocrite! Toute cette histoire rocambolesque sur Gregory Marshall qu'elle m'avait racontée quelques jours plus tôt pour m'endormir!

Comme un traître, sûrement qu'elle se bidonnait quand je lui racontais mes différends avec Jean-Marie. Cela devait faire son affaire! Cette garce aguichante qui se vantait de voler le mari des autres. Même celui de sa meilleure amie. Mais cette fois-ci, elle ne gagnerait pas. Je me battrais. Jean-Marie était mon mari à moi et il le resterait pour toujours. Mademoiselle allait voir de quel bois je me chauffais!

D'un geste brusque, j'arrachai chaîne et breloque de mon cou et demandai à André de me donner les siens. Il ne les avait jamais portés. Finies les amitiés avec cette pute! Elle s'était jouée de moi, maintenant elle paierait pour sa trahison.

Et je tournai les talons pour aller m'attaquer à Jean-Marie.

Il m'attendait devant le café que Fernande lui avait servi avant de partir. Son humeur était massacrante et il n'avait pas envie de discuter.

— As-tu pris ta douche?

— Pas encore, pourquoi?

— Parce que tu as l'habitude de te laver immédiatement après avoir fait l'amour.

Pendant un instant, j'ai cru qu'il allait me frapper. Puis il se ressaisit.

— Qu'est-ce que tu insinues?

— Je n'insinue rien. Je t'ai vu, de mes yeux vu, sortir de chez ta maîtresse. Mon ex-amie Jasmine. Celle que tu faisais semblant de haïr!

— Ça ne veut pas dire que j'ai couché avec elle.

— Bien sûr que non. Tu es allé chez elle pour dire ton chapelet, je suppose! Et depuis combien de temps est-elle sur la même graine?

Indigné, il me jeta un regard courroucé.

— Rachel! Ne perds pas ta dignité en disant des grossièretés.

— *Hey!* Qu'en faisais-tu, de ma dignité, pendant que tu baisais ta « pas de classe » ? Est-ce qu'elle te faisait des choses pas catholiques ? Guettais-tu son calendrier à elle aussi ? Explique-moi comment ça se passait. Je veux savoir pourquoi le mot fidélité n'a pas le même sens pour toi que pour moi. Tu me l'as juré au pied de l'autel, souviens-toi.

— Premièrement, ce n'est pas ma faute. Tu connais Jasmine. Elle s'est mise à m'aguicher, à me tourner autour comme une couleuvre, à me défier du regard. Je te le dis, il n'y a rien qu'elle n'a pas fait pour me séduire. Elle m'a tendu un vrai piège.

— Et toi, tu as succombé comme un imbécile !

— Comme un imbécile, non, mais comme un homme, oui.

— Est-ce que tu l'aimes ?

— Est-ce que j'ai l'air de l'aimer ?

— Réponds-moi.

— Bien sûr que non, je ne l'aime pas. Elle n'a été pour moi qu'une aventure sans lendemain, la seule d'ailleurs que j'ai jamais eue, je te le jure.

— Depuis combien de temps est-ce que ça dure ?

— Pas longtemps. Juste assez pour être écœuré d'elle pour le reste de ma vie.

— Si tu savais comme je la déteste ! Elle qui se prétendait ma meilleure amie ! Comment a-t-elle pu me faire ça, à moi ?

— Rachel ?

— Quoi ?

— Qu'as-tu l'intention de faire ?

— Comment ça, qu'est-ce que j'ai l'intention de faire ?

Je le regardai et je vis la peur dans ses yeux. Ses magnifiques yeux qui me faisaient tant chavirer autrefois. Alors, je décidai de profiter de l'occasion pour le laisser mijoter. Cela lui ferait peut-être réaliser le mal qu'il m'avait causé.

— Pour le moment, je ne sais pas. Je vais me coucher, je suis à bout de nerfs. Demain, c'est mon jour de congé, j'en profiterai pour réfléchir à tout ça et je te ferai part de ma décision.

— En tout cas, pas question de divorce entre nous. Nous nous sommes mariés pour le meilleur et pour le pire. Nous traverserons le pire ensemble.

Je bus ses paroles comme du petit-lait. Pour moi, elles étaient une preuve incontestable de son amour pour moi. C'est moi qu'il préférait. Jasmine avait perdu ! Et pour la première fois, il me tendit la main avant que nous montions à notre chambre. Je pleurai pendant qu'il me faisait l'amour ce soir-là. J'étais inconsolable et lui plein de patience et de gestes tendres que je ne connaissais pas. J'eus quelques instants de révolte en pensant que ses nouvelles caresses lui avaient été enseignées par quelqu'un d'autre que moi.

Le matin, j'avais les yeux rouges d'avoir trop pleuré et j'étais épuisée par une nuit où les rares moments de sommeil m'avaient ramené des images insupportables. Pour la première fois de sa vie, Jean-Marie, accompagné des enfants, m'apporta le petit déjeuner au lit. Junior s'inquiéta de ma santé tandis que sa sœur trouvait que son père était le plus merveilleux des hommes et que j'étais chanceuse de l'avoir. Dès qu'ils furent partis pour l'école, Jean-Marie s'étendit près de moi. Il me câlina un peu en demandant ma compréhension, jura qu'il ne reverrait plus Jasmine et qu'il me serait fidèle jusqu'à la fin de ses jours. Puis, il me refit l'amour. Deux fois en douze heures, c'était tout un exploit pour lui! De plus, il prit sa douche avec moi! Chose qu'il n'avait jamais osé faire auparavant!

Nous étions tous deux attablés devant un deuxième café lorsque Jasmine se pointa. Tout de suite, elle sentit la soupe chaude. Je me levai sans dire un mot, allai chercher ses chaînes et leurs breloques, qui n'avaient plus aucune signification, et les lui plantai dans la main.

— Va-t'en, salope!

Elle me regarda, regarda Jean-Marie qui la défiait du regard et cracha son venin.

— Je te ferai remarquer qu'il faut être deux pour danser le tango!

Et elle fit demi-tour sans demander son reste. Probablement déjà en chasse d'un autre homme marié à piéger.

Je pris un somnifère, car je voulais dormir le reste de la journée. Dans mon brouillard, comme une mendiante à la porte de son cœur, je demandai à Jean-Marie s'il m'aimait. Il me répondit: je t'aime beaucoup. Et je me souviens d'avoir reçu sa réponse non pas comme un tranquillisant mais plutôt comme une insulte. C'est curieux comme le mot « beaucoup » vient en diminuer l'importance lorsqu'il est accolé à l'amour...

Le lendemain, je retournai au boulot où André m'attendait, anxieux d'avoir de mes nouvelles. Je lui dis que tout était réglé entre Jean-Marie et moi et que la vie continuait comme si de rien n'était.

Il me regarda dubitatif, mais n'ajouta rien.

Chassez le naturel, il revient au galop. C'est vrai. En quelques jours, Jean-Marie était retombé dans ses anciennes habitudes comme on remet de vieilles pantoufles confortables. De mon côté, je devais mettre les bouchées doubles au resto parce qu'André avait enfin été appelé pour subir l'ultime opération qui ferait de lui la femme qu'il avait toujours été. Il, c'est-à-dire elle, à partir de ce moment, passa sa convalescence dans le loft et je montais de temps en temps prendre de ses nouvelles.

L'opération avait été douloureuse et difficile, mais mon amie se donnait du temps pour s'en remettre. En vue d'être Marie-Andrée, elle s'était monté peu à peu une garde-robe féminine. Elle m'avait demandé d'expliquer aux employés la raison de son absence et de les prévenir de la date de son retour. C'est ce que je fis, avec toute la délicatesse dont j'étais capable. Comme je m'y attendais, personne parmi le personnel ne rit ou ne fut surpris. Leur attachement à Marie-Andrée fit qu'ils furent tous ravis qu'enfin elle puisse vivre sa vie normalement.

Quand un client s'informait du retour d'André, j'entendis à maintes reprises l'un ou l'autre des serveurs répondre, avec le plus grand respect, que madame Marie-Andrée reviendrait dans quelques semaines. Les gens réagissaient avec étonnement d'abord, puis posaient la question :

— Vous voulez dire qu'il se déguisera en femme ?

— Non, je veux dire qu'elle est une femme.

— Depuis quand ?

— Depuis sa naissance.

Plusieurs hochaient la tête, surpris, d'autres souriaient simplement, un peu mal à l'aise. Les commentaires disgracieux ou négatifs furent des exceptions.

Quand Marie-Andrée revint au bistro, elle fut applaudie par tout le personnel. Son sourire et sa façon de coordonner notre emploi du temps nous avaient terriblement manqué. Maquillée sobrement, elle portait maintenant les cheveux détachés dans sa résille, marchait avec aisance sur ses souliers à talons hauts en ondulant des hanches dans son uniforme lavande. Pour tous, elle était la patronne respectée des *Délices au coin du feu* et elle s'y épanouissait comme une fleur au soleil.

Maintenant qu'elle avait sa véritable identité, et Dieu sait qu'au Québec, à cette époque, ce n'était pas chose aisée, on pouvait considérer que la partie la plus difficile était derrière elle. Il lui restait un long travail de deuil à accomplir pour oublier l'autre partie d'elle-même. Elle devait graduellement s'arracher à son ombre et devenir authentique. L'opération en tant que telle ne la transforma pas d'un coup de bistouri en Cendrillon. C'est elle qui devait inventer son propre parcours vers le bonheur. Imprégnée de la munificence de ses parents, Marie-Andrée esquivait avec grâce les imbécillités que certains clients, coiffés sans doute par l'ignorance, lançaient à son égard. Si seulement monsieur et madame Lajoie avaient été là pour voir à quel point elle était radieuse !

L'été 1979 fut torride et les vacances approchaient à grands pas quand je me rendis chez mon médecin. Avec les nausées que j'avais chaque matin depuis quelque temps, je me doutais que j'étais enceinte de mon troisième enfant. Son diagnostic s'avéra positif. Par contre, il me trouva un peu trop blême et me signa une prescription pour que je me présente sur-le-champ à l'hôpital pour les prises de sang usuelles et ainsi vérifier que je ne faisais pas d'anémie.

L'hôpital était situé dans la rue qu'habitait Jasmine. Je ne pus m'empêcher de jeter un coup d'œil en passant devant chez elle. Elle était là, allongée confortablement en bikini sur sa terrasse, d'une main tenant une bière et, de l'autre, caressant la joue de Jean-Marie.

L'émotion fut telle que j'eus l'impression que le volant s'enfonçait dans mon estomac. Pendant un moment, je ne sus plus où j'étais. J'avais le souffle coupé, envie de vomir, des battements de cœur incontrôlables, les mains tremblantes, la sueur qui dégoulinait partout sur mon corps, la cervelle en éponge et la vue brouillée. Ce n'était pas le ciel qui venait de me tomber sur la tête mais un météorite. Je vivais ma minuscule fin du monde personnelle. Je m'engageai dans l'allée des urgences en klaxonnant pour qu'on vienne m'aider. Il est probable que je donnais des signes de crise cardiaque car, aussitôt couchée sur la civière, mes vêtements furent coupés, mes souliers enlevés tandis que gel et ventouses me recouvraient la poitrine.

Parfois, il nous arrive des choses si terribles qu'on a l'impression qu'on ne pourra jamais plus se relever. C'est ce à quoi je pensais avant de perdre conscience.

12

Quand je m'éveillai, Marie-Andrée était là, à mes côtés, ravagée par l'inquiétude. Elle me tenait la main. Son visage tendu me souriait, elle avait eu peur de me perdre. Malheureusement, je vivais. J'avais la bouche sèche, mais je ne demandai pas d'eau. Peut-être que je mourrais de soif si je ne buvais pas?

Avant de me dissocier de mon corps pour éviter cette douleur mortelle et retomber dans mon sommeil artificiel, j'eus juste le temps de lui dire:

— Jean-Marie est encore avec Jasmine.

J'entendis à peine sa réponse:

— Oui, je sais.

Complètement dans le brouillard, j'aurais voulu qu'elle m'explique comment elle était au courant. D'ailleurs, comment se faisait-il qu'elle se trouvait là? Qui lui avait dit que...

Je restai hospitalisée trois semaines pendant lesquelle le temps et l'espace se confondirent. J'avais d'inquiétantes pertes sanguines et il fallait que je reste allongée pour ne pas perdre le bébé. Quand mon médecin se présenta dans ma chambre, je le suppliai de ne rien tenter pour sauver la vie de cet enfant. Je n'en voulais pas. Je ne voulais pas d'une entrave à mon départ. Car j'avais décidé de quitter Jean-Marie Brunelle.

Le fœtus s'accrocha cependant à moi. Il lutta malgré mon refus de lui donner la vie, malgré ma peine. Il allait m'enchaîner à cette vie de couple qui n'avait plus aucun sens pour moi. Je demandai à Marie-Andrée de prendre rendez-vous pour moi dans une clinique d'avortement afin qu'on me débarrasse de cet enfant conçu dans le mensonge. Comment pourrais-je l'aimer? Il représentait pour moi la trahison de Jean-Marie et de Jasmine. Ils m'avaient bien mystifiée tous les deux! Comme j'étais naïve! Il ne fallait pas que j'y pense trop, car le désespoir m'envahissait alors et provoquait des nausées incontrôlables. Mais j'y pensais sans cesse. C'était devenu une obsession. J'étais incapable d'enlever cette image odieuse de ma tête. Je les voyais tout le temps, main dans la main, à moitié nus sur cette terrasse, en plein farniente pendant que je me crevais à l'ouvrage.

Le retour à la maison fut encore plus pénible. Tant que je n'irais pas mieux, je devrais garder le lit. J'étais tellement démolie que j'aurais voulu m'éteindre comme une chandelle que l'on souffle. Avec cet épieu planté au cœur, j'oubliai ce que c'était que d'avoir faim et soif. Je pleurais constamment et les incessantes nausées me laissaient presque impotente. Confinée dans ma chambre, je me sentais scellée comme un emballage sous vide que l'on conserve au congélateur. J'essayais de lire, mais je ne comprenais pas le sens des phrases que formaient les mots. Même chose pour la télévision, je n'associais plus les images aux paroles. La dépression s'installa comme la glace sur un lac en hiver. J'aurais voulu avoir une vraie maladie. Une maladie qui porte un nom et qui entraîne la mort. Je détestais ce mot employé par les météorologues. Je vivais dans la quatrième dimension. Sauf en ce qui concernait Marie-Andrée, qui écoutait ce que je ne disais pas, j'avais perdu confiance dans l'humanité entière.

Un dimanche, j'entendis arriver ma belle-famille. Vu la chaleur étouffante, ces taches d'huile venaient se baigner dans ma piscine. Sans gêne, ils ne cessaient de rentrer dans la maison et d'en sortir, se permettaient de fouiller dans mon réfrigérateur, d'aller aux toilettes avec leurs pieds mouillés, en faisant assez de bruit pour m'empêcher de dormir. Personne ne se présenta à ma chambre pour prendre de mes nouvelles. Bande de sans-cœur ! Je les détestais tous avec leurs manières guindées et leurs faces de carême qui ne souriaient presque jamais ! D'ailleurs, quand mes belles-sœurs osaient un semblant de sourire, vite elles le réprimaient en posant une main sur leur bouche comme pour cacher l'insanité qui venait d'en sortir par inadvertance.

Je décidai d'aller leur dire ma façon de penser et, tant bien que mal, je me rendis sur la véranda. Un silence glacial accueillit mon entrée. Du bout des lèvres, ma belle-sœur Mariette s'enquit de ma santé.

— Comment je vais ? Veux-tu vraiment le savoir ? Eh bien ! Je vais mal. Très mal. J'ai des nausées effrayantes qui ne me lâchent pas. Et sais-tu qui me donne toutes ces nausées ? C'est ton frère adoré.

Voyant l'incrédulité sur son visage, je me mis à crier comme une démente.

— Tu ne le savais pas ? Et vous, membres honorables de la sainte famille Brunelle, qui me regardez toujours avec mépris, saviez-vous que votre Dieu le Fils avait une maîtresse ? Jasmine Larivière en personne ! Je vous en bouche un coin, hein ? Regardez-le, votre idole, s'ébrouer dans l'eau avec la conscience dans le fond de son maillot. Vous ne trouvez pas qu'il a une tête de sale tricheur ?

Telles des fourmis s'agitant dans tous les sens, les femelles énervées rapatrièrent leur progéniture pour se précipiter pêle-mêle vers la sortie.

— C'est ça, allez-vous-en. Allez faire en tribu votre popotte sans sel, sans sucre et surtout sans calories, puis tant qu'à y être, à l'avenir, oubliez donc de partager avec moi. Ça m'évitera de tout jeter à la poubelle et d'être obligée de vous retourner vos contenants propres propres, désinfectés à l'eau de Javel. Faites des femmes de vous, ignorez-moi jusqu'au bout si ce n'est pas trop vous demander !

Après ma crise de nerfs, je restai seule avec mon beau-père et mon mari. Sans leur aide, épuisée, je m'acheminai misérablement vers mon lit. Chancelante, je dus m'asseoir sur le palier à l'abri des regards et, bien malgré moi, j'entendis mon beau-père réprimander son grand garçon, pendant que je sentais ma chemise de nuit s'imbiber de sang. Peut-être que Dieu exaucerait mes prières et viendrait chercher ce petit ange dont je ne voulais pas.

— Jean-Marie, dis-moi que ta femme divague…

— C'est sûr qu'elle divague. Elle a une forte médication, il faut oublier les bêtises qu'elle a dites. Moi, j'aime bien la cuisine de maman !

— Je ne parle pas de ça !

— De quoi alors ?

— De Jasmine Larivière !

— Ja… Ja… Jasmine Larivière ?

Pour la première fois de ma vie, j'entendais mon mari bégayer en cherchant une réponse intelligente qui ne venait pas. Le lourd silence qui s'ensuivit me prouvait que ce cher Jean-Marie en avait manqué un bout ! Il avait l'air idiot devant son paternel et j'avoue que cette situation était très jouissive pour moi.

— Réponds !

— Je… je…

— Je quoi ? Oui ou non, as-tu une aventure avec cette… cette fille de rien ?

— Non, oui, non. C'est-à-dire qu'elle m'a tellement agacé que j'ai succombé. Je vous jure, papa, que je ne sais plus comment m'en défaire. Elle s'accroche à moi comme une sangsue.

— Mais bon sang, Jean-Marie, comment un homme de ta classe peut-il même porter les yeux sur ce genre de fille ? Seul le train n'est pas passé dessus !

Pour une fois, j'étais d'accord avec mon beau-père. Qu'il prît ma défense me surprenait. Peut-être, après tout, avait-il un peu de respect pour moi ? J'étais prête à m'accrocher à n'importe qui, pourvu qu'il m'aide à retrouver mon estime.

— Qui est au courant ?

— Personne. Les rares fois où c'est arrivé, j'ai toujours été très discret.

Discret mon œil! Je les avais vus au resto le plus achalandé de la ville puis deux fois chez Jasmine. Tous ses voisins devaient connaître leur aventure ainsi que les collègues du bureau de Jean-Marie et probablement mes propres clients. Et comme c'est toujours l'épouse qui est la dernière à être au courant, j'imaginais facilement le nombre impressionnant de personnes qui savaient.

— Mais enfin, Jean-Marie, pas besoin d'acheter une vache lorsqu'on a le lait gratuitement!

Et vlan pour mon estime! Ces mots, tout droit sortis de la bouche d'un homme aussi collet monté, me montraient toute la considération que monsieur Brunelle père me portait! Il comparait les femmes à des vaches laitières! Si j'avais été plus forte, je lui aurais beuglé ma rage et mon dégoût!

— Veux-tu que j'aille lui parler, à cette dévergondée?

— Non, je lui ai dit tout le mal qu'elle nous avait fait et je crois que, cette fois-ci, elle a compris. Elle ne me harcèlera plus.

— En es-tu bien certain?

— Oui, je vous le jure.

— Alors, maintenant, l'important est de sauver ta réputation et ton mariage. Il n'est pas question que tu divorces. Ce serait la honte pour ma famille et je ne l'accepterai jamais. D'ailleurs, aucun Brunelle n'a jamais divorcé, et ce n'est pas Rachel qui changera les choses. Il te faudra jouer serré, prouver aux mauvaises langues qu'elles se trompent. Pour les prochaines vacances, nous emmènerons les enfants au lac tandis que toi, tu partiras seul avec ta femme. Offre-lui une

seconde lune de miel, si tu comprends ce que je veux
dire. Rappelle-lui que Jésus est tombé trois fois et qu'il
s'est relevé chaque fois sans faire de drame.

Et voilà! «Dites seulement une parole et je serai
guérie!» Le patriarche avait ordonné et ses sujets obéi-
raient! En trente minutes, mon sort avait été décidé,
classé. Il fallait que j'oublie. Pas une seule fois, je
n'entendis le mot pardon. C'était normal, car ce n'était
pas Jean-Marie qui était fautif, c'était Jasmine. Pas une
seule fois, je ne sentis la moindre compassion pour
moi. Cela aussi était normal, puisque je n'étais que la
bru. Aux yeux des Brunelle, j'avais eu cette chance
inespérée d'avoir été choisie parmi nombre de candi-
dates par Sa Majesté Jean-Marie. Il m'avait sortie d'un
milieu pauvre pour me faire vivre une vie de rêve.
Après tout, que serais-je devenue sans lui? Une artiste
sans talent, bohème, sans le sou, à la dérive.

Ce jour-là, j'aurais dû me révolter. Cependant,
comme les femmes-girafes d'Afrique, j'eus peur d'enlever les anneaux de mon carcan. Peur de me briser le
cou.

Je me laissai emmener à l'hôtel par Jean-Marie en
espérant que, seuls tous les deux dans un endroit
neutre, il en profiterait pour me parler, pour m'expliquer, pour s'excuser.

Je me trompais.

Jean-Marie, tout comme le reste de sa famille, ignorait le mot pardon autant que le mot merci. Il se croyait
même au-dessus de Dieu car, malgré son comportement
adultère, il avait l'hypocrisie d'aller communier tous
les dimanches.

Après trois jours, j'étais à bout de nerfs d'entendre ses constantes jérémiades sur le prix exorbitant des repas, sur le climatiseur qui l'empêchait de dormir, sur l'eau trop froide de la piscine et j'en passe. Cette situation bancale m'épuisait. Ma santé se détériorait. Je ne digérais même plus l'eau que je buvais. Je demandai à rentrer, car j'avais besoin de voir mon médecin au plus vite. Pingre comme il l'était, Jean-Marie ne se fit pas prier pour acquiescer à ma demande.

Au mois d'août, sans avoir informé Bwouana ni sa sainte famille, car ils auraient crié au sacrilège, je me présentai, accompagnée de Marie-Andrée, à la clinique d'avortement. Marie-Andrée me suppliait de changer d'avis, de mettre mon enfant au monde et de le lui donner, à elle qui n'aurait jamais la joie d'être mère. Elle m'incitait à regarder les photos d'embryons à différents stades. Le mien avait maintenant des ongles, son cœur battait depuis longtemps et il suçait déjà son pouce.

Je l'écoutais à peine. Peu de temps auparavant, j'avais regardé une émission sur le sujet à la télé et une femme avait crié : « Si c'était la responsabilité des hommes de porter les enfants, l'avortement serait un sacrement. » Et des milliers de femmes avaient applaudi. Forte de cette conviction, je m'acheminais, sans remords, vers ce que je pensais à l'époque être la meilleure solution à mon problème.

Quand je vis battre le cœur de mon enfant sur le moniteur durant l'écographie, je sus que jamais je ne pourrais lui faire de mal. Je remis mes vêtements, m'excusai auprès du personnel et sortis en souriant à Marie-Andrée qui m'attendait dans l'antichambre.

— Je n'ai pas pu.

— Je le savais ! Je te connais trop. Je savais que tu ne pourrais jamais aller jusqu'au bout. Tu es une mère-née, Rachel. Tu ne pourrais pas te débarrasser de ton enfant.

— Veux-tu être sa marraine ? Après tout, si ce bébé doit venir au monde, c'est un peu beaucoup grâce à toi. Tu as si bien plaidé sa cause !

— Jamais ton mari n'acceptera ça !

— Tu veux parier ?

— Si tu arrives à le persuader, j'accepterai cet honneur avec une grande joie.

— Alors, c'est décidé, tu seras sa marraine.

Folle de joie, Marie-Andrée m'embrassa en me remerciant de cet honneur. Elle sautillait comme une enfant en me promettant que ce bébé serait le plus aimé et le plus choyé du monde. Je souris devant tant d'allégresse. Ça faisait longtemps que cela ne m'était pas arrivé spontanément.

— Et tu lui choisiras un prénom. C'est une fille

— Une fille ? Tu en es sûre ? C'est bien vrai ?

— Oui, je l'ai vue pendant l'examen. Et... tu avais raison, elle suçait son pouce.

Quand un torrent de larmes inonda les joues de mon amie, je sus que je venais de prendre la bonne décision.

— Magnifique, je vais commencer dès demain à courir les magasins. Tu verras que ma filleule n'aura pas l'air d'une pauvre !

Le plaisir et les projets de Marie-Andrée me rassurèrent. Il y avait au moins une personne qui serait heureuse de la venue de ce bébé. J'étais tellement fatiguée et affaiblie que je ne pensais qu'à me reposer. Alors sincèrement, j'étais bien contente de pouvoir me fier à mon amie pour tout le reste.

Sachant par ma sœur Alison que mon père était atteint d'une cirrhose du foie, je les conviai, ma sœur et lui, malgré l'interdiction et pour la première fois depuis mon mariage, au réveillon de Noël. Comme je m'y attendais, ce fut le désastre total! Mon père, qui était déjà saoul à son arrivée, se mit à raconter des histoires grivoises et ma sœur, toujours aussi commune, riait à gorge déployée de ses bêtises en se tapant sur les cuisses, tandis que les Brunelle se regardaient d'un air scandalisé et voulaient se glisser entre le mur et la peinture. J'adorais les voir tous si mal à l'aise. Au fond de moi, je me disais : Mon voleur vaut bien votre tricheur !

Désormais, j'avais très hâte qu'il naisse, ce bébé-là. J'avais dû laisser mon emploi de pâtissière, car les nausées n'avaient jamais cessé. Après neuf longs mois sans grand répit, minuit venait de sonner le treize janvier lorsqu'elle manifesta enfin son désir de naître. Pour la première fois, Jean-Marie dut m'accompagner à l'hôpital. Autant j'avais eu une grossesse difficile, autant j'accouchai sans problème. À peine deux heures s'étaient-elles écoulées depuis mon entrée à l'hôpital que Jean-Marie me félicitait en me donnant un chaste baiser sur le front, jetait un coup d'œil distrait sur notre fille et retournait aussitôt à la maison en prétextant la nécessité d'un bon sommeil en vue d'un rendez-vous important tôt le lendemain matin.

Au fond, j'étais bien contente qu'il décampe. Moi aussi, j'étais fatiguée. Fatiguée de cette grossesse qui m'avait jetée à terre, fatiguée de l'ambiance merdique qui régnait lorsqu'il était là. Je me trouvais laide, grosse, moche et sans attraits. J'étais défigurée par un masque de grossesse qui me faisait fuir les miroirs.

Et c'était encore pire lorsqu'il était absent. La peur s'installait en moi. Peur que Jean-Marie ne me trompe encore. Je les imaginais au lit, elle les jambes en l'air et gigotant comme un crabe sur le dos. Dans ma tête, je les entendais rire ensemble de mon état et de ma silhouette. Il y eut des jours où je crus devenir folle pour de bon. Pendant qu'il prenait une douche ou qu'il dormait, je fouillais dans ses poches et dans son portefeuille pour trouver un indice. J'examinais à la loupe ses vêtements, à la recherche de traces de rouge à lèvres ou de maquillage. Avant de laver ses sous-vêtements, je vérifiais s'ils ne contenaient pas du sperme séché. Je trouvais n'importe quel prétexte pour l'appeler au bureau à toute heure afin de m'assurer qu'il y était. J'examinais son agenda et, les soirs où il devait travailler plus tard ou rencontrer un client, j'allais vérifier s'il était vraiment là.

Lorsque sa secrétaire ne pouvait le joindre, je me précipitais chez Jasmine pour voir si notre auto était là ou si elle était absente, elle aussi. Un soir, j'allai même mettre un tesson de bouteille sous les pneus de mon ennemie. Et j'en fus contente. Ça cogitait toujours dans ma tête. Mon énergie mentale servait à court-circuiter toutes les connexions reliées à mon bon sens. Je n'en pouvais plus de vivre avec Jean-Marie, mais en même temps je paniquais à l'idée de le quitter.

Prétendant avoir perdu mes clés, j'avais même demandé à un serrurier de venir chez moi en faire de nouvelles afin de pouvoir entrer dans son sanctuaire et fouiller dans son classeur. Sans jamais rien déplacer afin qu'il ne découvre pas mes indiscrétions, je vérifiais toute sa paperasse. Il n'aurait pas fallu que je trouve une facture de fleuriste ou de bijoutier car, durant toutes ces années de mariage, Jean-Marie ne m'avait jamais offert un seul cadeau. J'aurais très mal pris qu'il soit plus généreux avec sa maîtresse.

Cette période de ma vie fut la plus noire. Je m'étais réfugiée dans ma tour, j'avais remonté le pont-levis et clos toutes les fenêtres. J'aurais très bien pu jouer dans la pièce adaptée du roman *Les Misérables,* de Victor Hugo, et son auteur aurait été très fier de moi en voyant combien je pouvais rendre véridique le personnage qu'il avait inventé.

La nuit de la naissance d'Alicia, je n'avais pas cru Jean-Marie lorsqu'il m'avait dit s'en aller à la maison. J'étais certaine qu'il me mentait. L'important pour moi, ce soir-là, était de me reposer enfin, de reprendre des forces ; ensuite, je verrais quelles décisions je pourrais prendre.

J'appelai Marie-Andrée pour qu'elle vienne voir sa filleule. Le temps de m'assoupir, elle était là. Rayonnante de bonheur, elle berçait ma fille tout en me surveillant du coin de l'œil. Les médicaments agissaient fortement sur moi, j'avais peine à parler. Dans un vaporeux nuage, j'entendais Marie-Andrée s'exclamer devant la beauté d'Alicia, je l'écoutais lui murmurer des mots d'amour, des mots de mère. Elle expliquait au bébé pourquoi son prénom lui allait si bien… en souvenir de sa propre mère que nous avions tant aimée toutes les deux. Je souris et, sur les ailes du rêve, je me réfugiai dans les bras chauds et dodus de madame Lajoie. Elle me berçait et me rassurait en me disant que je ne regretterais jamais d'avoir accepté ce cadeau.

Quand j'ouvris les yeux, le lendemain matin, c'était déjà mon tour d'être amenée au bloc opératoire. Je devais subir une ligature des trompes. Juste avant que l'anesthésiste fasse son travail, le gynécologue me regarda droit dans les yeux et, d'un ton arrogant, me demanda si j'étais bien certaine de ma décision.

— N'oubliez pas que c'est irréversible. Ne venez pas m'implorer dans quelques années de vous rafistoler parce que le nouveau conjoint, beaucoup plus jeune que madame, va vouloir un enfant.

Je détestai cette insinuation malveillante et sa façon irrespectueuse de me parler. Je pensai qu'il connaissait peut-être l'adultère de Jean-Marie ou, pire encore, ses intentions de divorce et la peur me vrilla les entrailles.

Je me réveillai en pleurant. Heureusement, Marie-Andrée était là pour me rassurer. La sensation de brûlure dura trois jours, parce que ce gynécologue était réputé pour ne pas prescrire d'analgésiques à ses patientes. Pendant tout ce temps, je sentis exactement l'endroit dans mon corps où avait eu lieu l'intervention. Heureusement, je dormis la plupart du temps.

Le soir de mon opération, j'avais eu Junior au téléphone. Ma voix était éraillée à cause de l'intubation et il m'avait crié: «Tu n'es pas ma maman, je ne reconnais pas ta voix!» On avait raccroché. J'étais trop faible pour rappeler et, de toute façon, Junior ne m'aurait pas crue. Dans ma léthargie, je m'étais promis de lui donner un coup de fil dès que j'irais mieux.

Le matin, alors que j'étais à la veille de sortir, j'eus la surprise de voir arriver mon fils. Il se tenait là, sur le seuil de la porte, gêné de m'approcher. Il avait oublié de mettre ses jambières et son foulard. Je le grondai un peu à cause du froid, puis je l'invitai à venir m'embrasser. Il se précipita dans mes bras en pleurant. Il se serrait contre moi comme s'il me retrouvait après des années d'abandon. Ses sanglots n'arrêtaient plus. Je le laissai se calmer, puis je pris son adorable visage entre mes mains et lui dis que j'étais très heureuse qu'il soit là. Il me serra très fort et me dit à l'oreille qu'il pensait que j'étais morte et que c'est pour cela qu'il avait tant de peine.

— À cause de notre conversation de l'autre soir, quand tu n'as pas reconnu ma voix?

— Malory m'a dit que le bébé t'avait sûrement tuée en sortant et qu'une autre femme me parlait en attendant que papa se décide à me dire la vérité.

Et mon fils redoubla de sanglots. J'étais bouleversée par ce gros chagrin inutile et fâchée de la méchanceté des paroles de Malory.

— Mais pourquoi n'as-tu pas demandé à ton père?

— Il n'est jamais là, il est toujours ici avec toi!

En fait, Jean-Marie ne venait que cinq ou dix minutes en sortant du bureau et il était toujours pressé de retourner «surveiller» les enfants.

Sans le savoir, Junior venait de me donner un grand coup au cœur et mes inquiétudes, un peu mises de côté, refluèrent comme un raz de marée. Désarçonnée pendant un moment, j'essayai tant bien que mal de me ressaisir. Je ne voulais pas laisser l'amertume m'envahir et je ne voulais surtout pas que Junior se sente responsable de mon désarroi. Il n'était qu'un enfant et n'avait pas à payer pour les odieux mensonges de son père.

— Je m'ennuie trop de toi, maman! Je veux que tu reviennes à la maison!

— Je reviens demain, mon grand.

— Je n'aime pas faire mes devoirs avec Malory. Elle se moque de moi à cause des fautes dans mes dictées. En plus, elle me frappe les doigts avec sa règle.

— Dis donc, comment se fait-il que tu sois ici à cette heure? Qui t'a emmené?

— Je suis venu tout seul, à pied. Je n'en pouvais plus. Je voulais vérifier…

Il se remit à pleurer.

Bouleversée, je le repris dans mes bras et attendis qu'il se calme. En moi, je bouillais de rage. Quand donc Jean-Marie et Malory cesseraient-ils leurs jeux cruels?

— Bon, tant qu'à être là, que dirais-tu de passer l'avant-midi avec moi? J'ai besoin d'aide pour faire ma valise et de quelqu'un pour m'accompagner jusqu'à la pouponnière. Si tu acceptes, je te ferai un billet pour l'école, d'accord?

Fier d'être traité en garçon responsable, Junior me sourit en bombant le torse. C'est lui qui montra la carte à l'infirmière pour qu'elle apporte le bébé pendant que, en retrait, je guettais sa réaction.

Quand j'avais annoncé aux enfants qu'ils allaient avoir une sœur, Malory m'avait dit :

— Tu ne crois pas que tu es trop vieille pour avoir un bébé ?

Et Junior m'avait suppliée de donner le nouveau-né en adoption. Il ne voulait pas d'une sœur supplémentaire qui le mordrait et lui crierait des noms à longueur de journée.

Junior regardait, d'un air sceptique, à travers la vitre cette petite chose emmaillotée.

— Comment la trouves-tu ?

— Est-ce parce qu'elle était pliée dans ton ventre qu'elle est toute fripée ?

Je ris de bon cœur. Je reconnaissais là l'humour taquin de mon garçon. Puis il dit doucement :

— Je vois le ciel dans ses yeux. Pas du métal.

Junior me ramenait ainsi à mon constant malaise devant le regard gris acier de Malory.

Durant ma dernière nuit dans cette chambre d'hôpital où les paramètres étaient restreints, où boire, manger et dormir devenaient les seules choses essentielles, je pris la résolution de ne pas quitter Jean-Marie. Je ne voulais pas que Jasmine devienne la belle-mère de mes enfants. Je choisis de les regarder grandir près de moi.

Qu'est-ce que je fis pour convaincre Jean-Marie que Marie-Andrée serait la marraine idéale pour ma fille ? Avec un aplomb digne des pros du poker, je bluffai. Je le menaçai de le quitter et de faire passer dans le journal une annonce disant qu'à l'avenir je ne serais plus responsable de ses dettes.

Lui et moi savions très bien que cette mauvaise publicité serait propre à causer la mort de sa précieuse carrière. J'affrontai calmement son regard pénétrant quand il me scruta jusqu'au fond de l'âme. D'abord incrédule, puis offusqué, il sut, devant mon inébranlable détermination, que quelque chose en moi était irrémédiablement brisé. Il haussa les épaules et me répondit de faire ce que bon me semblerait.

Elle était très mignonne, ma petite brunette. Dès l'instant où elle posa ses magnifiques yeux bleu azur sur moi, je fus conquise. Elle me regardait de la même façon que Junior m'avait regardée douze ans plus tôt. Pour la deuxième fois, je sentais passer ce courant indéfinissable qui existe entre une mère et son enfant. Avec mon bout de chou dans les bras, j'arrivais presque à oublier mes malheurs.

Dès mon retour à la maison avec Alicia, Malory devint vraiment haïssable. Elle s'impatientait aussitôt que le bébé chignait. Elle la prenait sans ménagement par le pyjama, la ballottait à bout de bras comme une poupée de chiffon et, devant mes cris d'effroi, me la tendait sans ménagement. «Elle a soif, fais-lui un biberon. Change-la, elle sent la poubelle. Es-tu sûre qu'elle est normale? Elle est aussi laide qu'une Schtroumpfette. En tout cas, moi, je ne prendrai pas de chance, je n'aurai jamais d'enfant.» C'étaient là quelques-uns des commentaires quotidiens de Malory.

Après seulement quelques jours, je devins hypernerveuse. Je me mis à avoir peur qu'elle échappe mon bébé ou qu'elle le blesse. Chaque fois que je déshabillais Alicia, je l'examinais attentivement pour vérifier si elle n'avait pas de traces de morsures, car il arrivait souvent qu'elle se mette à crier alors que je la croyais endormie dans son berceau, loin de mon regard. Dès que Malory mettait le pied dans la maison, j'avais pris l'habitude de garder le bébé sur moi dans mon sac en bandoulière ou je la déposais dans son moïse, toujours à portée de ma vue. Une nuit, alors que j'avais pris une pilule au coucher, il me sembla entendre pleurer Alicia. Je mis un peu de temps à regarder mon réveil et à me rendre compte que ce n'était pas un rêve, que c'était vraiment l'heure du biberon. Je me levai, un peu zombie, et me dirigeai vers la chambre de mon bébé. Panique totale. Elle n'était pas dans son lit. Je me mis à ouvrir toutes les lumières en criant comme une perdue qu'on avait kidnappé mon enfant. Affolé, Junior me rejoignit et entreprit de chercher avec moi tandis que Jean-Marie, impatient, m'ordonnait de regarder dans le berceau au salon, je l'avais sûrement oubliée là. Le ber était vide, j'avais vérifié.

Pendant tout ce brouhaha nocturne, la porte de Malory resta fermée. C'est ça qui me mit la puce à l'oreille. Quand je voulus y pénétrer, elle était verrouillée. Je frappai assez fort pour la réveiller. Rien. Mon instinct me disait que c'était encore une de ses mauvaises plaisanteries. Malgré mon mari fulminant, à l'aide d'une épingle à cheveux je déverrouillai la serrure et allumai. Malory fit semblant de se frotter les yeux, comme quelqu'un qui se réveille aveuglée par la lumière vive du plafonnier. Junior se faufila derrière moi et trouva Alicia dans le fond de la penderie, sous une pile de peluches. Devant mon air accusateur et mes yeux fous de rage, Malory me narguait. Mais quand elle vit apparaître son père derrière moi, elle commença à pleurer. Elle expliqua en hoquetant à Jean-Marie qu'elle ne voulait pas de mal à sa sœur, au contraire, elle l'avait bien installée sur un oreiller avec ses poupées préférées pour me donner du répit. On devine la suite. Jean-Marie, tout miel, demanda à ma fille de m'excuser, disant que j'étais très perturbée, que je faisais un espèce de *baby blues* à la suite de mon accouchement.

Cette nuit-là, j'eus la certitude qu'en aucun cas je ne devais faire confiance à Malory. Quant à Jean-Marie, il ignora toujours Alicia. C'est comme s'il doutait de sa paternité, comme si c'était moi qui l'avais trompé. Et Malory, grande imitatrice de son père, lui emboîta le pas.

De son côté, ce bébé persévérant, qui avait choisi la vie, ne s'efforça jamais de conquérir ni son père ni sa sœur. C'est comme si, instinctivement, Alicia se préservait des souffrances ou de la contamination qu'ils auraient pu lui occasionner. Elle avait cette grande capacité d'ignorer ce qui ne lui plaisait pas.

Par contre, avec sa patience d'ange et munie de son adorable sourire, elle s'appliqua à apprivoiser le cœur si méfiant de Junior.

Chère Alicia! Enfant merveilleuse en adoration devant son frère. Une à une, les barrières tombèrent et Junior cessa d'avoir peur d'elle pour la prendre sous son aile. Avec Alicia, mon fils découvrait enfin l'affection fraternelle. À douze ans, Junior, imbu de sa nouvelle responsabilité de grand frère et de parrain, cessa de mouiller son lit et de discuter avec son chien imaginaire.

Pendant que Fernande venait me donner un coup de main pour la maison, Marie-Andrée s'occupait de sa filleule. Elle disait qu'Alicia la reconnaissait et qu'elle lui souriait quand elle la prenait. Je n'essayai même pas de lui expliquer que ce n'étaient que des spasmes nerveux de bébé naissant, je la laissai toute à sa joie de materner ma fille.

Je me rétablissais très lentement des événements de la dernière année. Mon anémie persistait anormalement et j'étais dépressive. Je voulais faire le ménage dans ma tête, mais je n'y parvenais pas à cause des antidépresseurs qui me maintenaient dans un état confus. Je m'étais installée dans une sorte de routine résignée remplie de lourdeurs et de silences. Par son non-verbal, Jean-Marie avait créé un climat de tension insupportable. Nous partagions notre quotidien dans l'indifférence la plus totale l'un de l'autre. Et quand quelque chose ne faisait pas son affaire, au lieu d'en parler, pour nous montrer son mécontentement, il serrait les dents en inspirant bruyamment et en faisant palpiter ses narines. On aurait dit que Jean-Marie me prenait pour une demeurée. Il ne me parlait plus, il s'adressait à «elle». Je me sentais comme une antilope abandonnée dont le lion s'est rassasié. Pas encore morte, mais dans une agonie qui n'en finit plus parce qu'on ne lui a pas encore bouffé ses organes vitaux.

J'étais blanche comme un cachet d'aspirine et quand le temps le permit, Marie-Andrée m'emmena faire de longues promenades pour redonner un peu de couleur. Elle poussait le landau d'Alicia comme si elle en était la mère, mais je n'en prenais pas ombrage. Je savais qu'elle le faisait pour moi. L'amitié inconditionnelle de mon amie, sa douceur et sa patience à mon égard, mêlées au soleil et à l'air chaud, m'aidèrent à me sortir tranquillement de mon état catatonique.

Pour un deuxième été consécutif, je n'allai pas au lac. Cela créa tout un remous lorsque j'annonçai que je m'en abstenais. J'avais déjà fait l'expérience du camping avec un jeune bébé et cela avait été désastreux pour tout le monde. Et puis, j'avais envie de passer dix jours sans enfants à surveiller, sans visites impromptues, sans horaire à respecter. Quant à mon mari, il n'oserait pas faire de folie en présence de son précieux papa. Je voulais rester seule à la maison, et Marie-Andrée m'avait demandé de lui « prêter » Alicia pour cette période. Ma petite fille avait déjà six mois et il était temps qu'elle fasse profiter sa marraine de son agréable et souriante compagnie.

Vacillante, j'émergeais lentement de mon marasme. Cela faisait plus d'un an que je n'avais pas eu de relation sexuelle avec Jean-Marie. Je voulais profiter de ma liberté pour me refaire une beauté, acheter de nouveaux vêtements et des dessous affriolants comme ceux que j'avais vus dans les tiroirs de Marie-Andrée. De plus, j'avais lu un livre érotique sur l'amour dans le couple et j'étais bien décidée à reconquérir mon mari en utilisant quelques-uns des conseils assez explicites sur l'art de donner du bonheur. Je me disais, qu'après avoir fait ses expériences ailleurs, peut-être qu'il serait moins prude avec moi, si je lui en glissais un mot…

Plus lucide, je refusais désormais de vivre dans cette sorte d'opprobre où les pires mensonges sont ceux que l'on se fait à soi-même. Je m'étais constitué une histoire d'amour à partir d'un rêve d'enfant. D'aussi loin que je m'en souvienne, je rêvais que je courais dans un champ rempli de marguerites et, soudain, la terre tremblait comme dans un séisme et au moment de tomber dans le vide d'une immense crevasse, deux grands bras me rattrapaient pour me mettre en lieu sûr. Plus tard, à l'adolescence, j'avais identifié Jean-Marie comme mon sauveur.

J'avais vieilli. Je voulais donner une seconde chance à mon mariage sur des bases plus solides. Les yeux grands ouverts sur les forces et les faiblesses de mon couple, j'avais bien l'intention d'y mettre toute l'énergie nécessaire.

Jean-Marie, ignorant de ce qui l'attendait à son retour, fut très choqué de ma décision et essaya par tous les moyens de me faire changer d'idée. Que diraient ses parents? Je ne répondis pas à cela; c'était le dernier de mes soucis.

Ils partirent donc sans moi et revinrent sans ma belle-mère. Elle s'était noyée au cours d'une partie de canotage que mes enfants avaient, semble-t-il, réclamée avec insistance.

Personne ne m'accusa de rien. Mais je voyais dans leurs regards le reproche de ne pas avoir été là pour m'occuper de mes petits. Je me sentais tellement coupable que j'étais prête à n'importe quoi pour me faire pardonner. Mais, dès que je tentais une approche, avec l'une ou l'autre belle-sœur, je trouvais un visage fermé, sans pitié. On m'avait mise au pilori et c'était payer très cher ma semaine de vacances.

Normalement, en septembre 1980, Junior aurait dû en être à sa deuxième année du cours secondaire. Mais, vu ses difficultés d'apprentissage, il lui avait fallu faire une septième année. Donc, il devait entrer au secondaire en même temps que sa sœur.

Peu après les obsèques de madame Brunelle, Jean-Marie m'annonça, avec précaution me sembla-t-il, qu'après en avoir sérieusement discuté avec Malory, ils avaient décidé d'un commun accord qu'à partir de septembre, elle serait pensionnaire au mois dans une école loin de la ville. Il m'expliqua qu'il avait dû utiliser toute son influence politique, car les examens d'admission avaient eu lieu en février. Je ne sais pas s'il pensait que j'allais mal le prendre ou que je m'y opposerais (depuis quand, d'ailleurs, se préoccupait-il de mon avis? Mystère), mais je dus faire un effort extrême pour ne pas jubiler devant cette décision bénie. Malory partie à l'extérieur et lui toujours absent pour son travail, ma vie serait grandement allégée. En même temps que la liste des effets recommandés par le pensionnat, il me remit sa carte de crédit pour toutes ces dépenses. Budget illimité. Je n'en revenais pas. De plus, il me conseilla fortement de ne pas lésiner sur la qualité. Malory aurait ce qu'il y avait de mieux, costumes inclus. Elle ne ferait pas piètre figure auprès des gosses de riches. L'histoire se répétait. Mais, Jean-Marie étant ce qu'il était, il ne put s'empêcher de me jeter un peu de son venin:

— Interdiction formelle de dépenser le moindre sou pour ton «pas de talent». Inutile de te dire que je vérifierai chaque achat.

«Oui Bwouana», dis-je intérieurement et j'ajoutai quelques mots grossiers pour me soulager!

Junior entra donc seul à la polyvalente. Curieusement, le fait de ne plus avoir sa sœur sur les talons le fit grandement mûrir. Nous nous installâmes dans une routine. Il venait dîner au bistro tous les midis pendant que mon indispensable Fernande gardait Alicia. Elle ne tarissait pas d'éloges sur la gentillesse de mon bébé. Pourtant, quand je lui avais demandé de la garder quelques jours par semaine (puisque sa marraine la prenait durant tous ses jours de congé), Fernande avait hésité. Elle avait eu tellement de difficultés avec Malory qu'au bout du compte elle m'avait donné sa démission. Je ne sais plus combien de gardiennes j'ai dû engager juste pour cette enfant. D'un autre côté, Junior et Fernande s'étaient toujours bien entendus. Ils formaient le duo parfait. Elle l'adorait et lui, le lui rendait bien. C'était sa nounou et il était son chouchou. Alicia entra doucement dans leur duo et personne ne le regretta jamais.

Une fois le « danger Malory » écarté, je commençai à me détendre un peu. Je diminuai régulièrement ma dose de médicaments et ma santé mentale se stabilisa peu à peu.

Je m'étais mis en tête de reconquérir mon mari. Depuis le décès de sa mère, il boudait et devint, si cela se peut, de plus en plus irascible, de plus en plus exigeant. La vie en sa présence était lourde et pénible. Quand il venait se coucher, il me tournait le dos sans me dire bonsoir et, quelques minutes après, il ronflait à en faire ouvrir les tiroirs de la commode. D'autres nuits, il frétillait en dormant comme un saumon dans l'eau.

Je me souviens d'un soir où j'avais pris un soin particulier de mon apparence. J'avais une robe de nuit neuve, assez sexy. Je m'étais enduit le corps d'une crème aphrodisiaque et j'avais mis du vernis à ongles aux orteils.

Il me repoussa d'un coup de coude dans l'estomac en disant qu'il avait sommeil. Je lui murmurai que j'attendrais le lendemain. J'étais extrêmement déçue. Il ne donnait à notre couple aucune chance de rapprochement. Alors, avec patience et bonne volonté, je persistai à demander et à redemander. Je ne sais plus combien de refus j'ai essuyés.

J'appelai cette expérience « le test du vernis sur les ongles d'orteils ». Je m'étais dit : quand mon vernis aura disparu de mes orteils parce que les ongles auront poussé, ce qui me donnait de quatre à cinq mois, je comprendrais que l'amour physique entre lui et moi est vraiment fini. Le temps s'écoula et je dus me rendre à l'évidence : Jean-Marie n'était plus intéressé par mon corps. Nous ne serions plus jamais intimes. Voyait-il encore Jasmine ? Après toutes mes enquêtes, j'étais persuadée que non.

Pour ne pas être blessée davantage, j'endossai ma carapace d'indifférence. C'est moi qui ne voulais plus qu'on me touche. Je pris alors la décision qui s'imposait. J'achetai des lits jumeaux et mis la table de chevet entre eux. Je voulais éviter que nous nous touchions, même par accident. Je jetai mes robes de nuit olé olé pour les remplacer par de longs tee-shirts avec des dessins tous aussi laids les uns que les autres. Cela sous-entendait : « Tu ne me toucheras plus jamais. »

Après cette révolte personnelle, je me sentis bien. Je pensai même : « Bon débarras ! » Je n'aurais plus jamais à subir ces réveils pénibles et douloureux où mon corps, malmené la veille, avait besoin d'une nouvelle prescription d'antibiotiques. Je n'aurais plus à voir Jean-Marie haleter au-dessus de moi comme s'il fournissait l'effort d'un athlète à la ligne d'arrivée.

J'avais lu quelque part que la loi stipulait que la femme mariée n'appartenait pas à l'homme, et qu'elle avait le droit de lui dire non et que, s'il n'obtempérait pas, c'était un viol. Forte de ce renseignement, je me réjouissais à l'idée de pouvoir un jour repousser ses avances. Mais Jean-Marie ne me donna jamais cette satisfaction : son petit drapeau resta toujours en berne...

13

En août 1982, ma sœur m'appela pour me dire que notre père était en phase terminale d'un cancer du foie. Junior était maintenant assez responsable pour garder sa jeune sœur et chaque soir pendant six semaines, je pus ainsi me libérer quelques heures pour aller aux soins palliatifs afin d'accompagner ce petit homme agonisant à la peau jaunie par la maladie. Je n'avais jamais rien eu à lui dire. Acheter une carte pour lui avait toujours été un supplice et je finissais immanquablement avec une carte sans texte dans laquelle j'écrivais en gros «Bonne fête». Même sous forte médication et dès qu'il avait un moment de lucidité, il remâchait ses éternelles lamentations.

Vétéran de la Seconde Guerre mondiale, il avait rencontré notre mère, Bridget O'Connor, alors qu'il était hospitalisé pour la perte d'un œil causé par un éclat d'obus. Maman faisait partie des six cent quarante-sept infirmières canadiennes engagées par la Croix-Rouge. Le soir, quand elle avait fini sa tournée des lits, elle lui faisait la lecture et tentait de l'encourager à continuer sa vie malgré son handicap.

Papa avait-il déjà un penchant pour la bouteille? Je ne le sais pas. En tout cas, moi, je l'ai rarement vu à jeun. Il disait boire pour oublier toutes les horreurs de la guerre: les corps déchiquetés de ses compagnons d'armes, les cris des soldats qu'on amputait sans anesthésiant, les journées passées à se cacher dans des tranchées en compagnie des rats et la puanteur de la mort. Lors de ses beuveries, quitte à nous rendre malades à cause des détails sordides, il nous expliqua maintes fois comment un œil crève, tel un jaune d'œuf, en répandant un liquide visqueux sur la joue.

En résumé, la vie avait toujours été ingrate envers lui: la guerre l'avait rendu infirme, son infirmité lui avait fait perdre un emploi après l'autre et, comble de malheur, il avait couché avec une motte de glace toute sa vie. Il n'a jamais eu un mot gentil pour notre mère. Il s'adressait à elle en l'appelant «chose». Quand il parlait de sa femme, il ne prononçait jamais son prénom. Jamais une parole de reconnaissance non plus pour celle qui lui avait donné un toit et avait remédié au manque d'argent en faisant des remplacements à l'hôpital.

Moi, j'ai souvent pensé que si maman était froide au lit, c'était peut-être que lui était impuissant à cause de son alcoolisme.

Chez nous, la vie n'était pas toujours jojo. À jeun, papa était plutôt du genre taciturne. Dès qu'il avait un verre dans le nez, c'est-à-dire tous les jours, il devenait gueulard et bourrasseux. Plus il buvait, plus il parlait fort en gesticulant et en frappant la table de son poing. Chaque fois qu'il avait un nouvel emploi, il déblatérait la même chose : comment il était exploité par un patron exigeant, comment il devait subir des collègues de travail pas débrouillards et sans allure pendant des heures pour un salaire de crève-la-faim. La majeure partie du temps au chômage, il se plaignait de ce que la société était pourrie et que le gouvernement de son pays n'avait pas de cœur pour ceux qui avaient défendu leur patrie au prix de leur vie.

Miranda et moi avions l'habitude de ses discours, nous ne les entendions même plus. Dès qu'il commençait à lever le ton, nous nous réfugiions chacune dans nos chambres. Et Dieu sait que nous y sommes allées souvent ! Alison, elle, au plus fort de la tempête, se cachait sous la table et quand elle sentait une accalmie, elle se précipitait vers le frigo pour lui ouvrir une autre bouteille de bière. Servile, elle la lui tendait en souriant et cela encourageait papa à recommencer son histoire et à s'écouter parler. À ces moments-là, il en profitait pour dire à sa benjamine qu'elle était sa fille préférée, la seule qui le comprenait. Miranda et moi n'étions pas jalouses du tout de la préférence de notre père. Nous n'aurions voulu en aucun cas nous abaisser comme notre jeune sœur qui, après avoir servi d'auditoire aux radotages du paternel, finissait toujours par obtenir la sucrerie ou le jouet convoité. Plutôt s'en passer ! N'empêche que, pour nous, le comportement d'Alison demeurait un vrai mystère. Elle, si peureuse, semblait attirée par le danger.

Quand il sentit sa fin proche, il voulut me faire promettre que je prendrais soin de ma jeune sœur lorsqu'il ne serait plus là. Je n'avais pas l'intention de faire une promesse que je savais ne pouvoir tenir.

Dès sa naissance, Alison avait eu l'air d'un chien battu. Elle suçait son pouce d'une manière bruyante et nous regardait avec des yeux effarouchés qui bougeaient sans arrêt. Aussitôt que quelqu'un d'autre que notre mère tentait de s'en approcher, elle se débattait et hurlait comme si on l'avait ébouillantée.

Contrairement à Miranda qui, après quelques tentatives infructueuses, s'était vite désintéressée de la «punaise», j'avais persévéré à essayer d'apprivoiser Alison. Elle n'acceptait ma présence que lors du coucher. Comme Miranda avait fait valoir son droit d'aînesse pour ne pas l'avoir dans sa chambre, je me retrouvai donc à partager mon lit avec ce petit laideron humide qui s'agrippait à moi pendant son sommeil. Alison s'est toujours arrangée pour attirer la pitié des autres. Cela me prit beaucoup de temps pour me rendre compte de son jeu.

Je me souviens de la première journée de classe d'Alison. Ma mère l'avait accompagnée jusque dans la cour d'école. Il fallut que la directrice s'en mêle pour l'arracher des bras de maman. Alison hurlait et s'agrippait à notre mère comme à du papier attrape-mouches. Miranda et moi étions gênées de voir ce spectacle qui faisait tant rire les autres élèves.

Alison est ce genre de personne qui siphonne toute l'énergie des gens autour d'elle. Trop paresseuse pour prendre en main son propre bonheur, elle accuse les autres, son physique, son peu de talent, son père alcoolique, la vie. Toutes les raisons inimaginables deviennent de bonnes excuses pour se vautrer dans sa vie terne et malheureuse. Elle ne tient pas du voisin!

Elle a constamment peur de quelque chose. Peur d'être en retard pour préparer le souper, peur qu'il pleuve le lendemain et qu'elle ne puisse pas étendre le linge dehors, peur des colères de mon père, peur de l'avenir. C'est peut-être pour cela qu'elle met des calendriers partout dans la maison. De cette façon, elle se rassure en voyant une multitude de carreaux qui lui confirment qu'il y aura des lendemains. Elle a peur d'avoir peur et la peur lui donne des sueurs. Sans la toucher, je sais qu'elle a toujours la peau moite, et cela me répugne. Pour contrer ses peurs ou pour se donner raison d'en avoir, elle vit constamment dans le passé : elle y reste attachée comme à une bouée de sauvetage. Je pense à cette vieille bague que le gros Igor lui a donnée un jour, dans la cour de récréation, à l'école secondaire.

Il avait parié avec ses copains qu'il l'embrasserait avant la fin de la journée. Ma sœur lui refusa le baiser demandé en lui disant qu'elle embrasserait seulement son fiancé. Igor ne fit ni un ni deux ; il trouva une bague dans le coffre à jouets de sa jeune sœur et l'offrit à Alison en lui affirmant que c'était une bague de fiançailles. Elle le crut! Et elle l'embrassa! Igor gagna son pari et brisa ses fiançailles dès le lendemain en avouant à Alison que tout cela n'avait été qu'une blague. Elle ne le crut pas! Elle continue de penser, même après quarante ans, que le pauvre Igor a été forcé par ses obligations de bras droit de chef de gang de renoncer à elle.

Ses amis avaient tous l'air de durs à cuire. Bâtis comme des culturistes, coiffés de foulards sur de longs cheveux crasseux, tatoués sur plusieurs parties de leurs corps, ils portaient des blousons de cuir même en été. Nous avions tous une peur bleue de cette gang de bums et les filles qui les accompagnaient avaient l'air aussi méchantes qu'eux.

Quand, quelques années plus tard, Igor, surnommé Raspoutine par son clan, fut emprisonné pour trafic de stupéfiants, Alison se mit à lui envoyer des lettres enflammées et lui rendit visite tous les mois. Et lorsque Raspoutine obtint sa libération conditionnelle, il se précipita chez ses anciens comparses en ignorant totalement qu'il avait une «fiancée» qui l'attendait. Après un trajet de trois heures en autobus, Alison se présenta à la prison pour sa visite mensuelle. Igor était parti sans laisser de note pour l'informer où le joindre. En réalité, il était à deux pas de chez elle, chez les Larivière!

Quelques mois plus tard, elle eut enfin des nouvelles de lui par les journaux. Il avait de nouveau été arrêté et, cette fois-là, il écopa de la peine maximale, car il avait tué un policier.

Elle recommença ses lettres et ses visites. Elle n'avait rien compris. Elle s'acharne, encore aujourd'hui, à croire qu'il l'aime vraiment.

Alison n'a jamais évolué. Son langage reste celui de l'adolescente vraiment niaise qu'elle a été. Elle va toujours changer ses «*tchèques*» à la «*caizze*», porte fidèlement sa «*baille*» de fiançailles, même si cette dernière lui fait un cerne vert autour de l'annulaire. Côté physique, elle s'imagine qu'elle est l'idéal pour Raspoutine. S'il n'a jamais épousé une de ces filles qu'on voit habituellement avec ce genre d'hommes, c'est que, d'après elle, Igor adorait son côté simple. Elle est aussi bornée qu'une mule pour ce qui est du maquillage : elle ne porte pas de rouge à lèvres parce que, dit-elle, elle se blesse en l'enlevant avec ses dents. Elle ne se parfume pas : ça lui donne des rougeurs sur la peau. Elle ne s'est jamais épilée : pas besoin, son poil est blond. Elle n'a jamais utilisé de lentilles cornéennes : ça lui fait des yeux rouges. Pas fière non plus pour ses tenues vestimentaires, elle porte encore des ensembles de jogging roses ou turquoise, tellement usés qu'on dirait des doublures de bottes de motoneige, accompagnés de ses éternelles chaussures de sport achetées en solde dans les magasins à grande surface.

Pour prendre une contenance et donner du poids à ses paroles, elle commence toujours ses phrases par : « Igor dit que… » ou « Igor pense que… » Un jour, je lui ai demandé : « Et toi, Alison Cardinal, as-tu une opinion ? » Ses petits yeux affolés se sont mis à regarder partout tandis qu'elle cherchait une réponse.

Pendant ses derniers moments, mon père disait qu'il voyait l'ange de la mort qui l'attendait sur le seuil de sa chambre. Je me demandais quelle bêtise cet ange avait pu commettre pour être investi d'une mission aussi ingrate.

Le 14 septembre 1982, jour du décès de mon père, tous les médias du monde entier parlaient de la mort accidentelle de la princesse Grace de Monaco. Sincèrement, j'eus beaucoup plus de peine de la mort de mon idole que de celle de Louis Cardinal.

Quand tout fut terminé, j'appelai Miranda en Floride pour lui dire que notre père était décédé. Quelle ne fut pas ma surprise de l'entendre me dire qu'elle ne viendrait pas aux funérailles parce que Louis Cardinal n'était pas son père. Et elle me raconta ceci :

— Quand ton père fut admis à l'hôpital militaire où travaillait notre mère, elle était déjà fiancée à un soldat américain. Elle et son amie Nicole fréquentaient les frères Dawson, et les deux couples avaient projeté de faire un mariage double dès leur prochaine permission.

Un soir, alors qu'elle était censée être de garde, mon père s'inquiéta de son absence. On lui dit que l'infirmière O'Connor venait de recevoir une mauvaise nouvelle : son fiancé avait été tué au combat.

Le lendemain, quand elle fut de retour, elle resta longtemps près de lui. De fil en aiguille ou est-ce le fait qu'il ne la voyait pas qui favorisa ses confidences, elle lui avoua être enceinte. Il lui proposa de prendre la place de Larrey pour sauver son honneur. Émue par tant de bonté et n'ayant pas d'autre solution, elle accepta.

Tante Niki n'en revenait pas ! Elle disait que Louis Cardinal était un fin filou, qu'il profitait de la situation pour se procurer un toit, car il savait que notre mère, fille unique, avait, après la mort récente de son père, hérité d'une maisonnette située sur un lopin de terre. Et, de plus, elle avait un bon métier ! Un opportuniste, ce Louis Cardinal !

Malgré les protestations de son amie, maman épousa quand même le soldat Cardinal. Le couple fut démobilisé et s'installa là où nous avons toujours vécu.

— Ben ça alors! Tu es certaine de ce que tu avances?

— Oui! Preuves à l'appui!

— Preuves à l'appui?

— Quand je suis partie de la maison à vingt et un ans, maman a mis une grande enveloppe brune dans ma valise. Tu te souviens de tante Niki?

— Oui, elle nous envoyait des cadeaux de Floride et c'est elle qui est venue te chercher pour t'emmener aux États-Unis. Après la mort de maman, on n'a jamais plus entendu parler d'elle!

— Tante Niki a épousé Frank Dawson, le frère de mon père. Ils se sont installés en Floride, mais Niki a toujours gardé le contact avec notre mère. Et ici, j'ai retrouvé toute la famille de papa: des oncles, des tantes, des grands-parents, qui ne demandaient pas mieux que de m'accueillir. Ces retrouvailles ont été très touchantes, surtout pour grand-maman, qui retrouvait l'unique enfant de son fils mort à la guerre. Enfin! Je me sentais à ma place dans ma vraie famille!

— Ça faisait longtemps que tu savais?

— Non, je l'ai découvert quand j'ai ouvert l'enveloppe en Floride! Mais, au fond de moi, j'ai toujours su que quelque chose clochait. Je détestais cette maison, je détestais la façon qu'avait Louis Cardinal de me regarder. Je sentais toujours de la haine dans ses yeux. Je détestais voir maman obligée de gagner le pain de la maisonnée pendant que lui buvait comme un trou. À chacun de mes anniversaires, je comptais les bougies qui manquaient avant que j'atteigne mes vingt et un ans. Maman connaissait mon malaise et savait que je m'en irais à ma majorité. C'est pourquoi elle s'est arrangée avec tante Niki, pour que j'aie au moins quelqu'un pour veiller sur moi. De cette façon, elle ne se morfondrait pas en ne sachant pas où j'étais.

— Elle n'a pas eu envie de te suivre?

— Si tu savais comme tante Niki et moi avons insisté. Je lui ai offert, je ne sais combien de fois, d'aller la chercher. Ici, les Dawson l'attendaient à bras ouverts... Rien à faire, maman était une femme de devoir!

— Elle ne voulait peut-être pas nous quitter, Alison et moi?

— Mais, Rachel, quand j'ai commencé à lui en parler, tu étais déjà fiancée. Quant à la punaise... Ce n'est un secret pour personne, je n'ai jamais pu la blairer. J'ai toujours dit qu'elle était la copie conforme en jupon de Louis. Penses-tu réellement que maman y était attachée?

— C'était son enfant au même titre que toi et moi!

— En tout cas, moi, je ressemble à mon père, toi, à notre mère et la punaise, à son père. Maman n'était pas aveugle, quand même. Elle devait bien voir que la punaise ne s'améliorerait pas en vieillissant! Et je la sentais profondément malheureuse entre ces deux idiots. Veux-tu que je te dise ce que je pense sincèrement?

— Oui.

— Je la soupçonne de s'être laissée mourir.

— Comment peux-tu affirmer une chose pareille?

— Écoute, Rachel. Notre mère était infirmière, elle savait quoi faire et, surtout, quoi ne pas faire pour que sa pneumonie tourne mal...

— Mais c'est épouvantable ce que tu dis là! J'en suis toute bouleversée.

— Pour moi, c'est une quasi-certitude.

Je restai silencieuse, le temps d'enregistrer toutes ces révélations qui m'assommaient.

— Donc, tu ne comptes pas sur moi pour les funérailles du crétin, ajouta-t-elle.

— Non.

— Et, Rachel…

— Oui?

— Attention à la punaise! Je ne sais pas comment les papiers sont rédigés, mais prends garde de te faire avoir. Je suis certaine qu'elle est aussi fourbe que son géniteur. Promets-moi d'être extrêmement vigilante, d'accord?

— Oui, d'accord. Je serai prudente. Merci de m'avertir.

— Quand tout sera réglé, tu peux venir passer quelque temps chez moi, j'aimerais tellement te présenter ma famille!

Miranda m'invitait chaque fois que je lui parlais, mais je n'avais jamais eu ni la chance ni le budget pour accepter ses invitations.

L'après-midi même de cette conversation, je commis le seul et unique vol de ma vie.

Après avoir fait le nécessaire pour l'enterrement de notre père, j'avais invité Alison à venir prendre un café chez moi. Elle était déjà partie lorsque je remarquai qu'elle avait oublié ses gants sur la console de l'entrée. En les prenant pour les mettre dans mon sac à main afin de les lui remettre, je sentis quelque chose à l'intérieur. C'était la bague que j'avais offerte à ma mère! Cette topaze pour laquelle, pendant mes six premiers mois de travail, j'avais économisé chaque sou. Le jour de son anniversaire, j'avais vu pour une rare fois l'ombre d'un sourire sur son joli visage. Savoir que je l'avais touchée m'avait rendue des plus heureuses. À sa mort, j'avais demandé qu'on me remette le bijou, mais Alison, qui la portait déjà au majeur, avait refusé de me la rendre si je ne lui fournissais pas la preuve que je l'avais payée. Je lui montrai les factures de chacun des dépôts que j'avais effectués. Elle me dit que maman la lui avait donnée avant de mourir. Je savais qu'elle mentait, mais je n'en avais aucune preuve. Et cela faisait neuf ans que j'enrageais chaque fois que je voyais ma sœur arborer la topaze d'une façon que je trouvais provocante.

Et là, miraculeusement, elle étincelait, bien au chaud au creux de ma paume. Il me sembla revoir sourire maman !

Je n'hésitai pas longtemps. Je cachai la bague dans mon tiroir et jetai les gants. Quand, le même soir, Alison me demanda de vérifier si elle n'avait pas laissé ses gants chez moi, hypocritement, je fis semblant de chercher et de ne rien trouver.

Aux funérailles de mon père, le clan Brunelle brillait par son absence. C'était probablement la seule façon qu'il avait de briller. J'en fus profondément mortifiée. Voulait-on me punir pour ce qui était arrivé à leur mère ? Voulait-on me donner une leçon afin que je sache ce qu'était l'absence des autres quand un parent meurt ? Je demandai des explications à Jean-Marie, qui n'en avait pas. Seule Marcia me téléphona, probablement en cachette, pour me dire qu'elle n'était pas venue parce que l'enterrement avait eu lieu un jour de semaine. Il fallut que je me contente de cette explication qui n'en était pas une.

Pourtant, pour une fois, j'aurais vraiment eu besoin d'eux. J'aurais aimé qu'ils m'entourent de leur solidarité, comme une vraie famille, lorsque les sept frères de Jasmine vinrent jeter un coup d'œil dans le cercueil. Omettant de m'offrir leurs condoléances, ils me regardèrent comme si j'avais la peste. J'avoue que je me sentis bien minus devant les regards meurtriers que me lançaient ces géants. Plus tard, Alison m'expliqua qu'ils me tenaient pour responsable des malheurs de leur sœur. Si j'avais été une bonne épouse pour Jean-Marie, il n'aurait jamais jeté son dévolu sur Jasmine. Donc, tout était de ma faute, et ma charmante sœurette avait l'air d'approuver.

«Après tout, même si ton Jean-Marie m'est très antipathique, il a quand même de grandes qualités. Il ne boit pas, ne fume pas et te fait vivre une vraie vie de princesse. Force-toi un peu pour le garder dans tes draps!» qu'elle me dit.

Je ne fus pas surprise du tout. Alison n'avait jamais été loyale. En cas de danger, elle se rangeait toujours du côté du plus fort, quitte à renier son propre sang.

Puis ils demandèrent qui hériterait de la maison. C'est là que je sus que papa était décédé sans testament. Légalement, sa succession revenait à parts égales, à ses trois filles. Miranda se désista en ma faveur. Je me retrouvais donc propriétaire des deux tiers des biens de mon père et Alison, sa chouchoute, avec un tiers. Sur les conseils d'Igor, ma sœur vint

m'ordonner de signer des papiers sur lesquels je re-
nonçais à ma part afin qu'elle devienne l'unique héri-
tière.

Si j'avais été seule à décider, je lui aurais aisément
laissé tout ce qu'elle voulait. La maison de mes parents
n'avait pas été entretenue et était devenue une bico-
que délabrée. Seul le terrain, encore immense bien que
subdivisé en trois, possédait une quelconque valeur.

Malheureusement, Jean-Marie était à la maison ce
soir-là. Vu qu'il a toujours eu la mèche courte, très près
du pétard, le ton monta très vite entre lui et Alison. Finalement, il la mit à la porte en lui disant que nous
n'avions pas besoin d'elle pour gérer nos affaires. Elle
partit en pleurant et en affirmant que ce serait sa faute
si elle devenait une sans-abri.

Dans la même nuit, des vitres de notre maison
furent fracassées et quelqu'un mit le feu dans le garage.
Toute la famille se retrouva dehors en pyjama, à attendre que les pompiers éteignent les flammes. Les enfants
eurent une peur bleue et Jean-Marie fulmina devant le
désastre.

Le lendemain, nous recevions un appel de ma sœur,
de la part, disait-elle, d'Igor-Raspoutine. Du fond de sa
prison, il demandait comment nous avions aimé l'expérience de passer la nuit sur le trottoir. Elle ricanait!
Je compris parfaitement de quoi il retournait et j'achetai la paix. Je signai tous les papiers que me présenta
Alison qui arborait, pour la circonstance, un sourire
victorieux.

Une semaine après, à l'instigation d'Igor, elle re-
vendait le tout pour un montant dérisoire aux Larivière.

De ce fait, ils devenaient propriétaires des trois bâtisses puisqu'ils avaient, quelques années plus tôt, racheté celle d'André. La maison de mon enfance devint donc un des premiers *bunkers* occupés par des motards. Ma sœur y habita comme locataire jusqu'à ce qu'elle ait dépensé l'argent de la vente en loyer.

Quand elle m'appela pour que je l'aide à déménager dans un HLM, j'eus une montée de rage. Mais, de peur que ses amis ne s'attaquent à mes petits ou à mon commerce, j'allai, avec la camionnette réservée aux livraisons du bistro, m'éreinter à transporter ses boîtes de cochonneries.

Je m'arrêtai pour réfléchir à ces deux-là. Étant donné qu'Alison et Igor étaient encore présents dans mon cauchemar, se pouvait-il qu'ils fussent complices dans le double meurtre de mon mari et de ma fille? Je pensai que ma sœur ne serait quand même pas allée jusque-là, mais je la connaissais si peu. Par contre, la pensée d'Igor me donnait vraiment la chair de poule. J'avais parlé d'eux à l'inspecteur Joubert et je me demandai où il en était dans ses investigations.

14

Je sortis dehors avec mon lunch et m'installai dans la balançoire. Je voulais profiter du beau temps pour feuilleter l'album de mes petits-enfants. Avant de me replonger dans mes souvenirs, je pris le temps d'admirer les lieux. Mon terrain était magnifique grâce aux bons soins et à l'ingéniosité de Junior.

Mon fils n'a jamais terminé son cours secondaire. Il a eu cinquante-six métiers, cinquante-six misères, mais il est toujours revenu à l'aménagement paysagé. Tout le contraire de Malory. Elle a fait les cinq années de son secondaire au pensionnat avec des visites mensuelles de deux longs jours où la princesse à son papa jacassait comme une pie et prenait toute la place. D'instinct, Junior et Alicia restaient silencieux, s'isolaient dans leur chambre respective ou allaient chez Fernande dès que la tornade arrivait. Durant les vacances estivales, à sa demande, son père lui payait des camps d'été tous aussi chers les uns que les autres. Il paraît qu'elle peaufinait son éducation. Jean-Marie a probablement investi une somme assez rondelette dans sa fille, mais elle ne l'a jamais déçu. Partout où elle est passée, elle a été performante. Puis elle a pris un appartement et elle est allée faire son cégep à l'extérieur. Elle avait beaucoup de talent pour les chiffres et s'est donc orientée vers l'École des hautes études commerciales, où elle a rencontré Martin. Elle a travaillé un moment comme expert-comptable pour son conjoint, puis elle a acheté la boutique dont elle a été la propriétaire jusqu'à sa mort, il y a à peine deux semaines.

Quant à ma douce Alicia, dès qu'on lui mettait un crayon ou un pinceau dans les mains, elle était heureuse. Tout ce qui touchait les arts l'intéressait. Cette enfant-là, on dirait qu'elle s'est élevée toute seule. Jamais un mot plus haut que l'autre, toujours souriante, elle a fait son chemin tranquillement sans jamais rien exiger.

Aujourd'hui, je me demande pourquoi je n'ai pas profité de cette période d'accalmie pour me pousser. Il faut croire que j'avais le sens du devoir trop développé ou que je m'étais encroûtée dans une certaine façon de vivre. Avec l'indifférence de Jean-Marie et mon travail de plus en plus exigeant, à cause de l'expansion du bistro, j'ai vécu ces années sans penser qu'il pouvait y avoir quelque chose de mieux pour moi. Je me couchais exténuée par mes journées et remettais à plus tard la grande introspection que je me promettais toujours de faire. J'avoue qu'il y avait aussi de la lâcheté dans mon comportement. Tout remettre en question? Je n'en avais pas le cran. Je n'étais pas heureuse, mais je n'étais pas malheureuse non plus.

Qu'est-ce que je ferais de cette grande maison maintenant que Jean-Marie était mort? Moi qui avais prévu tout quitter au début de juillet, pendant qu'il serait à New York, pour m'installer définitivement à Québec dans la maison multigénérationnelle d'Alicia. Si Junior voulait l'acheter, je lui ferais un bon prix. La donne avait changé, mais j'étais bien décidée à aller de l'avant avec mon grand projet.

Je me souviendrai toujours du jour où Junior, les yeux pleins d'eau, m'a tendu Jean-Philippe. Il était fier comme un paon. Moi, je pensais avoir oublié comment tenir un bébé. Mais mes bras se le sont rappelé. Je me sentais toute drôle de voir mon grand garçon devenu papa à son tour. Tout comme Jean-Marie, il était père pour la première fois à vingt-trois ans. Mais les circonstances étaient totalement différentes de celles de sa naissance à lui. Il avait fréquenté Marlène à peine trois mois avant que celle-ci lui annonce qu'elle attendait un enfant. C'était une fausse blonde aux yeux bleus, pas trop futée, misant beaucoup sur son sex-appeal pour se dénicher un gars qui la ferait vivre sans qu'elle ait besoin de gagner sa croûte. Et mon grand dadais de fils s'était précipité tête baissée dans l'attrayant filet que lui tendait la belle. Avec son âme de sauveur, mon fils choisissait toujours des filles à problèmes.

À cette époque-là, il travaillait en tant que gérant à la nouvelle brasserie. Il avait eu l'idée géniale d'un nouveau concept : organiser des cinq à sept strictement réservés aux célibataires. Il jouait au marieur avec grand succès. Sa renommée avait crû si vite que les gens venaient d'autres villes pour tenter, avec son aide, de trouver le conjoint parfait. Les pourboires étaient faramineux et lui semblait satisfait de rendre les autres heureux. L'inconvénient, c'est qu'il n'était jamais chez lui avec sa conjointe et le bébé, exactement comme son père avait été absent pour lui et pour moi. Mais Marlène ne s'appelait pas Rachel. Au bout de deux mois, elle a mis les valises de Junior sur le perron, a fait changer la serrure de sa porte et a donné la clé à son nouveau copain.

Junior est donc revenu habiter à la maison, avec la garde de Jean-Philippe une semaine sur deux. Je m'étais crue enfin libérée de la charge de tout ce qui comporte l'éducation d'un tout-petit, mais je me suis retrouvée débordée et envahie par une tâche de mère que je n'avais pas désirée.

Puis, à la brasserie, est arrivée Annabelle. Le patron l'avait prise à l'essai comme *shooter girl* les soirs de grand achalandage. Elle sortait d'une cure de désintoxication pour alcool et drogues fortes et semblait décidée à demeurer sur la voie de l'abstinence. Junior l'a remarquée tout de suite. Elle n'était pas trop mal physiquement, élevait seule sa fille de deux ans et cherchait désespérément l'amour vrai. Comment deux cœurs en détresse pouvaient-ils ne pas s'unir?

Ils ont emménagé ensemble après seulement quelques semaines de fréquentations. Mégane, la fille d'Annabelle, a aimé tout de suite les nouveaux venus. Au début, étant donné qu'ils travaillaient tous les deux de nuit, j'allais souvent garder les enfants. Quand j'arrivais, leur appartement avait toujours l'air d'un champ de bataille. Annabelle n'était pas une femme d'intérieur et Junior essayait tant bien que mal de pallier ce manque. Les sacs à ordures nauséabonds laissés dans un coin de la cuisine laissaient voir une multitude de cartons de pizza, de poutines dégoulinantes et de mets chinois inachevés et, la plupart du temps, le panier à linge débordait dans la baignoire. Après avoir couché les enfants, je m'attaquais au ménage et au lavage. En rentrant, Junior me remerciait et disait que je n'aurais pas dû me donner tant de mal, mais je voyais bien qu'il l'appréciait. Annabelle avait toujours pour moi un mot gentil avant de s'effondrer de sommeil tandis que Junior venait me reconduire.

C'est moi qui ai trouvé la première bière. Quand j'ai voulu soulever le sac à ordures trop plein, le fond a cédé et son contenu s'est répandu sur le sol. La cannette vide a roulé sur le plancher sale et j'ai été surprise en la voyant parce que ce n'était pas la marque qu'aimait Junior. De toute façon, pour les rares fois que Junior buvait! Quand je lui ai fait la remarque pendant le trajet de retour à la maison, Junior m'a dit ignorer complètement la provenance de la bière. Annabelle avait-elle recommencé à boire?

Eh oui! Mais, cette fois-ci, elle buvait pour la bonne cause: c'était la seule façon, selon elle, de faire passer ses maux de cœur. Parce qu'elle était enceinte, la belle Annabelle! Au début, ç'a été une bière tous les matins, puis une seconde, puis un joint tous les soirs. Junior l'a accompagnée à son centre de désintoxication pour qu'elle y retrouve encouragement et motivation. Il en est revenu démoli de voir que rien ne fonctionnait. Quand Annabelle a accouché de Pier-Luc, Junior l'a aidée du mieux qu'il l'a pu avec au cœur l'espoir que tout redeviendrait comme avant. Il se trompait. Tout est redevenu comme avant, mais l'avant de l'avant.

Après la naissance du bambin, la situation s'est détériorée encore plus vite. Annabelle menaçait souvent Junior de se suicider et d'emmener les enfants avec elle dans l'autre monde s'il ne lui rapportait pas la drogue dont elle avait un besoin pressant pour se remettre de sa profonde dépression. Junior connaissait le revendeur d'Annabelle puisque ce dernier fréquentait la brasserie. Il a accepté d'être son intermédiaire, de peur qu'elle ne mette ses menaces à exécution. Un agent double l'a surpris au cours d'une transaction et Junior a perdu son boulot. N'en pouvant plus, il est revenu chez moi, détruit par toute l'énergie qu'il avait mise dans cette brève union.

Par le fait même, Pier-Luc s'installait aussi dans ma maison, à raison de deux semaines par mois, au même âge que l'avait fait son demi-frère Jean-Philippe deux ans plus tôt.

Pier-Luc n'avait pas une bonne santé comme Jean-Philippe. Il faisait souvent des séjours à l'hôpital, parce qu'il souffrait d'otites, de fièvre et de pneumonies à répétition. C'est là que Junior a rencontré Nancy. Une infirmière à l'allure un peu virile, plus âgée que lui, mais qui savait si bien soigner et consoler les enfants malades. Elle avait ça dans le sang, d'après Junior. Très vite, ils sont devenus amis, puis amants. Mais avec elle, pas de danger d'une grossesse-surprise. Même si elle n'était pas très portée sur la chose, elle avait appris tous les trucs de la contraception et savait s'en servir. Junior me la décrivait comme un coussin moelleux près duquel il faisait bon s'endormir. Après un an, Nancy a demandé à Junior de s'installer chez elle. Ç'a été une des rares périodes heureuses dans la vie de Junior. Il débordait de joie et faisait de grands projets. Tout irait bien pour lui et il pensait déjà à un troisième enfant. Comme son père, il en aurait trois. Nancy avait fait ses preuves, elle était épatante avec Jean-Philippe et Pier-Luc. Quant à lui, ayant suivi des cours de technicien en informatique, il avait le choix entre divers emplois.

Au fond de moi, j'étais bien décidée à ne pas m'attacher à Nancy. Je ne savais pas combien de temps elle serait ma «bru». Puis Junior m'a fait comprendre que je devais lui laisser sa chance. Elle se fendait en quatre pour que je l'aime, elle qui n'avait pas connu sa mère. Je dois dire que je n'ai pas été déçue. Malgré son allure garçonnière, Nancy était une maîtresse femme. Je trouvais cela très agréable d'être invitée chez eux. La maison était toujours impeccable et les repas, appétissants à souhait. Junior avait l'air heureux et détendu comme jamais. Dire que nous étions devenues des amies aurait été exagéré. Mais il y avait entre nous ce respect mutuel qui fait qu'une relation peut durer longtemps. Et, ce qui ne gâchait rien, elle semblait aimer Junior plus qu'elle-même. Mon fils avait-il enfin trouvé la perle rare qui saurait l'apprécier à sa juste valeur? Je l'espérais de tout mon cœur!

Hélas, trois fois hélas! Après la naissance de Gabriel, le caractère de Nancy a changé du tout au tout. Elle ne pouvait plus tolérer la présence de Junior et encore moins celle de ses autres enfants. Elle était possessive à outrance avec son bébé et ne faisait confiance à personne pour s'en occuper. La vie de Junior est devenue intolérable, mais il a persisté en espérant que les symptômes du post-partum de sa conjointe finiraient par disparaître. Il se trompait encore une fois!

Un soir, quand il est revenu de son travail, Nancy lui a demandé de quitter définitivement les lieux. Elle lui a déclaré qu'elle était lesbienne. Il avait été sa première expérience hétéro, et la dernière. Elle regrettait sincèrement de l'avoir incité à venir s'installer chez elle; elle n'était pas faite pour vivre avec un homme mais le remerciait de lui avoir donné sa raison de vivre, son fils.

C'est un Junior avec la masculinité écorchée à vif qui est revenu à la maison ce soir-là. Enragé et humilié, il pleurait à chaudes larmes sa déception et son orgueil blessé. Nancy l'avait trahi en se servant de lui comme géniteur. De longues et agressives procédures judiciaires ont suivi pour la garde de Gabriel. Junior voulait la garde partagée, mais Nancy ne voulait pas partager du tout. À cause de l'intransigeance de Nancy, le juge s'est vu dans l'obligation de trancher en faveur de Junior. Satisfait de ce jugement, mais lessivé moralement et financièrement, mon fils a juré que plus jamais il n'aimerait quelqu'un. Cela, j'en doutais…

Au début, pendant les quinze jours où ses enfants vivaient chez nous, Junior s'efforçait d'être un père présent et durant les deux semaines suivantes, il courait la galipote comme un adolescent à la recherche de plaisirs éphémères. Pendant cette vie décousue, il a pris l'habitude de ramener ses rencontres d'un soir à la maison. Je détestais ce va-et-vient nocturne, les bruits explicites des baiseurs excités et le fait d'être obligée de prendre mon petit déjeuner avec une inconnue. Les trois quarts du temps, l'étrangère en question se lavait dans ma douche en laissant tout en désordre, utilisait mon savon et ma crème de corps sans ma permission, enroulait ses cheveux dans mes serviettes personnelles. Sans pudeur aucune, la demoiselle se présentait nue sous la chemise de mon fils, cherchant, le derrière en l'air, dans mon réfrigérateur de quoi commencer sa journée.

Voyant les yeux de mon mari arrondis comme ceux d'un chat de gouttière dans une poissonnerie, j'ai vite mis le holà. J'ai expliqué à Junior que je voulais bien le dépanner pour un certain temps, afin qu'il se remette de ses malheurs, mais que je lui interdisais l'accès de ma maison lorsqu'il était en galante compagnie. J'étais pâtissière, pas hôtelière. Il s'y est conformé. Je ne me souviens plus au juste combien de fois Junior a déménagé. Mais, comme un boomerang, il revenait toujours à la maison avec ses trois fils et tout ce que cela comportait de branle-bas général chaque fois.

15

J'ai souvent été gênée de dire que mon grand garçon habitait encore chez moi avec ses enfants et je me suis longtemps demandé comment il se faisait que Jean-Marie, avec sa nette aversion pour mon fils, puisse tolérer tous ces retours à la maison. Jusqu'au jour où, lors du lancement annuel de la campagne *Aidons un enfant à déjeuner* dont il était le président, il termina son discours ainsi :

— Suivez mon exemple, donnez généreusement pour que nos enfants et petits-enfants mangent à leur faim tous les matins. C'est un devoir de famille, de communauté et de collectivité.

Je compris ce jour-là combien Jean-Marie était bouffi d'orgueil et de vanité. Même s'il devait se marcher dessus, il lui fallait bien paraître, en tout et partout. Pas de fausses notes. Le père, le grand-père, le citoyen parfait.

Voilà l'explication.

Quand, à seize ans, Alicia m'annonça son départ, je l'interrogeai longuement pour savoir si c'était le troisième retour de son aîné, avec un enfant de plus, qui avait motivé sa décision. Elle m'assura que non. Elle était folle de joie parce qu'elle avait été acceptée en arts au cégep de Québec. Elle en rêvait depuis toujours, me confia-t-elle, et je savais que c'était vrai. Au plus profond de moi, je l'enviais un peu. Je pensais à mes ambitions de jeune fille que j'avais laissées tomber par amour et que je regrettais amèrement. Par chance, j'avais toujours continué de peindre, en dépit des moqueries de mon mari.

Alicia m'avait souvent fait part de son désir de poursuivre ses études à Québec et surtout d'accepter l'hospitalité des parents de son grand amour. Je pense qu'Alicia est tombée amoureuse de Simon lorsqu'elle avait deux ans. Il était le filleul de Fernande, le fils de son unique sœur, Diane, qui habitait Québec. Au moins une fois par mois, la marraine-vieille-fille, comme elle se surnommait elle-même, se payait la traite en invitant Simon pour le week-end. Comme Fernande était ma voisine et la gardienne d'Alicia et que les deux enfants avaient le même âge, ils devinrent, dès leur première rencontre, une bonne paire d'inséparables.

Pendant les vacances scolaires, Fernande emmenait Alicia chez sa sœur à Québec et, ensemble, femmes et enfants prenaient grand plaisir à voyager pendant que Réal, le mari de Diane, s'occupait de leur bijouterie.

Au tout début, nous riions quand Alicia nous disait qu'elle se marierait avec Simon quand elle serait grande. Elle avait à peine quatre ans. Les années lui donnèrent raison. L'amour vint tout naturellement entre eux et il fallut bien se rendre à l'évidence, ils étaient faits l'un pour l'autre.

Alicia partit donc pour Québec et habita chez les parents de Simon. Je lui donnai la carte «Appelle-moi», un forfait offert par ma compagnie de téléphone pour les enfants sans le sou qui voulaient garder le contact avec leurs parents: quand l'enfant l'utilisait, les frais étaient au compte du parent. Je dois dire que j'ai appelé plus souvent qu'à mon tour. Dès que je m'ennuyais, je lui téléphonais en lui disant: «Alicia, j'ai une montée de lait.» Elle riait et nous parlions jusqu'à ce que je me calme.

Simon poursuivait des études pour être joaillier-horloger et elle apprenait tout ce qui avait trait aux bijoux.

Alicia se spécialisa dans les accessoires pour enfants. Sa collection de broches, à elle seule, faisait fureur. Ma fille avait un talent extraordinaire pour reproduire fleurs, animaux et dessins de toutes sortes sur ces minuscules pièces, toutes signées ABC (pour Alicia Brunelle Caron). Elle n'était pas mariée, mais elle disait qu'elle se donnait le droit de porter le nom du père de ses futurs enfants.

Les parents de Simon étaient très heureux. Dans leurs temps libres, les jeunes leur donnaient un bon coup de main à la bijouterie. Quand leurs études furent terminées, ils nous annoncèrent fièrement l'arrivée d'un premier enfant. Charles naquit en juin 2002 et les parents de Simon, fils unique, furent nommés parrain et marraine du nouveau-né.

Deux ans après, sa sœur Victoire montra le bout de son nez.

Le lendemain du baptême de la petite Victoire, une inconnue vint sonner chez moi. Quand j'ouvris ma porte, je remarquai tout de suite dans le regard de cette femme une grande anxiété.

Elle avait dû répéter des milliers de fois les premières paroles qu'elle m'adresserait. Elle se lança de cette façon : « Êtes-vous Madame Brunelle, la mère de Junior, Malory et Alicia ? »

Perplexe, je fis oui de la tête en attendant la suite. Elle se présenta et me dit qu'elle était la mère de Jordanne Lalonde. Puis, elle me tendit une photo qu'elle avait sortie de son sac. Dès l'instant où mes yeux rencontrèrent ceux de Jordanne, je sus que ma vie allait être bouleversée. Mon regard venait de plonger dans celui de mes trois enfants.

— Est-ce que je peux entrer ?

Tenant toujours la photo de la belle adolescente, j'invitai ma visiteuse à me suivre.

— Je ne sais pas par où commencer. Ma fille a seize ans. Elle avait deux mois quand nous l'avons adoptée. C'est notre seule enfant. Malheureusement, Jordanne a une grave maladie. Ses reins sont atrophiés. Ils ont la forme de deux haricots séchés. Trois fois par semaine, je la conduis à Montréal afin qu'elle subisse des traitements de dialyse en attendant une greffe qui lui redonnera une vie normale. C'est la raison pour laquelle je viens vous voir.

J'avais la gorge sèche et je sentais, au fond de moi, que cette femme, si courageuse fût-elle, allait faire mon malheur. J'étirai le temps de mon agonie en lui offrant à boire. Elle accepta, soulagée elle aussi de l'intermède que je nous octroyais.

— Après de multiples recherches, j'ai enfin pu établir qui était la mère biologique de Jordanne. Elle s'appelle Jasmine Larivière et, après des examens sanguins, nous avons découvert qu'elle n'est pas compatible avec ma fille.

Je n'avais pas besoin que madame Lalonde poursuive. Dès le début de notre entretien, j'avais su, du plus profond de mes peurs, que Jordanne était aussi la fille de Jean-Marie. Et toutes mes vieilles rancœurs me remontèrent à la gorge.

— Madame Larivière était votre amie, n'est-ce pas?

Je fis oui de la tête et je m'entendis murmurer:

— Elle était aussi la maîtresse de mon mari.

À son tour d'approuver silencieusement.

Après un temps interminable, je lui dis:

— Je ne connaissais pas l'existence de Jordanne. Cela fait des années que je n'ai plus entendu parler de… sa mère. Seize ans me dites-vous?

Elle acquiesça encore.

— Jordanne est née en 1988.

Alicia avait donc huit ans quand Jordanne était née; Junior vingt et un et Malory vingt. Et moi, en ce temps-là, je me remettais plus ou moins de la tricherie de mon mari. J'avais passé l'éponge une fois pour toutes, étant donné qu'il me jurait fidélité. J'avais joué au détective à m'en rendre malade de suspicion sans jamais rien trouver pour l'acculer. Donc, j'avais décidé de le croire et j'étais retombée dans ma vieille routine de vie de couple.

Et voilà que, soudain, cette madame Lalonde venait me dire que j'avais eu tort. Que, finalement, j'avais peut-être été, toute ma vie, une femme trompée!

Le but de sa visite? Convaincre mes enfants et leur père de se soumettre aux tests de compatibilité au cas où l'un d'eux pourrait éventuellement accepter de donner un de ses reins. Elle s'excusa, se leva, se rassit, très consciente du mal qu'elle venait de me causer mais quand même déterminée à aller jusqu'au bout de sa démarche pour sauver sa fille.

Ce soir-là, après son départ, j'avais l'impression de marcher à côté de mes souliers. Machinalement, je fis les gestes pour préparer le souper. Quand je racontai à Jean-Marie la visite de madame Lalonde, il explosa. Il nia tout en bloc, avec tout ce que cela impliquait. Il jura qu'il n'avait jamais revu Jasmine depuis au moins vingt-deux ans.

Je lui montrai la photo de Jordanne. Il se mit à crier que cela ne prouvait rien, que Jasmine avait couché avec tout ce qui portait un pantalon, que c'était une revanche diabolique de sa part pour mettre le trouble dans notre mariage. Il était certain qu'elle voulait le punir de l'avoir laissée tomber pour me choisir, moi.

— Tu vois bien que Jasmine envie ton bonheur et veut nous détruire. Dis-moi que tu ne crois pas une histoire aussi farfelue! Et puis cesse de pleurnicher, tu sais que ça m'énerve! Tout ça me prouve bien que si un jour tu as une pensée intelligente, je peux t'assurer qu'elle mourra de solitude!

Le lendemain, quand madame Lalonde me rappela, je l'informai que Jasmine lui avait menti. Jean-Marie n'était pas le père de Jordanne. À partir de là, tout alla très vite. Le soir au souper, Jasmine, maquillée comme une auto volée, fit irruption dans la cuisine pour invectiver Jean-Marie. À son tour, il la traita de fieffée menteuse et de sale pute. Elle était tellement furieuse qu'elle lui décocha un direct sur le nez. Le sang giclait partout pendant qu'elle s'acharnait à casser tout ce qui lui tombait sous la main. Jean-Marie courut se réfugier dans la salle de bain et appela le 911 de son téléphone portable. Quand les policiers arrivèrent, ma cuisine était dans un état lamentable et ils embarquèrent l'enragée qui jurait qu'un jour elle aurait la peau de mon mari.

En me rappelant ces menaces de mort, je me dis : Et si c'était elle, l'assassin ? Ou l'un de ses frères ? Je promis de raconter cet épisode à François Joubert. Puis mes pensées revinrent au souvenir de cette épouvantable soirée.

Junior était arrivé au milieu de cet incroyable désordre. Il m'avait aidée à tout ramasser pendant que Jean-Marie se reposait dans notre chambre avec un sac de glaçons sur sa blessure. Et c'est là, au milieu des débris, que mon fils avait trouvé la photo. Je lui avais donné les explications pertinentes et cru qu'il avait jeté l'objet de la discorde à la poubelle avec tous les autres débris.

Je me trompais.

Junior l'avait mise dans sa poche et, le lendemain, il appela le numéro que madame Lalonde avait inscrit au dos. Ils se donnèrent rendez-vous, il passa les tests, qui prouvèrent que non seulement il était compatible mais qu'il était, sans aucun doute possible, le demi-frère de Jordanne.

Est-ce par compassion pour Jordanne ou pour embarrasser son père qui, malgré les preuves scientifiques de sa paternité, s'entêtait à nier? Toujours est-il que Junior accepta de donner un de ses reins.

Bornée comme un parcomètre, seule Malory croyait en l'innocence de Jean-Marie parce qu'elle avait toujours pensé qu'il était parfait, donc supérieur aux autres hommes.

Moi, au début, je fus dévastée. Au cours des dernières années, j'avais réussi à retrouver une espèce de paix du cœur. J'allais chercher ma valorisation dans un travail que j'aimais et avec des gens qui m'appréciaient. En fait, je regardais le soleil à travers la vitre et je m'en contentais. Je vivais dans une atmosphère de somnolence sans trop m'en préoccuper.

Après l'atterrement vint la colère. Une colère froide et dévastatrice qui me vrillait l'intérieur. J'enrageais de ma grande naïveté. Comme une belle innocente, j'avais accepté de faire confiance et j'avais été encore et encore trahie. Je me révoltais de toutes les façons que je trouvais pour punir Jean-Marie. À grands coups de salive, j'arrachai mes alliances de mon annulaire. La trace qu'elles laissèrent me firent penser que je libérais autant mon doigt que moi de notre prison (tiens, probablement était-ce là l'explication du donjon de mon cauchemar). À partir de cet instant, je refusai de laver et de repasser les quatorze chemises blanches que Jean-Marie salissait chaque semaine. Qu'il aille les porter lui-même chez le nettoyeur! Et comme l'alimentation était un terrain fertile à l'affrontement, je cessai de faire la maudite cuisine blanche de sa mère et je me mis à rapporter des pâtisseries du travail. Je croquais dedans à pleines dents et refusai dorénavant la pesée du dimanche, car le dimanche, je choisis de travailler à l'heure du dîner. Donc, finis les repas dominicaux avec la famille Brunelle. Au mitan de ma vie, je rejetais enfin le rôle de bobonne.

La rebelle en moi se manifestait tardivement, mais je prenais un réel plaisir à contrarier le cerbère qui m'avait tant menti. Quand bien même il élevait la voix, je n'avais plus peur. Je répondais par un haussement d'épaules indifférent qui le mettait en rogne pour des jours. Intérieurement, je jouissais de le voir perdre peu à peu de son pouvoir sur moi. Je faisais des petits pas, mais chacun d'entre eux, si minime fût-il, me permettait d'avancer.

Puis, en juin 2005, le matin de la greffe, j'accompagnai mon fils à l'hôpital. À ce même hôpital où j'avais juré que jamais Jasmine ne deviendrait la belle-mère de mes enfants. D'une certaine façon, elle m'avait bien eue au tournant; elle s'était vengée en leur donnant une demi-sœur.

J'étais anxieuse, mais je suivis courageusement la civière poussée par un infirmier emmenant mon fils pour son généreux don. Arrivée aux grandes portes battantes, je me penchai au-dessus de mon enfant pour lui dire que tout irait bien et que, au fond de moi-même, j'admirais son geste. Je ne lui dis pas que la peur me vrillait les entrailles, comme chaque fois qu'un de mes petits avait mal. Et je me retrouvai seule, face à face, dans la salle d'attente avec Marjolaine Lalonde.

— Rachel, je comprendrai si vous me demandez de sortir. Je ne veux pas vous importuner par ma présence.

Je lui fis signe que ça irait. Au fond de moi, je comprenais cette femme. Le désespoir de perdre son unique enfant l'avait poussée jusqu'à me briser. Mais j'avais de la difficulté à lui en vouloir, ma haine n'était pas dirigée contre elle. Durant ces longues heures d'attente, nous pourrions peut-être nous soutenir l'une l'autre. Après tout, nous étions deux mères liées par la même inquiétude.

Timidement, la conversation s'engagea. Peut-être se sentait-elle obligée de me donner des explications ou était-ce tout simplement pour meubler l'angoissant silence de l'attente? En tout cas, Marjolaine me raconta son histoire.

À quarante ans, elle était veuve de son grand amour. Elle avait été la première patiente du jeune oncologue Steve Lalonde alors qu'à dix-huit ans, pendant sa première année d'université, on avait décelé chez elle un cancer des ovaires. Ça avait été le coup de foudre pour tous les deux et dès ses traitements de chimiothérapie terminés, ils s'étaient mariés et empressés de mettre leur nom sur une liste d'adoption. On leur avait mentionné que l'attente était de dix ans. Pendant ce temps, Marjolaine aurait le temps de finir ses études en vue de devenir pédiatre.

Après cinq ans, quel ne fut pas leur étonnement de recevoir un appel du centre d'adoption. Ils avaient une petite fille à leur présenter. Une enfant considérée comme non adoptable par les centres des services sociaux, mais étant donné leur profession… peut-être?

Ils allèrent voir le bébé et en tombèrent follement amoureux. Ils n'eurent pas besoin de se consulter longuement. Ils prirent leur décision sur-le-champ et revinrent à la maison avec leur bébé. Ils connaissaient les problèmes rénaux dont souffrait Jordanne et ils étaient bien décidés à la sauver. Mais ils ignoraient à ce moment que la maladie évoluerait si vite. Jordanne perdit son père subitement à l'âge de huit ans. En évoquant ce drame, Marjolaine se troubla. «Alors, me dit-elle, vous comprenez que j'étais prête à tout pour ne pas perdre aussi ma fille? Même en sachant que je vous causerais un mal énorme, je ne pouvais pas laisser mourir ma seule raison de vivre.»

Je n'osais poser la question qui me brûlait les lèvres. Je sentais que, par respect pour moi, Marjolaine ne l'aborderait pas si je lui en donnais la chance. Alors, je me jetai à l'eau:

— Et comment avez-vous retrouvé sa mère?

— Madame Larivière avait renoncé à la confiden- tialité de son dossier. Elle avait passé le test de l'amnio- centèse et savait, avant même que naisse Jordanne, qu'elle portait une enfant gravement malade et avait demandé qu'on communique avec elle au décès du bébé. La travailleuse sociale nous a dit aussi qu'elle n'avait décelé chez elle aucun instinct maternel. Ma- dame Larivière avait signé les papiers de renonciation à son enfant d'une main ferme, sans une larme, sans même un tremblement.

— Mais pourquoi ne pas s'être fait avorter alors?

— J'ai posé la même question que vous. On m'a répondu qu'elle voulait vivre, au moins une fois, l'expérience de la grossesse mais non celle de la maternité. Vous qui la connaissez, croyez-vous qu'un tel désengagement de la part d'une mère soit possible?

— Avec Jasmine, tout est possible. C'est une égocentrique.

Et je ne pus m'empêcher d'ajouter, sarcastique:

— Et passé la quarantaine, elle n'était plus cotée en Bourse, fallait qu'elle fasse vite…

— Difficile à croire qu'une femme veuille un enfant seulement pour faire une expérience, non?

Je ne répondis pas. Moi, je pensais que Jasmine avait provoqué cette grossesse afin que Jean-Marie se décide à me quitter pour elle. C'était probablement une dernière tentative pour lui mettre le grappin dessus. Mais comme elle connaissait aussi bien que moi l'orgueil titanesque de Jean-Marie, elle s'était protégée en disant qu'elle ne s'attacherait pas au bébé tant qu'elle ne saurait pas s'il était parfait. Parfait comme tout ce que possède Jean-Marie, aussi parfait que lui-même. Jean-Marie, s'il l'avait pu, se serait sûrement porté candidat pour créer la race aryenne à son image. Quelle déception ç'avait dû être pour Jasmine lorsqu'on lui avait annoncé la grave malformation de Jordanne. À quel moment l'avait-elle dit à Jean-Marie? L'avait-il assistée lors de son accouchement? J'enrageais à ces pensées! Quelle innocente j'avais été! Pendant que je filais mon train-train quotidien, mon mari, qui m'avait pourtant juré le contraire, continuait de s'envoyer en l'air avec mon ex-amie. J'étais sûrement la risée de bien des gens!

Quand l'infirmier vint nous avertir que les opérés étaient réveillés, nous nous précipitâmes du même pas de course vers les civières, anxieuses de revoir le visage de nos enfants.

Dans les vapeurs de la morphine, Junior geignait et eut un sourire dolent quand il me reconnut penchée au-dessus de lui. Il me dit d'une voix pâteuse : « L'eau de pluie goûte les nuages. » J'imaginai qu'il avait rêvé et son délire me rappela que quand il était tout jeune, il paniquait lorsqu'il pleuvait. Malory lui avait fait croire que le bon Dieu essayait de le noyer parce qu'il était un mauvais garçon. Je lui avais dit que sa sœur se trompait, que Dieu envoyait de l'eau pour nourrir les fleurs et les arbres que les gens oubliaient d'arroser. Pour lui prouver que je disais vrai, j'étais sortie avec lui, en pleine averse, goûter l'eau des nuages. Il m'avouerait plus tard que, même adulte, il tirait encore la langue lorsqu'il pleuvait.

Jordanne semblait plus éveillée. Elle sortit sa main de sous les couvertures pour essuyer les larmes de sa mère. Marjolaine s'y accrocha comme à une bouée de sauvetage.

Nous nous séparâmes devant les portes respectives des chambres de nos enfants. Je pensais que nos routes se sépareraient là et que plus jamais je n'entendrais parler d'elles.

Je me trompais.

Contrairement à celle de Junior, la convalescence de Jordanne se fit en accéléré. La transplantation lui avait redonné vie, c'était une réussite totale. À peine quelques jours après celle-ci elle venait rendre visite à Junior, qui récupérait très lentement et avec beaucoup de difficultés. Les antibiotiques ne réussissaient pas à diminuer sa fièvre, signe d'infection. Sa plaie, au lieu de se refermer, se mit à laisser couler un liquide brun nauséabond. Après analyse de cette substance, on découvrit que ses intestins avaient été perforés durant la chirurgie. Ses selles sortaient par sa plaie!

Il s'ensuivit une longue série de problèmes, tous reliés à cette opération: phlébite dans une jambe, tube dans le cou pour gaver Junior parce qu'il ne devait plus manger jusqu'à ce que la fissure se résorbe, médicaments pour éclaircir son sang et prises de sang tous les matins. Quand il réussit à se lever pour faire quelques pas, il était relié à deux poteaux roulants auxquels étaient suspendues les poches contenant les nombreux médicaments distillés goutte à goutte dans ses veines.

Je ne sais plus combien de fois Junior fut hospitalisé durant cette année-là, mais en tout j'ai compté soixante-quinze jours. J'avais l'impression que le chirurgien le prenait pour un cobaye. On décida finalement de lui faire une stomie. Pendant six mois, Junior dut supporter ce sac infect collé sur sa peau comme une excroissance de son ventre. C'était écœurant de voir ses intestins s'y vider continuellement. Les nuits devenaient les pires moments quand, dans la lourdeur de son sommeil artificiel, Junior se tournait et écrasait le sac. Tout le contenu se répandait dans les draps, sur le tapis, et Junior pleurait comme un enfant à la vue et à l'odeur de ce spectacle désolant. La dépression apparut et, sincèrement, j'étais certaine que cette aventure ferait mourir mon fils à petit feu.

Je me souviens tout particulièrement de cette nuit très occupée où je venais à peine de me rendormir après avoir désinfecté la chambre de Junior, puis celle des garçons où il s'était réfugié. Dans mon demi-sommeil, j'entendis mon fils pleurer. Je me levai et le découvris en larmes devant la fenêtre qu'il essayait d'ouvrir à cause de l'odeur. Il était tellement faible qu'il ne pouvait même pas la déverrouiller seul. Encore une fois, tout était souillé. Du lit à la fenêtre, Junior avait tracé son chemin. Je conduisis mon fils à la salle de bain et, après l'avoir déshabillé, je mis un tabouret dans le bain et je le lavai à grande eau pendant qu'il redoublait de pleurs en se cachant le visage dans les mains tant il était humilié de la situation. Je lui parlai doucement, car Junior ne se vidait pas seulement de ses excréments mais aussi de ses forces. Suspendu à mon cou et quitte à me briser le dos, je l'aidai à se relever en lui disant que, dès le lendemain, nous ferions venir du CLSC une infirmière qualifiée qui nous montrerait le mode d'emploi de ces maudits sacs. Il y avait sûrement quelque chose à faire qu'on ignorait. Après l'avoir nettoyé, je lui remis une collerette et un sac propres, et, à court de draps et de chambre, je l'installai dans la chambre de Malory, non sans lui avoir donné un sédatif pour qu'il se repose enfin et l'avoir encouragé de mes paroles réconfortantes. Quand je vis qu'il s'assoupissait, j'allai au sous-sol faire une lessive. Puis, exténuée à mon tour, je me couchai.

Le lendemain matin, vers neuf heures et demie, je dormais encore puisque je ne me levais plus pour préparer le déjeuner de Bwouana. J'entendis un grand fracas dans la chambre de Malory. Ma fille était là. Telle une furie, elle avait enlevé les couvertures de son lit et essayait de jeter son frère à terre. Il ne se défendait même pas, trop engourdi par les somnifères. La moutarde me monta au nez. Quel culot! Je ressentis une colère intense, effrayante même. Je pris ma fille par un bras et la forçai à sortir dans le corridor. Ses yeux me lançaient des éclairs de fureur, les mêmes que dans mon cauchemar. Elle était enragée et ne se contrôlait plus. Elle se débattait comme la diablesse qu'elle était. Sans précaution, je la bousculai pour qu'elle descende au salon. J'étais prête à lui casser le bras si elle n'obtempérait pas à mon ordre. Quand je la lâchai, elle me jeta haineusement: «Tu n'es qu'une insignifiante!» et elle me cracha dessus. Je ne la revis pas, sauf sur cette civière à la morgue.

Quand Jean-Marie arriva pour le dîner avec son air de tout savoir, il ne pouvait maîtriser le vilain rictus qui lui déformait le visage. Je savais qu'il savait et que c'était lui qui avait provoqué cela. Je lui servis son repas en prenant bien soin d'éclabousser sa chemise blanche de soupe aux légumes en déposant brusquement son bol devant lui. Je m'attendais à sa colère, je la provoquais même. Mais il se contenta de marmonner, le nez dans son assiette, quelque chose du style « maladroite comme toujours». Honnêtement, ce jour-là, je le cherchais. J'espérais qu'il m'affronte. Verbalement et physiquement, j'aurais été d'une violence inouïe. La lionne que j'étais aurait sorti ses griffes pour défendre son petit. Je suis persuadée qu'il n'aurait pas eu le dessus. Réalisa-t-il que sa vie était en danger s'il poussait davantage la vapeur? Je n'en sais rien. Il prit son veston et son attaché-case et sortit par la porte qui menait au garage. Quand il revint le soir, il s'enferma dans son bureau et parla des heures au téléphone. Avec qui? Je m'en foutais totalement. Avec Jasmine? Tant mieux! Bienheureuse infidélité qui m'avait débarrassée d'un grand benêt égoïste dans mon lit!

Cela ne changea pas grand-chose au comportement de Jean-Marie vis-à-vis de Junior. Vengeur, il n'avait aucune compassion pour lui. Il ne lui adressait plus la parole et le regardait constamment de son air narquois. Il n'en finissait pas de me répéter, en présence de Junior, qu'il lui faudrait se reprendre en main au plus vite, car son bail arrivait à échéance. Je savais que Jean-Marie ne voulait plus de Junior à la maison, mais cela me brisait le cœur de voir que la vie de mon enfant avait été bousillée pour rendre celle de quelqu'un d'autre meilleure.

Pendant les nombreux séjours de Junior à l'hôpital, pas une seule journée ne se passa sans que Jordanne ou Marjolaine ne viennent le voir. Junior avait développé une grande complicité avec sa demi-sœur. Celle-ci regardait mon fils comme un dieu, comme son sauveur. Au début, je m'étais sentie menacée par cette nouvelle amitié. Puis, au fil des jours, j'appris à estimer et à aimer cette sympathique adolescente.

Peu à peu aussi, je remarquai les regards discrets que se lançaient Junior et Marjolaine. Leurs visages qui tournaient au rouge lorsqu'ils s'adressaient la parole; le bégaiement subit de mon aîné en présence de la dame. Tous ces détails bien caractéristiques lorsqu'on est amoureux. J'avais peine à y croire.

Était-il possible que Marjolaine et Junior?... J'en avais perdu le sommeil. Je ne me trompais pas. Après une année d'enfer, Junior recouvra la santé. Il subit une dernière opération pour reconnecter ses intestins guéris et enlever ce sac immonde. Il avait perdu une vingtaine de kilos, ce qui le rendait encore plus séduisant. Cette traumatisante expérience en avait fait un homme sûr de lui.

Les sarcasmes de son père l'atteignaient encore comme un direct au cœur, mais il me dit qu'il apprendrait désormais à vivre avec. En mars, il nous annonça qu'il établirait ses pénates dès juillet dans un logement non loin de chez moi.

Je commencerais alors ma vie de femme sans enfants. Le nid serait désormais vide. Mais Jean-Marie y resterait seul sans moi.

Deux ans auparavant, à soixante ans, il avait décidé de prendre une retraite progressive. Je ne sais pas s'il l'a fait exprès, mais sa «progressive» se terminait en même temps que le contrat qui me liait au bistro. Dès la première semaine, je sus que je ne pourrais plus habiter sous le même toit que ce dictateur. Il était devenu vraiment infernal. Je n'étais plus chez moi dans cette maison. Monsieur y régnait en maître vingt-quatre heures sur vingt-quatre. L'hiver, il surchauffait tant qu'on étouffait. L'été, il mettait le climatiseur tellement bas que nous avions besoin d'une veste de laine pour être bien.

Il avait fait rénover la salle de bain : céramique et sanitaires de couleur blanche, comme dans toutes les autres pièces. Pas de couleurs sur les murs. Alors qu'il savait pertinemment que j'adorais prendre un bain pour me relaxer, il fit installer à la place une douche si grande qu'on aurait dit un lave-auto pour humains. Et, par souci d'économie d'énergie, une toilette de six litres. Il s'embourbait dans ses contradictions. Un vrai tyran.

Maniaque de la propreté, il en devenait obsédé. Il ne cessait de me talonner pour tout et pour rien. Dès mon lever, le lit devait être fait. Lors des repas, aussitôt la dernière bouchée avalée, il fallait desservir et secouer la nappe. J'avais à peine le temps de boire mon thé qu'il aurait fallu que la tasse soit lavée et rangée. Tous les samedis matin, il sortait son récipient de peinture blanche et retouchait les égratignures sur les murs et plinthes. Je me sentais constamment épiée, comme sous haute surveillance. J'avais toujours l'impression de marcher sur un terrain miné.

J'étais devenue excessivement nerveuse. De plus, il bougonnait sans cesse, parfois des paroles incompréhensibles, souvent des mots blessants à mon endroit. Quand je lui parlais, il n'était pas rare qu'il se cachât derrière la télécommande en montant le volume ou qu'il mît ses écouteurs sans fil. Il émettait alors des sons cacophoniques irritants pour mes propres oreilles ou il s'en allait prendre sa quatrième ou cinquième douche de la journée! À croire que mes paroles le salissaient. Je savais que c'était malsain pour mon équilibre d'endurer ce harcèlement. J'étais dans la dernière étape de ma vie et je refusais de partager mon quotidien avec cet homme que je n'aimais plus. Inutile de me leurrer en pensant qu'il s'améliorerait, mon expérience personnelle m'assurait au contraire que le pire était à venir. J'étais à une croisée des chemins, et c'est ici que ma vie se séparerait de la sienne.

J'appelai mon amie Marie-Andrée et je m'invitai chez elle à Québec pour le week-end. Il y avait déjà presque cinq ans qu'elle avait vendu le resto pour épouser Hubert et aller vivre sa vraie vie, comme elle le disait si bien, dans cette ville où ils pouvaient garder l'incognito.

Hubert! Cet homme extraordinaire qui s'était mis à fréquenter notre bistro peu après qu'il eut perdu sa mère, qui était aussi sa servante. Car Hubert était prêtre.

Au début, il ne venait que pour le dîner. Puis pour souper, puis déjeuner et collationner. Finalement, il était presque plus souvent au bistro qu'au presbytère. Puis nous remarquâmes que Marie-Andrée prolongeait ses heures pour ne servir que ce client. Après un certain temps, nous vîmes Hubert emprunter l'escalier qui menait au deuxième étage. Nous n'étions pas sans deviner ce qui se tramait. Et nous avions raison! Après quelques mois de fréquentations, Hubert demanda au Vatican sa laïcisation. Il l'obtint. Libéré de ses vœux, il rejoignit ainsi les cent mille prêtres dans le monde qui avaient quitté la prêtrise, c'est-à-dire un sur cinq.

Avec sa solide mais touchante personnalité, Hubert n'eut aucun mal à se faire engager comme professeur. Mais, pour exercer sa nouvelle profession, il devait changer de ville et Marie-Andrée avait très envie de le suivre. Quand elle me parlait de cet homme excep-tionnel, ses yeux pétillaient de bonheur. Hubert, qui était devenu prêtre parce que sa mère en avait décidé ainsi pour lui, avait vécu des années avec ce malaise de ne pas savoir qui il était vraiment. Cela faisait de lui la personne idéale pour comprendre mon amie, et la vie leur donnait la chance de s'épanouir ensemble. C'est de tout cela que Marie-Andrée avait voulu me parler quand elle m'avait conviée à souper il y avait déjà pres-que cinq ans.

Elle avait mis les petits plats dans les grands. Musique d'ambiance, grand vin millésimé, porto, chocolats fins et cigarillos importés. J'appréciai grandement toutes ces attentions qu'elle eut pour moi. Elle me dit vouloir vendre le commerce mais seulement avec mon accord, puisque nous étions partenaires. Et, franchement, j'en fus soulagée. Nous approchions toutes les deux la mi-cinquantaine, et même si nous avions de beaucoup diminué nos heures de travail, il était temps d'accrocher nos tabliers. Six mois plus tard, nous avions sur la table une offre plus que convenable.

Camillio, ce bel Italien que nous avions engagé comme gérant, et maintenant futur propriétaire, émit à la signature du contrat un fervent souhait: que je reste à son emploi pour les cinq prochaines années, à mes conditions bien sûr. Il voulait que je lui enseigne mes secrets de pâtissière et désirait apprendre à fond les rudiments du métier afin de pouvoir voler de ses propres ailes sans faillir à la bonne renommée du bistro et sans perdre de clients, qui étaient pour la plupart devenus des habitués.

Moi, cela faisait mon affaire. Je finirais de travailler presque à soixante ans, justement à l'âge où je pourrais réclamer les prestations de la R.R.Q., un revenu substantiel qui m'aiderait à arrondir mes fins de mois.

Grâce à la vente, Marie-Andrée et moi, sans être riches, devînmes assez à l'aise pour finir nos jours de façon autonome. C'est fou ce que les minces économies hebdomadaires d'une simple serveuse peuvent compter à l'heure de la retraite!

C'est à peu près à la même époque que les parents de Simon décidèrent de quitter leur appartement attenant à la bijouterie. Ils voulaient réaliser leur vieux rêve: posséder une bergerie sur l'île d'Orléans. Ils venaient de dénicher la fermette idéale et ils se précipitèrent pour s'en porter acquéreurs. De plus, ils rénovèrent la maison autrefois réservée aux domestiques, pour y accueillir Fernande.

C'est ainsi qu'Alicia et Simon prirent totalement la relève du commerce et qu'ils purent offrir leur logement, situé au-dessus, aux nouveaux mariés.

Tout le monde était casé, sauf moi. La tristesse se dégageait de moi comme la fumée de ma cigarette. Après une nuit à écouter mes confidences et à essuyer mes larmes, Marie-Andrée invita Alicia à déjeuner. Ma fille avait peut-être la solution miracle à mon problème.

Ils avaient, son mari et elle, profité de subventions municipales pour la rénovation et la conservation des immeubles centenaires. La mansarde au-dessus de chez eux était ainsi devenue un minuscule mais attrayant quatre pièces. Ils avaient gardé le cachet antique du bâtiment dont un imposant foyer, maintenant converti au gaz, ouvert sur trois faces. Tout le confort moderne y était inclus dans une remarquable harmonie. C'était vraiment typique des vieilles maisons d'autrefois, y compris une immense galerie pourvue d'un solarium avec une vue imprenable sur le fleuve Saint-Laurent. Comme l'édifice était en forme de U, la cour arrière gardait son intimité.

Tout au long de ma visite, je ne cessai de m'exclamer sur la beauté et la convivialité des lieux. Je vis le coup d'œil entendu que se lancèrent Alicia,

Marie-Andrée et Simon. Me prenant dans ses bras, ma fille me dit, les yeux dans les yeux :

— Maman, nous serions tous très heureux de t'accueillir ici. Nous l'avons rénové en pensant que, si tu le voulais, cet appartement serait pour toi.

Je crus mourir de bonheur. Je me remis à pleurer un torrent de larmes. Les derniers mois ayant été très éprouvants, je pouvais enfin libérer mon surplus d'angoisse sans me sentir jugée.

Un cadeau du ciel ! Je serais près de mes petits-enfants que je connaissais à peine, je pourrais reprendre enfin contact avec ma cadette et son compagnon et j'aurais mes amis pour voisins. L'amour, l'amitié et la sécurité !

Je n'hésitai pas une seconde. Entre cette vie confortable et l'obsédante présence de mon mari perpétuellement maussade et dont le regard d'acier me découpait le moral en rondelles, le choix ne fut pas difficile. Je donnai mon accord et tout le monde m'entoura pour me féliciter de ma décision.

Je pleurai encore beaucoup durant le reste de ce week-end. De soulagement. J'entrevoyais déjà ma nouvelle liberté. J'avais une faim insatiable d'exister. Je voulais que ma vie goûte enfin quelque chose. J'étais fatiguée que tout soit si prévisible. Mes épaules venaient de s'alléger d'un fardeau énorme, d'un poids que je ne pouvais plus supporter, un poids nommé Jean-Marie Brunelle.

À partir de cet instant, pas une seule fin de semaine ne se passa sans que j'y retourne. Je pris le train tous les vendredis soir pour ne revenir que le dimanche. Je courais les antiquaires et les boutiques avec mon amie ou ma fille et j'achevais de compléter mon ameublement et la décoration quand le drame arriva. Exceptionnellement, cette semaine-là, j'étais revenue le mardi, car on avait livré mes électroménagers.

Jean-Marie m'avait bien demandé de son air supérieur ce qui m'attirait tant tout d'un coup à Québec. J'avais répondu que les enfants étaient malades et qu'Alicia, enceinte du troisième, avait besoin de mon aide. Il m'avait de nouveau écorchée vive par sa réponse méprisante : « Le fif et son défroqué pourraient bien s'en occuper, eux ! » J'avais haussé les épaules en me disant intérieurement que de cela non plus, je ne m'ennuierais pas et qu'il était tout à fait inutile de lui répondre qu'il aurait eu des leçons à apprendre d'eux. Mais ça, il ne l'aurait pas compris.

Je n'avais parlé de mon projet à personne. Je me souvenais trop bien que, lorsque je m'étais rendu compte, pour la deuxième fois, que j'étais une femme trahie, j'avais dit à Jean-Marie un soir en pleurant que je voulais le divorce. Il m'avait ri au nez et m'avait répondu d'un ton sans réplique : « Tu ne me quitteras jamais ! » et il martelait l'oreiller près de ma tête. Voyant que j'insistais, il s'était fâché. Une colère froide, sans merci. À cheval sur moi, même si j'étais enceinte, avec son index crochu à quelques millimètres de mon nez, il m'avait déclaré :

— Tu veux partir ? Eh bien ! Va-t'en ! Mais n'oublie pas que tout ce qui est ici m'appartient : maison, auto, meubles, enfants compris. Prends tes sacs verts et décampe !

— Mais voyons, j'ai droit à la moitié! J'ai toujours payé ma part et celle des enfants ici.

— Payé quoi? T'as gardé tes reçus d'épicerie? Si nous habitions à la campagne, tout ce que tu as payé se serait transformé en un gros tas de fumier derrière l'étable (une autre explication de mon cauchemar). Voilà où en est ton investissement.

Ses yeux avaient pris tout à coup le reflet glacial des mers du Nord. Il était si enragé qu'il me postillonnait au visage pendant que j'osais à peine regarder les nerfs de son cou saillir sous sa peau, tendus comme des cordes.

Par mes paroles dissidentes, je venais de commettre un crime de lèse-majesté. Ce despote n'avait pas perdu de temps à m'écraser, à me piétiner. Et comme la marmotte qui avait peur de son ombre, j'étais rentrée dans mon trou.

Alors cette fois-ci, j'étais bien décidée à ne rien dire. J'avais prévu partir le jeudi 6 juillet, quelques jours après le départ de Junior, car Jean-Marie, tous les premiers jeudis du mois, s'en allait pour deux jours à New York, rencontrer le seul de ses importants clients dont il gérait encore les placements. C'étaient les deux uniques journées du mois où l'on pouvait respirer librement.

J'avais l'intention de quitter sa maison, comme cela, en lui laissant un bref message sur le frigo : «Tes carottes sont cuites : je suis partie avec mes sacs verts.» Je rêvais de la tête qu'il ferait en le lisant!

Jamais il ne lui serait venu à l'idée que c'était lui qui m'avait montré la sortie. Toute sa vie, il avait minutieusement rempli ma valise d'insultes et d'in-jures. J'étais maintenant prête pour le grand départ. Il avait acheté lui-même mon billet de train. Un aller simple.

Je me trompais.

Rien de tout cela n'arriverait. Je n'aurais jamais pu m'imaginer qu'à cette date fatidique Jean-Marie mangerait les pissenlits par la racine.

Voilà qui concluait mon retour vers le passé.

16

Une semaine après l'enterrement de mon mari et l'incinération de ma fille, les enfants, Martin et moi fûmes tous convoqués chez le notaire Bédard.

La lecture du testament s'avéra des plus intéressantes. Jean-Marie léguait tout à Malory : ses biens, meubles et immeubles, ses assurances, ses placements, ses liquidités et ses parts dans la firme comptable qu'il avait créée. Moi, j'héritais, en tant que conjointe survivante, loi oblige, de sa rente du Québec. Point à la ligne.

Rien pour Junior, rien pour Alicia et moins que rien pour Jordanne. Cher Jean-Marie! Chien sale jusqu'au bout! Les enfants étaient frustrés pour moi et demandèrent à maître Bédard si je pouvais contester le testament. Malheureusement, Jean-Marie connaissait les lois. Il avait acheté la maison et les meubles avant notre mariage. Encore une fois, je me sentis trahie et désolée pour mes petits, certes, mais pas surprise du tout. Je considérais que je pouvais m'organiser une belle vie sans le legs manquant. De toute façon, depuis la planification de mon départ, je m'étais déjà détachée de la maison et des choses qu'elle contenait.

Quand tout fut terminé, le notaire voulut lire les dernières volontés de Malory, alors les enfants et moi, nous nous levâmes pour laisser à Martin le soin d'entendre seul ce qu'il avait à lui dire. Mon gendre nous supplia de ne pas quitter la pièce et nous écoutâmes, à sa demande, la lecture du testament de Malory.

Moins sans cœur que son père, elle avait fait de Martin, son légitime époux, son légataire universel.

Je ne pus m'empêcher de noter ces mots.

— Légitime époux ? Vous étiez mariés ?

Martin, rougissant, fit oui de la tête en tentant d'expliquer :

— Comme je n'avais pas de parents, nous avons fait une cérémonie très intime. Seulement nous deux et nos témoins.

— Je suppose que Jean-Marie y a assisté ?

Encore plus gêné, il acquiesça.

La garce ! me dis-je en moi-même.

Maladroitement, Martin tenta de changer le sujet de la conversation. Il demanda au notaire s'il pouvait redistribuer les biens immédiatement. Tout de suite je me retirai en expliquant que je ne voulais rien. C'est ainsi que, après une courte discussion, Junior hérita finalement de notre maison et des meubles qu'elle contenait. Alicia accepta l'argent que rapporterait la vente de la boutique, car Martin avait insisté en affirmant que de toute façon c'était Jean-Marie qui avait fourni la mise de fonds. À ces mots, je vis pâlir mon fils. Quand celui-ci avait demandé à son père de l'aider financièrement pour démarrer à son compte en tant que paysagiste, Jean-Marie avait refusé en lui déclarant que tous les enfants devraient faire comme leurs parents à leurs débuts : travailler à la sueur de leur front et économiser sou par sou afin de se bâtir par eux-mêmes leur avenir. S'il suivait ce judicieux conseil, peut-être qu'un jour il serait récompensé... comme lui l'avait été... Maudit hypocrite !

Martin ne garda que les actions du bureau. Cela faisait longtemps qu'il attendait pour entrer dans la prestigieuse firme. Maintenant, il en serait le dirigeant en tant qu'associé majoritaire.

Tout le reste de l'argent fut divisé en trois parts égales entre les enfants et moi. Jean-Marie le malicieux avait prévu nous laisser pauvres, voilà que nous étions riches grâce à son argent. Ce serait la première et la dernière fois que les volontés de mon défunt ne seraient pas exécutées telles qu'il les avait dictées.

Dans mon cœur, je lui envoyai la plus belle grimace qu'il ait jamais reçue.

17

près toutes ces émotions chez le notaire, je
n'avais même pas eu le temps de préparer le
café que ma sœur Alison sonnait à ma porte. Je
devrais dire à la porte de Junior.

Elle avait son air de chien battu et nous débita
gravement, à Junior et à moi, ses inepties habituelles
en attendant que le café soit prêt. Je me demandais ce
qu'elle venait faire chez moi car habituellement, quand
elle avait besoin d'argent, elle me donnait un simple
coup de téléphone, me précisant le montant exact et
le numéro de compte dans lequel je devais le déposer.

Depuis qu'elle avait déménagé près de la prison,
deux ans auparavant, je ne l'avais plus revue. Elle avait
dépensé son héritage dans le temps de le dire, puis sa
vieille guimbarde de voiture avait pris le chemin du
dépotoir. En habitant aux abords de la prison, elle
pouvait se prévaloir des dix visites autorisées par mois
y compris les VSP: ces week-ends complets qu'elle
passait seule avec lui dans une roulotte. J'en avais des
frissons dans le dos rien qu'à penser aux doigts sales et
brunis par la nicotine d'Igor, à son odeur de masculin

pluriel, à ses grosses cuisses qui frottaient ensemble quand il marchait et à sa craque toujours bien en vue. Comment Alison, qui astiquait à longueur de journée, pouvait-elle baiser avec ce gros plein de poils? De plus, chaque fois, elle en ressortait couverte d'ecchymoses en excusant le comportement agressif de son éternel fiancé, car, disait-elle, c'étaient les seules fois dans l'année où il pouvait se laisser aller au désespoir. Belle philosophie! Et elle y retournait, sans jamais lâcher prise!

Igor, cet énorme Raspoutine, comme tous les maquereaux, savait instinctivement où était la faille d'Alison. Il jouait sur son manque d'affection en lui faisant sentir qu'avec lui elle était aimée, appréciée, importante, et il lui refilait les cartes du repentir et de la guérison. Et elle le croyait! Encore et encore!

Cette fois-ci, je me demandais pourquoi elle était là. Je savais qu'elle venait de se taper trois heures d'autocar, alors cela ne présageait rien de bon. Elle en vint rapidement aux faits. Igor était dans une mauvaise passe. Tout le monde savait qu'avec son aide il faisait le trafic de stupéfiants à l'intérieur de la prison. Comme Junior paraissait sceptique, elle lui exposa fièrement tous les détails scabreux de son histoire. J'avais toujours des haut-le-cœur et beaucoup de difficulté à la croire quand elle racontait la façon dont elle s'y prenait. Junior, ignorant intentionnellement mes gros yeux, se montra très intéressé et posa beaucoup de questions.

Elle entreprit donc de lui expliquer de quelle manière elle introduisait la drogue dans un condom lubrifié qu'elle s'installait dans le vagin. Au cours de sa visite, elle achetait dans un distributeur un sac de croustilles qu'elle emportait avec elle dans les toilettes des dames et dans lequel elle glissait ce qu'elle venait de sortir d'elle. Puis, de retour à la table, Igor, qui ces jours-là, après avoir coupé les poches de son pantalon, ne portait pas de slip, prenait le truc en question et se le mettait dans le rectum. C'était à vomir!

Et Junior qui l'encourageait à poursuivre! C'est elle qui gérait tout cet argent. Chaque acheteur ou revendeur avait un numéro pour payer. Igor, par exemple, avait le numéro huit. Donc, chaque fois que ma sœur remboursait ses achats, c'était toujours le montant plus huit sous. C'était la façon pour le dealer de reconnaître qui payait et qui avait besoin de se faire rafraîchir la mémoire. Mais cette fois-ci, Igor ne pouvait pas donner l'argent dû, car il s'était acheté un téléviseur. Il avait donc retardé le paiement, qui avait quadruplé. S'il ne réglait pas sa dette dans les cinq prochains jours, sa vie était en danger.

— Mais tu m'as dit qu'il était inattaquable. Qu'il était considéré comme un caïd en prison parce qu'il avait tué un policier.

— N'empêche qu'il doit à plus gros que lui. Et s'il ne paie pas d'ici cinq jours, je suis certaine qu'on va le tuer. Je t'en prie, Rachel, tu viens d'hériter, faut que tu m'aides. Allez, tu ne m'as jamais dit non!

Là, j'ai vu sursauter mon fils. Son ton s'est fait plus inquisiteur lorsqu'il a demandé:

— Comment ça, maman ne t'a jamais dit non?

— Ah! Ça mon cher neveu, ça ne te regarde pas. J'ai des arrangements confidentiels avec ta mère. Pas vrai, Rachel?

— Quels arrangements, maman ?

J'ai fui le regard de Junior en lui expliquant, au grand dam de ma sœur, que, depuis l'incendie de notre garage, j'avais tellement peur de représailles d'Igor-Raspoutine que j'avais toujours fourni à Alison dans l'heure le montant exact qu'il exigeait. Et je savais pertinemment que je paierais jusqu'à ma mort pour épargner mes petits.

C'est Alison qui a repris la parole.

— Ne t'énerve pas, Juju, je n'ai jamais exagéré. Seulement des montants ne dépassant pas mille dollars et huit.

Et elle m'a adressé un clin d'œil complice.

J'en ai eu des frissons dans le dos.

— Tante Alison, qu'est-ce que tu dirais de souper avec nous ? On aurait ainsi plus de temps pour discuter de ton gros problème devant une bonne bouteille.

Je n'en revenais pas ! Je commençais à trouver que Junior était vite entré dans son rôle de nouveau propriétaire. Je les ai avertis que j'avais grandement besoin d'aller m'étendre un peu, fuyant ainsi les yeux triomphants de ma sœur.

Quand je suis revenue, deux heures plus tard, ils étaient attablés et discutaient comme de vieilles connaissances. J'ai remarqué tout de suite qu'Alison articulait avec plus de difficulté et j'en ai profité pour jeter un coup d'œil de reproche à mon fils.

— Juju m'a montré une copie du testament de ton défunt. Il s'est bien vengé, hein ma sœur ? Et maintenant, te voilà toute nue dans la rue ! Comme moi !

Juju ! Non mais pour qui se prenait-elle ? Jamais personne n'avait imposé à Junior cet affreux surnom.

La seule qui donnait un autre prénom à son frère, c'était Alicia. Dès qu'elle avait commencé à parler, Junior lui avait montré à l'appeler Fred, car toute sa vie Junior avait rêvé de s'appeler Frédéric.

— Viens t'asseoir, maman. Comme tu vois, j'ai montré à tante Alison que nous sommes aussi pauvres qu'elle.

J'étais fière que mon fils ait omis de lui raconter l'arrangement qui s'en était suivi. Pour notre survie, mais ça il ne le savait pas, cela devait rester absolument entre nous. Je me suis quand même assise avec eux mais sans intention de manger. Ils m'avaient coupé l'appétit.

— Cette fois-ci, maman, tante Alison a besoin de trente mille beaux dollars!

Paniquée, je répétai sans y croire:

— Trente mille dollars! Mais où veux-tu que je les prenne?

— T'inquiète pas, Juju a dit qu'il m'aiderait.

Du coup, le souffle m'a manqué et j'ai cherché le regard de Junior. Je ne pouvais pas croire qu'il s'était laissé intimider par ses arguments.

— À propos, est-ce que les cochons ont découvert l'assassin? Si tu veux mon avis, ils ne le trouveront jamais. Crois-moi sur parole!

Là, je me suis mise à réfléchir sérieusement. Est-ce que ma sœur était en train d'insinuer qu'Igor-Raspoutine avait quelque chose à voir avec les meurtres de mon mari et de ma fille? Serait-il allé jusqu'à les faire assassiner pour que j'hérite et qu'il puisse ensuite dilapider, par chantage, tout mon argent comme il l'avait fait avec celui de ma sœur? Une peur viscérale s'est insinuée en moi comme un feu brûlant. J'osais à peine regarder Alison. Elle avait l'air satisfait du chat de la maison qui vient d'avaler le canari. Je n'en revenais pas! C'était insensé mais plausible. Quelle horreur!

J'en étais à me demander si j'allais appeler la police ou payer quand Junior est intervenu.

— Tante Alison, je t'ai dit que je t'aiderais. Maman, sers un autre verre de vin à notre invitée pendant que je passe un coup de fil. D'accord?

Et Junior s'est dirigé tout naturellement vers le bureau de son père, ce sanctuaire qui lui avait toujours été interdit. Pendant ce temps, ma sœur poussait vers moi son verre vide en me demandant d'ouvrir une autre bouteille.

Quand Junior est revenu du sous-sol, il a levé son verre à l'entraide familiale. Je l'aurais étouffé!

À peine une heure plus tard, le téléphone sonnait. C'était, aux dires de Junior, monsieur X, le chef immédiat d'Igor-Raspoutine. Il s'est installé à la table avec le téléphone en mode main libre devant une Alison blêmissante. Ainsi, elle a pu suivre toute la conversation quand il s'est mis à raconter au type dans tous les détails ce qu'elle lui avait dit. Moi, je n'en croyais pas mes oreilles! C'était sans doute du bluff. Comment Junior pouvait-il si bien connaître ce bandit?

Plus Junior parlait, plus Alison se dégrisait. Étonnée, j'ai vu qu'elle transpirait à grosses gouttes. Monsieur X a promis de s'informer à propos de l'incendie du garage, de tous les chantages qui avaient suivi, des meurtres et aussi à propos des trente mille dollars. Il rappellerait avant la fin de la soirée.

D'une voix à peine audible, Alison a dit à Junior :

— Tu te rends compte que s'il y a quelque chose qui cloche, mon amoureux va en manger toute une ? Même qu'il pourrait se faire tuer pour ça ?

— Tu veux dire qu'on pourrait lui réserver le même sort qu'à mon père et à ma sœur ? S'il a ordonné ces deux meurtres dans le dos de son chef, moi, je pense qu'il mérite la bonne correction qu'on va lui donner. Et pour l'argent, c'est la même chose. À qui a-t-il demandé la permission de faire chanter ma mère durant toutes ces années ?

Alison était tellement mal à l'aise qu'elle en bégayait. Sa fière allure de contentement de tout à l'heure avait disparu pour laisser place à la grise appréhension d'une pauvre créature ressemblant étrangement à une truite coincée dans la vase. Si elle l'avait pu, elle se serait sûrement cachée sous la table comme autrefois.

Ce ne fut pas long. Le téléphone sonna de nouveau. Monsieur X assura à Junior que Raspoutine n'était même pas au courant de l'incendie de notre garage et que, par le fait même, il n'avait jamais fait chanter sa mère. Il jurait qu'il n'avait jamais pratiqué la moindre intimidation contre notre famille, encore moins commandé les deux meurtres. Monsieur X avait pris ses renseignements et il était absolument catégorique quant à ce qu'il avançait : Igor n'était coupable de rien de ce que mon fils le soupçonnait. Et, en outre, il l'assura qu'il ne devait pas un sou à quiconque, ni en prison ni ailleurs. Il termina en disant à Junior que s'il avait besoin d'autres renseignements, il n'avait qu'à le rappeler. Il répondrait toujours à ses questions. Il raccrocha en disant : « À plus, *man.* »

Moi qui, pendant une grande partie de ma vie, avais eu si peur des menaces d'Igor-Raspoutine, moi qui avais payé rubis sur l'ongle chaque fois qu'Alison me l'avait fortement suggéré, tout du long je m'étais trompée.

Je me retrouvais soudain libérée à jamais de cette hantise irrationnelle et face à face avec mon bourreau. À la lumière des explications de monsieur X, Alison était la seule et unique instigatrice de toutes ces horreurs. Complètement dénuée de morale, capable de n'importe quoi pour obtenir de l'argent, elle s'était servie du nom de son faux fiancé pour me torturer. Toutes sortes d'adjectifs me vinrent en tête pendant que je la regardais déglutir sa déconvenue. Elle venait de perdre une bonne source de revenus et la seule parenté qui lui restait, et ce, jusqu'à la fin de ses jours. Je ne saurais jamais lequel des deux lui a fait le plus de mal, j'opterais pour le filon tari. Je ne lui adressai pas la parole car je craignais de devenir violente. J'eus une pensée pour Miranda et tous les avertissements qu'elle m'avait donnés. Comme elle avait eu raison de me dire de me méfier!

Junior poussa Alison vers la porte et, avant de verrouiller celle-ci, il cria de l'intérieur:

— Ah! J'oubliais. J'ai un message de la part de ton ex.

— Comment ça, mon ex?

— Eh oui! Ton ex.

— C'est quoi, le message?

— C'est ça. C'est maintenant ton ex.

Quand il revint à la cuisine, il se frottait les mains de plaisir. Il me sourit et c'est là que je remarquai que, ainsi amaigri, Junior ressemblait de plus en plus à Jean-Marie. Le Jean-Marie que j'avais aimé.

J'avais hâte de connaître ses explications. Comment se faisait-il que mon fils connût ce bandit de monsieur X?

Explication très simple: c'est Junior qui lui avait présenté, lors d'une de ces mémorables soirées de «match parfait», la seule femme qu'il ait jamais vraiment aimée. Et il avait dit à mon fils le jour de son mariage:

— Je t'en dois toute une! N'importe quand, n'importe où, je serai là quand tu auras besoin de moi.

Ils étaient maintenant quittes.

18

Ce matin-là, je flânais à table devant un deuxième café quand le bruit de la sonnette d'entrée me fit sursauter. Qui pouvait me rendre visite à une heure aussi matinale? À travers le rideau de dentelle, je reconnus Marcia, ma belle-sœur.

Des quatre sœurs de Jean-Marie, c'est celle que j'aimais le plus. Je l'ai toujours sentie plus humaine, plus ouverte que les autres. Il y a même eu un moment où j'ai cru qu'elle essayait de se rapprocher de moi. Puis sa fille s'est suicidée et, peu de temps après, son mari a obtenu une promotion qui les a obligés à quitter la ville. Les rares fois où ils assistaient aux réunions de famille, elle s'arrêtait toujours au bistro pour me dire bonjour et faire provision de mes pâtisseries. Comme elle avait beaucoup engraissé ces dernières années, je suis restée discrète sur ses visites. Je ne voulais surtout pas attiser les coups d'œil sévères et les remarques désobligeantes que lui lançaient les membres de la famille quand ils la voyaient.

Quand j'ouvris la porte, elle s'exclama :

— Oh! Toi aussi tu te permets de déjeuner en pyjama?

Surprise, j'eus envie de répondre : oui, depuis que ton frère est mort. Mais, trop polie et intriguée par sa venue, je me contentai de l'inviter à entrer.

Dès qu'elle fut installée devant un croissant, elle attaqua :

— Dis, c'est pour quand l'ouverture du testament ?

— C'était il y a deux semaines.

— Et ?

— Et quoi ?

— Ben, heu… quand est-ce que je pourrai avoir ma part ?

— Ta part ? Quelle part ?

— Tu n'es donc pas au courant ?

De plus en plus perplexe, je l'assurai que je ne voyais pas de quoi elle parlait et, de plus, je l'informai que je n'avais rien hérité moi-même en lui dévoilant, documents à l'appui, de quelle façon tout s'était déroulé chez le notaire.

Plus Marcia lisait, plus elle avait l'air d'un merlan frit. Je ne comprenais pas sa déconvenue, pas plus que la rage qui s'ensuivit. Et ce jour-là, je saisis combien ma vie avait été décidée, organisée, manipulée sans que jamais je ne me sois doutée de quoi que ce soit. Ils avaient été forts, les Brunelle ! Je suis certaine que, dans une autre vie, ils étaient le couple Alpha et Bêta d'une meute de loups. Ils avaient leurs chevaliers, leurs subalternes et les autres n'existaient pas.

C'est comme si j'avais ouvert les vannes d'un barrage de paroles trop longtemps retenues. Noyée par ce torrent, je n'eus d'autre possibilité que de l'écouter.

Je voudrais dire que je n'en reviens pas, mais au fond de moi je ne suis pas si surprise que ça. Mon père a eu tellement d'ambition pour son fils que ça lui a bousillé le jugement.

Dès sa naissance, nous, les filles, nous avons bien senti que nous serions au service de notre cher petit frère. C'était si évident que sur son berceau on aurait dû lire : « I am the King, you are the *trous du cul.* »

Non, mais faut-il être nombriliste pour donner à ses enfants des prénoms dérivés du tien ? Jeannine, Marie-Jeanne, Mariette, Marcia et l'apothéose : Jean-Marie ! La combinaison de Jean et Marie ! Dans leur monde étriqué, ils n'ont rien trouvé d'autre. Deux glaçons qui ont engendré des cubes de glace. Quelle famille ! Je crois être la seule à avoir fondu et j'en remercie chaque jour mon mari.

Jeannine finissait sa septième année à l'école française publique quand « Le Roi » est né. Tout de suite, mon père lui a trouvé un emploi à l'usine en mentant sur son âge et il a fait de même pour les trois autres. Tous les sous que nous gagnions étaient réservés à Jean-Marie. Les leçons d'anglais avec professeur privé, ses beaux habits de marque tout neufs pour l'école alors que nous, ma mère nous emmenait au magasin de vêtements d'occasion. Ça sentait la poussière et la pauvreté et on se grattait comme si on avait des puces. On s'est toujours contentées des vêtements qu'on se passait d'une sœur à l'autre, alors tu t'imagines, quand c'était mon tour, combien tout ça pouvait être usé ?

Jean-Marie, lui, avait droit en plus à des articles de sport très chers. Fallait qu'il soit aussi bien équipé que Gregory Marshall. Cette haine paternelle que nous vivions au quotidien était devenue notre propre vendetta. Quand est venu le temps de nous marier, pas avant notre majorité, il a fallu promettre de toujours continuer à contribuer aux dépenses engendrées par les études de Jean-Marie. Nous étions tellement endoctrinées que nous avions une piété filiale envers notre père. Nous pensions qu'il en était ainsi dans toutes les familles. Nous avons eu, chacune notre tour, des mariages intimes très simples, avec des maris qui ont accepté nos conditions. Quand un des « étrangers » (c'est ainsi que nos parents parlaient de nos époux) osait rechigner, ma mère en parlait ouvertement, comme d'un manquement à l'honneur, pendant le maudit dîner de fèves au lard obligatoire du vendredi midi, où seuls les membres Brunelle étaient conviés.

C'est d'ailleurs lors d'un de ces dîners que, à mon grand regret, j'ai mentionné avoir vu Gregory Marshall te faire la cour. C'est comme si j'avais allumé de la dynamite. Ç'a été le branle-bas général pour savoir qui tu étais et d'où tu venais. Tout le monde s'est mis discrètement à enquêter pendant la semaine et, le vendredi suivant, nous avions intérêt à avoir des réponses aux questions des parents.

Oui, tu allais à l'école anglaise, oui, tu étais mince, oui, tu étais jolie et, non, tu ne semblais pas sortir avec un garçon en particulier et, non, nous ne savions pas si tu étais encore vierge. Car, il faut bien le dire, mes parents cherchaient un hymen neuf. Pas de « seconde main » pour leur fils adoré. Le seul hic, si j'ose m'exprimer ainsi, c'étaient tes dents avancées.

C'est durant ce même dîner qu'on a décidé de trouver un moyen pour te rencontrer et te présenter Jean-Marie. Il fallait enlever à Gregory la fille qu'il convoitait. C'est là que ma sœur a pensé à t'engager pour l'aider au baptême de son dernier bébé. Ç'a été un étonnement de voir que tu en pinçais vraiment pour notre frère. Dès cet instant, tout est devenu facile. Nous nous sommes mis à six pour donner à Jean-Marie le cours 101 du grand jeu de la séduction et, quelques mois plus tard, vous vous fianciez avec la bague à cabochon que mes sœurs et moi avions donné à notre mère pour son anniversaire (toujours restée dans son écrin d'ailleurs parce qu'elle ne faisait pas modeste).

Il fallait que tu laisses tomber l'école et que tu ailles travailler pour payer tes traitements d'orthodontie. Papa a expliqué à Jean-Marie comment t'en convaincre. Et tu as marché! Tu étais la première victoire que Jean-Marie remportait contre Gregory Marshall. Un grand succès qui a fouetté les troupes. Nous nous engagions dans le sprint final. Nous touchions presque au but.

Quand les journaux ont montré des photos du mariage qualifié de plus somptueux de l'année, celui de Gregory avec Sandy Shaw, mon père a décidé qu'il était temps de vendre sa modeste maison. Maman, qui était son adepte la plus fanatique, a accepté d'aller habiter ce minable trois pièces où tu les as toujours connus. C'est avec cet argent que Jean-Marie a pu donner un dépôt convenable pour acheter cette maison-ci ainsi que tous les meubles qu'elle contenait.

Il ne restait plus qu'à vous organiser un mariage grandiose et toi, tu devais porter une robe avec une traîne plus longue que celle de Sandy.

Je peux te dire qu'on a travaillé d'arrache-pied pour tout payer. Tout a été orchestré de façon magistrale, et le moindre détail était comparé à celui de la cérémonie des «ennemis». Nous avons réussi, car tout était de qualité supérieure.

Même ton service de vaisselle en porcelaine blanc et or de douze couverts, tes verres en cristal et ta coutellerie t'ont été offerts en fonction des gens importants que vous receviez afin d'aider Jean-Marie à gravir les échelons. Notre fausse aristocrate de mère s'est mise à dévorer tous les bouquins qui parlaient de protocole et de l'art de bien recevoir. Elle se chargeait de t'enseigner elle-même les bonnes manières, de t'éduquer. Elle allait faire de toi une femme parfaitement adaptée à ton futur rôle d'hôtesse et de maîtresse de maison.

En attendant, nous étions tous conviés aux dîners dominicaux. Nous devions donner l'image d'une famille unie et il était normal que nous ayons accès au moins une fois par semaine à cette somptueuse demeure car, après tout, c'est nous qui devions en payer les frais jusqu'à la fin des études de Jean-Marie. C'était notre récompense.

Alors, tu imagines, quand les parents nous ont annoncé que notre frère voulait prolonger ses études pour devenir actuaire, mes sœurs, en exécutantes aveugles, ont baissé la tête et se sont soumises à leur volonté.

Mais moi, je me suis rebellée. J'ai soulevé quelques bonnes et légitimes objections. Chacune d'entre nous avait un mari, des enfants, des projets et des rêves à réaliser. Sincèrement, je trouvais que nous avions fait plus que notre part. En ce qui me concernait, nous n'avions jamais eu, Guy et moi, les moyens d'avoir une maison, mais nous rêvions, depuis un certain temps, d'un chalet au bord d'un lac.

Tu aurais dû voir avec quelle force mon père a frappé la table de son poing. Il nous a récité pour la ixième fois comme un mantra lassant: Jean-Marie finirait ses hautes études, tel qu'il l'avait décidé, il deviendrait riche et puissant et nous en profiterions tous, qui que nous soyons. Nous étions si près du but, si près de faire voir à ces voleurs de Marshall qu'il y avait une justice sur cette terre... Sa vengeance haineuse l'emportait encore une fois sur la raison.

J'ai baissé les yeux, après avoir regardé ma mère et mes sœurs, en me disant que, contrairement à elles, je sortirais un jour de cette secte maudite où toutes les femmes étaient clonées afin de servir un seul maître: le pouvoir.

Petit à petit, j'ai cessé d'aller chez le même coiffeur et la même esthéticienne qu'elles.

J'ai pu enfin laisser allonger mes cheveux et les teindre. Comme toi, j'ai aussi laissé mes sourcils reprendre leur courbe naturelle. Finies pour moi les demi-lunes au-dessus des yeux à la Marlène Dietrich. J'ai commencé aussi à changer ma façon de m'habiller. J'ignorais leurs regards désapprobateurs et je me suis mise à trouver de bonnes raisons pour éviter les dîners. Sans vouloir t'offenser, Rachel, j'en avais ras le bol de cette cuisine blanche enseignée et exigée par ma sainte mère. Non, mais c'est vrai! Tout est blanc avec elle: de la volaille blanche, de la soupe à l'eau avec quelques nouilles blanches, des pommes de terre bouillies et, pour dessert, sa maudite galette de gâteau blanc sans glaçage.

J'avais toujours hâte que ce soit l'anniversaire de quelqu'un afin de pouvoir goûter à tes délicieuses pâtisseries interdites. Et tu sais quoi ? À la fin du repas, je faisais semblant d'aller aux toilettes, j'en piquais quelques-unes au passage dans ta cuisinette et je m'empressais de les engloutir, cachée dans ta salle de bain. Même si je savais que, pour ma punition, je devrais me faire vomir. Eh oui ! Vois-tu, Rachel, c'est ma maman mince comme une échalote qui m'a montré le truc dès mon adolescence car, contrairement aux femmes Brunelle, j'avais de vilaines tendances à l'embonpoint. Je tenais ça de sa mère, disait-elle de son air hautain et dédaigneux. Grand-mère s'était négligée et elle était devenue grassouillette comme je le suis maintenant.

D'ailleurs, tu ne le sais peut-être pas, mais sur l'ordre de Jean-Marie, elle a aussi initié Malory. Tu te souviens de son fameux spectacle de ballet où elle devait jouer Cendrillon ? Eh bien, mon frère trouvait qu'elle n'était pas assez mince. Il lui avait dit que si elle continuait de bouffer elle aurait l'air d'une baleine et non d'une ballerine. Alors ma mère lui a donné le truc.

Le jour où on a enterré maman, j'ai commencé à manger tout ce qui me tombait sous la main et, surtout, j'ai cessé de me faire vomir. C'est bizarre que j'aie dû attendre que ma mère meure pour commencer à me sentir maître de mon corps.

Je me demande si Jean-Marie a eu des remords à la suite de sa noyade. Parce que c'est lui qui lui a ordonné d'aller faire un tour de canot avec les enfants malgré les moutons sur le lac, afin qu'ils ignorent ce qu'il était en train de manigancer. Il voulait finaliser son conseil de famille pour te faire interner au cas où ton état empirerait. Il était à deux doigts de me convaincre quand il m'a montré les signatures de deux membres de ta famille : ton père et ta sœur Alison. J'ai demandé à réfléchir et je suis allée faire une promenade dans les bois, à l'abri des oreilles indiscrètes, avec Guy. C'est mon mari qui m'a informée de la raison de ta dépression, c'est-à-dire l'adultère de mon frère. J'étais présente quand tu avais fait ta crise au bord de la piscine, mais je n'avais pas très bien saisi de quoi il retournait. Maintenant, je savais et j'ai refusé de signer les papiers.

Après l'accident, il nous a imposé l'omerta sur le drame et tout ce qui l'entourait, étant donné ton état dépressif.

Je m'en suis toujours voulu de ne pas t'avoir offert mon aide à mon retour. Mais j'étais en deuil de ma fille et de ma mère. Je ne cherche pas d'excuses, je te donne seulement une explication.

Jacinthe, ma seule enfant. Cette magnifique fleur, morte d'une overdose. Si tu savais, Rachel, le vide qui nous habite, Guy et moi. Il nous a fallu suivre une thérapie pour venir à bout de cette grande culpabilité qui nous grugeait comme un cancer galopant. Nous avons cru en mourir à notre tour. Par chance, j'ai pu compter sur mon mari. C'est à ce moment-là que j'ai vu combien il m'aimait. Notre couple était beaucoup plus fort que je ne le croyais.

Personne n'a jamais su qui lui avait fourni la dose mortelle.

Dire que nous étions si heureux pour elle la veille, quand elle se préparait à son bal de finissante. Après des mois d'un régime draconien, trop sévère à mon avis, elle était resplendissante dans sa longue robe bleue. Jacinthe a toujours été très complexée par son surplus de poids. Et comme Junior, elle encaissait très mal les remarques désobligeantes de la famille. Mais cette fois-ci, elle disait qu'elle avait gagné une grande victoire sur la nourriture. Plus jamais elle ne serait grosse. Elle aimait trop l'image que son miroir lui renvoyait. Moi, je me disais : oui, mais à quel prix !

Lorsqu'elle est partie en nous embrassant ce soir-là, j'étais loin de me douter que je recevais son dernier baiser.

Seule, portant son sac à dos à bout de bras en prévision de l'après-bal, elle disait qu'elle préférait prendre l'auto afin de pouvoir gérer à sa convenance ses déplacements. Moi, je savais que c'était parce qu'aucun garçon ne l'avait invitée.

Comme elle nous avait dit de ne pas nous inquiéter si elle ne rentrait pas coucher, j'ai mis du temps à aller voir dans sa chambre le lendemain matin. Mais quand j'ai ouvert sa porte et que je l'ai vue, étendue sur son lit non défait, encore habillée de sa robe de bal, j'ai su tout de suite que quelque chose n'allait pas.

Quand nous sommes arrivés à l'hôpital, le neurochirurgien nous a annoncé qu'elle était déjà en état de mort cérébrale. Il ne nous restait qu'à donner notre autorisation pour qu'elle soit débranchée.

Voir ma fille, couchée là, inerte, pâle à faire peur, avec cette machine qui la faisait respirer... il n'y a pas de mots qu'une mère puisse dire pour expliquer ce moment de terreur. Elle était mon unique enfant et je ne voulais pas la perdre.

Malheureusement, nous avons dû nous faire une raison. Nous faire une raison... on ne prend pas avec la raison une décision comme celle-là, on la subit. On la subit dans un état aussi comateux que pouvait l'être Jacinthe. Il n'y avait plus rien à faire pour elle, sinon lui donner le droit de mourir en paix. Un dernier geste d'amour, qu'ils ont dit...

D'une main tremblante, nous avons signé l'autorisation. Puis on nous a parlé des dons d'organes...

Ce soir-là, neuf mères ont pleuré de joie parce que leur enfant avait enfin droit à une nouvelle vie, reconnaissantes envers la dixième, qui, elle, pleurait désespérément la perte du sien.

Pour nous encourager, le médecin nous a dit de belles phrases :

Grâce à Jacinthe, un enfant verrait enfin le sourire de sa mère. Grâce à Jacinthe, un autre respirerait librement, sans contrainte, l'air de la vie. Grâce à Jacinthe, une petite fille ou un petit garçon courrait sans que son cœur la ou le fasse souffrir. Grâce à ses reins, quelqu'un vivrait sans être attaché à une machine. Son pancréas et son foie permettraient à d'autres parents de ne pas avoir à se séparer trop tôt de la raison de leur existence.

Ça m'en faisait une belle jambe, à moi! J'étais révoltée. Je voulais qu'on me rende mon bébé. Et, pendant un certain temps, j'ai haï tous ces gens que je ne connaîtrais jamais. Je leur en voulais d'être heureux grâce à ma fille.

Beaucoup plus tard, j'ai essayé de les retrouver. Je voulais voir ces enfants me sourire, les prendre dans mes bras. Peut-être me laisseraient-ils toucher leurs cicatrices, sous lesquelles il y a une partie de mon enfant qui vit encore et qui a l'habitude d'être bercée par moi?

Je me suis présentée un jour à l'hôpital. J'ai tempêté, crié, pleuré pour qu'on me donne leurs noms et leurs adresses. Je leur ai demandé d'appeler ces mères qui, je le savais, voulaient nous remercier personnellement. Rien à faire. La loi de la confidentialité les empêchait d'accéder à ma demande. La seule chose qu'on a accepté de me révéler, c'est que toutes les greffes avaient réussi sauf celle du pancréas. J'étais prête à recevoir ces paroles. Savoir que des parcelles de Jacinthe faisaient vivre d'autres enfants ailleurs mettait un baume sur mon cœur en lambeaux.

Nous, il ne nous restait rien. Rien qu'un bout de papier sur lequel elle avait écrit: «Pardon, papa et maman, je vous aime mais je ne m'aime pas. Jacinthe xx »

Que s'est-il passé à ce fameux bal pour qu'elle décide de commettre cet acte? Nous avons interrogé ses amies. Jacinthe n'a dansé avec aucun garçon, mais elle semblait s'amuser. Puis tout le monde est parti, chacun avec sa chacune, pour le camping où la soirée se continuait et personne ne s'est demandé où était ma fille. Elle était revenue chez nous et agonisait, séparée de nous par un simple mur.

Et tu te souviens, Rachel, au salon funéraire? Tu te souviens de mon père qui donnait à chaque personne qui se présentait un dépliant sur la cyclothymie? Il passait le message que Jacinthe était atteinte d'une maladie encore inconnue mais très grave: la psychose maniacodépressive. Qu'elle était tellement malade qu'elle s'était trompée dans sa dose de nouveaux médicaments.

Ben ça, ma chère, c'était pour empêcher les gens de savoir que ma fille s'était suicidée. Parce que si elle s'était suicidée, c'était parce qu'elle n'était pas heureuse. Et si elle n'était pas heureuse, c'était à cause de nous. Et si c'était à cause de nous, eh bien! c'était parce que j'étais une mauvaise mère. Et comme nous avions eu une éducation parfaite d'une mère parfaite afin d'être à notre tour des mères parfaites, il ne fallait pas qu'il y ait de faille. Car une mère parfaite n'engendre pas une enfant qui se suicide. Nous devions à tout prix sauver la face. Ne pas salir la carrière montante de Jean-Marie. Nous étions tellement démolis, Guy et moi, que nous l'avons laissé faire sans nous interposer.

Et puis, si on avait su que Jacinthe s'était suicidée, elle n'aurait pas eu droit à un service religieux à l'église. Ça, c'est ma mère, cette sainte femme, qui me l'a dit. Et comme nous avons toujours été une famille archi-chrétienne, cela aurait été un scandale inacceptable aux yeux de nos voisins.

Je me souviendrai toujours de ma dernière conversation avec ma mère, la veille de sa mort. Jacinthe n'était partie que depuis un mois. J'étais assise avec elle et mes sœurs devant le feu de camp. Maman regardait les flammes et m'a lancé tout à coup: «Quand je pense que ta fille brûle en enfer!» J'ai pensé avoir mal compris. Puis, j'ai bien vu que cette grenouille de bénitier était sérieuse. J'ai failli mourir de désespoir. «Qu'est-ce que vous insinuez là, maman?» Elle a dit:

« Ne fais pas semblant, Marcia. Tu sais aussi bien que nous où est Jacinthe en ce moment. Dieu ne pardonne pas un geste comme celui-là. »

Si tu savais combien j'ai haï ma mère à cet instant ! Je me suis révoltée en lui demandant comment Dieu pouvait refuser son pardon à ma grande fille qui s'était enlevé la vie elle-même, alors qu'il l'accordait, s'ils se repentaient, à des poseurs de bombes qui avaient tué des centaines de personnes innocentes. Et comment pouvait-elle savoir, elle, ce que Jacinthe avait pensé dans ses derniers instants de lucidité ? Nul ne connaît les dernières pensées d'une mourante.

Je lui ai dit : « Si c'est ça ton Dieu, eh bien ! je ne Lui adresserai plus jamais la parole. » Et j'ai tenu promesse. Nous sommes devenus des catholiques sous-marins. Nous remontons à la surface à Noël et le reste de l'année nous ignorons le monde de la religion. Et à ses propres funérailles, quelques jours plus tard, j'ai espéré que, s'il y avait vraiment une justice divine, cette vieille peau de vache se fasse purifier par les flammes du purgatoire pendant un bout de temps afin qu'elle prenne conscience de toutes les paroles mé-prisantes qu'elle avait eues envers ma fille, sa propre petite-fille.

Peu de temps après, mon paternel a conseillé fortement à Guy d'accepter de se faire muter dans une autre ville. Il ne l'a pas dit, mais nous savions pertinemment que nous étions devenus les parias de la famille. De toute façon, nous ne servions plus à rien maintenant que Jean-Marie volait de ses propres ailes.

Quand Guy m'a rapporté leur conversation, j'en ai été bouleversée. J'ai senti ça comme un coup de poignard dans le dos. Je subissais le rejet alors que j'aurais eu un si grand besoin de compassion. Au début, j'ai refusé de partir. Puis, au fil des jours et des conversations, je me suis rendu compte que notre liberté était à ce prix. Notre déménagement a été une délivrance totale. Nous avons commencé à respirer sans nous sentir épiés. Nous étions si bien que nous avons espacé nos visites pour ne plus nous en tenir qu'au strict minimum. Et après la mort du père, nous ne sommes plus venus qu'un Noël sur deux.

Nous avons enfin acheté ce modeste chalet sur le bord d'un lac où nous passons presque tout notre temps maintenant que nous sommes à la retraite. Ce n'est pas le Château Frontenac, mais nous l'avons rénové en même temps que nous reconstruisions nos vies. Je sais que tu l'ignorais. Nous avons préféré taire cette acquisition de peur que la famille ne rapplique dans notre havre de paix et ne vienne y alourdir notre air pur.

Avoue, Rachel, que toi aussi tu as senti cette lourdeur invisible mais bien présente lorsque nous sommes tous là! Comment as-tu fait pour aimer si longtemps mon frère, ce grand prétentieux qui nous regardait toujours comme une miette de pain qu'on balaie du revers de la main?

Il nous snobait tellement qu'il n'a même pas pris la peine de nous appeler pour nous dire que ton père était décédé. Voilà, contrairement aux plates excuses que je t'ai faites dans le temps, la vraie raison de mon absence.

Tu comprends maintenant pourquoi mes sœurs et moi pensions qu'il nous revenait peut-être un petit quelque chose? ne serait-ce que la part de toutes nos privations? Mais je vois ta situation et je me dis que tu t'es fait encore plus avoir que nous toutes réunies. Et le pire, c'est que tu as l'air de complètement t'en foutre! Moi, à ta place, je serais enragée comme c'est pas permis.

J'aurais encore bien des choses à te raconter, mais je me rends compte que je suis encore remplie de hargne. Je pensais m'être lavée de toute cette merde qui collait à moi depuis mon enfance. Mais il suffit d'un rien pour que tout remonte à la surface. Alors il vaut mieux que je m'en aille.

Ce soir-là, quand Marcia partit, non sans m'avoir donné l'adresse de son chalet et m'y avoir chaleureusement invitée, j'eus de quoi réfléchir longuement...

Elle n'était pas dans mon cauchemar, mais avec ce qu'elle venait de me raconter... Toute cette haine accumulée depuis tant d'années. Non! Il était impossible que Marcia ou l'une de ses sœurs aient commis un fratricide. Elles avaient bien trop peur du scandale.

19

Quand Martin m'avait rapporté les coffrets à bijoux de Malory, je ne les avais pas ouverts tout de suite.

Il avait tenu à me les remettre afin que je les partage avec Alicia. « De toute façon, avait-il dit, la plupart des belles pièces lui ont été offertes par vous deux. » C'est vrai qu'Alicia et moi avions donné quelques broches à Malory lors de nos échanges de cadeaux à Noël, mais celles-là, je ne les reconnaissais pas. Alors, quand Alicia vint me rendre visite, je pensai à les lui montrer.

La plupart des bijoux portaient sa griffe ABC, mais elle m'affirma que ce n'était pas elle qui les avait procurés à sa sœur. Par contre, elle se rappelait très bien l'homme, ressemblant étrangement à son père, qui venait accompagné d'une dame en fauteuil roulant à leur bijouterie une ou deux fois par année et prenait un soin méticuleux à choisir ses œuvres. Souvent, la femme apportait un échantillon de tissu et commandait des broches sur mesure pour créer un agencement.

Gregory Marshall!

J'étais sous le choc! Gregory Marshall et Sandy! Je n'y comprenais rien à rien! Ces deux-là n'avaient même pas d'enfant! De quelle façon les bijoux qu'ils avaient achetés d'Alicia se retrouvaient-ils aujourd'hui dans les affaires personnelles de Malory? Je ne voyais aucun lien possible.

Tout de suite, j'appelai l'inspecteur en chef. Il arriva rapidement et, après avoir attentivement écouté le récit de ma cadette, il mit ses gants et déposa chacune des jolies pièces dans un sac individuel. Il y allait avec précaution afin de faciliter le travail de la police, qui y relèverait tous les éléments de la preuve. Puis, il convoqua Gregory à son bureau pour avoir ses empreintes digitales afin que la police scientifique puisse les comparer et pour un long interrogatoire. À l'enquête préliminaire, on le mit en accusation pour négligence criminelle et meurtre au deuxième degré. Papa Marshall paya la caution et engagea *le* plus éminent des criminalistes, qui, selon ses commentaires rapportés par les médias, saurait remettre les pendules à l'heure. Il prouverait que la mort de Malory était purement accidentelle et que Jean-Marie s'était bel et bien suicidé.

Gregory choisit un procès devant juge seulement (peut-être pour que cela n'en fasse qu'un à graisser par monsieur Marshall père) et, bien entendu, plaida non coupable. Il fut remis en liberté provisoire en attendant son procès.

Habituellement, cela prend des mois avant qu'on entame un procès, mais là, curieusement, la cour l'ordonna pour la semaine suivante. Cela avait-il un rapport avec le prochain voyage des Marshall en Europe? Nul ne saurait le dire.

Il y avait des années que je n'avais pas revu Gregory quand il s'assit à la barre des témoins. Contrairement à Jean-Marie, qui avait le visage comme un mur avec des yeux qui bougeaient, Gregory avait encore cet air de grand ado désinvolte avec toute l'assurance que confère la richesse. Il se dégageait de lui un charisme que Jean-Marie avait essayé d'imiter, avec de piètres résultats.

Sa femme assistait à son interrogatoire. Il ne semblait pas nerveux et répondit poliment aux questions que lui posait le substitut du procureur de la Couronne. Un jeune nouveau, frais émoulu du Barreau, donc vraiment sans expérience. Le procureur était alité avec une affreuse bronchite, paraît-il.

Gregory avoua avoir eu une liaison de type soumission-domination avec Malory. Mais il se défendait bien de les avoir tués, elle et son père. Par contre, ses explications étaient assez surprenantes.

Il avait rencontré ma fille dans un de ces endroits réservés aux adultes qui veulent assouvir certains fantasmes. Dès leur arrivée, à Sandy et à lui, ils furent sollicités par Malory. Scarlett (c'était son nom de débauche) se présenta tout de suite à eux et leur demanda s'ils voulaient être « ses parents » parce qu'elle avait fait quelque chose de très mal et qu'il lui fallait une bonne punition.

« Elle était mignonne avec ses lulus et sa robe à frisons, et cette sucette qu'elle léchait avidement. Une femme-enfant sans âme et sans conscience. Une malicieuse avec un visage d'ange. »

Je regardai Martin, qui fixait le plancher. Était-il aussi surpris que moi ? C'était répugnant et grotesque de voir cette histoire étalée devant le public.

Au début, leurs rencontres avaient été sporadiques, puis plus fréquentes et, enfin, régulières : deux fois par semaine. Cela dura trois ans. Et Sandy y assista chaque fois en spectatrice. C'est même elle qui confectionnait les costumes de Scarlett. Fréquenter les magasins de tissus et les boutiques pour enfants était devenu leur loisir. Afin de passer inaperçus, car les gens de notre ville savaient qu'ils n'avaient pas d'enfant, ils magasinaient à l'extérieur où leur anonymat était préservé. Ils prenaient même la précaution de toujours payer comptant leurs achats. Comme ça, personne ne pouvait les retrouver.

C'est lors d'une émission féminine que Sandy découvrit les superbes bijoux d'Alicia. Je l'avais écoutée moi aussi, prévenue par ma fille qu'elle passerait à la télé ce matin-là. Je l'avais même enregistrée pour le reste de la famille.

Donc, ils se rendirent illico dans le Vieux-Québec et firent l'acquisition de plusieurs ensembles. Ils y retournèrent à quelques reprises avec des bouts de tissu afin que l'artiste puisse fabriquer sur mesure le joli bijou qui s'harmoniserait au reste de la tenue.

Sandy prenait un plaisir fou à lui offrir des assortiments dignes d'une princesse, mais Scarlett ne la remercia jamais. Elle ne lui adressait la parole que pour l'injurier.

Savaient-ils à ce moment-là qu'Alicia était la sœur de Malory ?

Bien sûr. Elle s'était nommée lors de son passage à la télévision et avait même dit de quelle ville elle était originaire. Mais eux ne s'identifièrent jamais.

Gregory ajouta que la toute première fois qu'ils étaient allés à la bijouterie, c'était Alicia qui était derrière le comptoir. En le voyant, elle avait sursauté puis s'était exclamée : « Excusez-moi, je vous avais pris pour quelqu'un d'autre. »

— Moi, je savais à qui elle faisait référence, mais je me gardai d'en souffler mot. D'ailleurs, même si je n'avais pas écouté l'émission avec ma femme, tout de suite j'aurais su que cette jeune et belle artiste était la fille du *suiveux* de Jean-Marie puisqu'elle était la copie conforme de Rachel, en plus foncé.

Après cette explication, l'avocat ramena Gregory à la suite des événements.

Comme Scarlett exigeait beaucoup de vigueur dans les châtiments corporels que devait lui infliger Gregory, d'un commun accord ils se donnèrent un code. Dès que l'un ou l'autre prononçait le mot *martini*, le jeu prenait fin.

Et Gregory jura que ce jour-là elle ne le prononça pas.

Dès le début de leur relation, le fait de savoir qu'elle était la fille de ce *pea soup* de Jean-Marie Brunelle, quintuplait son plaisir. Pas parce qu'il était pédophile, mais pour cette vengeance qu'il exerçait chaque fois qu'il la pénétrait. Toute sa vie, Gregory avait eu à subir l'ombre de Jean-Marie. Qu'il allât n'importe où, qu'il fît n'importe quel sport, qu'il s'inscrivît dans une association quelconque, il savait qu'il le verrait apparaître dans son sillage.

Au collège qu'ils fréquentaient tous les deux, c'en était devenu un *running gag*. Il avait même élaboré un test : il s'était acheté dans un marché aux puces une imitation de lunettes de grande marque afin de simuler une myopie inexistante. Quelques jours plus tard, Jean-Marie, affublé tout d'un coup de la même faiblesse aux yeux, en portait de pareille, mais payées le gros prix. Gregory disait ne jamais avoir compris l'acharnement de Jean-Marie à le poursuivre. Son obstination était, à peu de choses près, du harcèlement.

Gregory enchaîna en disant que le pire coup que Jean-Marie lui avait fait c'était lorsqu'il était tombé amoureux de moi.

— Je n'ai même pas eu le temps d'essayer de fréquenter Rachel que l'emmerdeur s'était déjà interposé entre elle et moi. Dans le temps de le dire, il lui offrait une bague de fiançailles et lui faisait promettre de l'attendre. Pour vous prouver sa mauvaise foi, dès qu'il l'eut épousée, il prit maîtresse en se faisant passer pour moi. Cet odieux personnage ne méritait pas l'amour inconditionnel que lui portait sa jeune femme. Alors, quand l'occasion s'est présentée, j'ai pris cela comme un signe, l'opportunité d'une vengeance personnelle. Jadis, il m'avait volé la mère, là, je lui prenais sa fille.

J'étais terriblement gênée d'écouter Gregory parler de moi de la sorte. Instinctivement, je regardai Sandy. Elle continuait de sourire à son mari sans broncher. Il lui avait sûrement déjà parlé de son amour de jeunesse.

Il présenta Malory comme un amalgame de séduction et de perversité. Au début, il aimait la dominer de quelque façon que ce soit. Pour provoquer *daddy*, elle lui racontait avec un plaisir certain les cruautés de méchante petite fille qu'elle avait fait subir à son frère ou à ses amies et réclamait la fessée qui lui était due. Il la couchait en travers de ses genoux de façon à ce que leurs ventres soient en contact. La première chose qu'elle faisait après la correction était de courir devant le miroir pour vérifier qu'il l'avait bien marquée. Ce n'était qu'un jeu, un acte légal privé entre deux adultes consentants. Puis leurs relations prirent une tournure différente. Elle exigeait de nouvelles sensations toujours plus dangereuses. Son obsession pour le sexe dégénérait de plus en plus en une féroce sauvagerie. Dominatrice le jour et dominée la nuit, Malory essayait d'entraîner le couple dans un voyage vers les méandres des émotions troubles et malicieuses.

L'avant-dernière fois qu'ils s'étaient rencontrés, elle s'était enfilé un sac de plastique sur la tête avant de se faire menotter au lit. Elle affirmait avoir essayé cette méthode d'asphyxiophilie et que son excitation sexuelle en avait été multipliée. Lui s'était informé et on lui avait dit que c'était faux. Quand les neurones cessaient de recevoir de l'oxygène, ce n'était pas la jouissance qui augmentait mais la peur de mourir.

Gregory et Sandy n'avaient plus eu envie de continuer. Malory voulait aller trop loin dans sa recherche de nouveaux plaisirs. Ils avaient décidé, d'un commun accord, de mettre fin à cette relation devenue trop exigeante et contre nature. De plus, Gregory disait que lui ne pouvait plus supporter la violence dont Malory faisait preuve envers Sandy. La force de ses coups jumelée à son regard de métal quand elle l'appelait «Rachel» donnaient à penser qu'elle ne jouait plus un rôle, mais qu'elle s'acharnait réellement à détruire sa mère.

En l'écoutant parler de la sorte, j'eus des aiguilles au cœur et la certitude que Malory me haïssait vraiment. Là, je savais pourquoi. Il était évident que son complexe d'Œdipe n'avait jamais été éradiqué. L'avait-elle cultivé sa vie durant parce que, inconsciemment, elle savait que son père ne l'avait pas désirée? S'était-elle acharnée à lui prouver qu'il avait tort?

Gregory refusait de qualifier ces pratiques érotiques de déviantes. Il les comparait plutôt à un sport extrême. Le principe n'était pas dans la souffrance mais dans le plaisir et dans le dépassement des contraintes et des tabous.

Toutefois, Gregory et Sandy ne souhaitaient pas autoriser Malory à changer les règles car, ils le voyaient bien, cela les aurait menés tout droit à la torture. Ils étaient certains que Malory portait le gène du mal et voulaient la fuir à tout prix.

Moi, j'écoutais et, malgré tous les détails scabreux qui salissaient ma famille, à ce moment précis du témoignage de Gregory, même si ma fille ne m'avait jamais frappée, j'ai ressenti exactement le sens de ses paroles. Un grand frisson me parcourut et cette association de mots me martela la tête: Malory, mal, Malory, mal. Souvent, devant le froid mépris de Malory envers moi, je m'étais dit que si nous avions vécu en Égypte, elle m'aurait envoyé le cobra royal. La Reine est morte! Vive la Reine! Ou, selon la période ou mon humeur, je pensais qu'autrefois, avec son regard de glace, on l'aurait brûlée vive comme sorcière.

J'avais toujours refoulé ces mauvaises pensées; je me trouvais très vilaine d'avoir même osé m'y arrêter et je me dépêchais de les occulter en me traitant de mère indigne.

Et voilà qu'un étranger parlait des turpitudes de ma fille, justifiait mes sentiments les plus inavoués. J'en étais douloureusement mortifiée.

Gregory continua...

La dernière fois que Malory l'avait appelé, il s'était passé un mois depuis l'histoire du sac de plastique et leur rupture. Ce matin-là, elle l'avait contacté en lui disant qu'elle ne se remettait pas de cet abandon. On lui avait présenté des tas d'autres « *daddy* », mais c'est lui qu'elle voulait. Elle disait qu'elle avait quelque chose à lui montrer et devant son refus elle tempêta, implora puis finit par le menacer d'envoyer des photos révélatrices à ses parents. S'il voulait voir ces images très explicites, disait-elle, eh bien, il n'avait qu'à venir les chercher. Il savait où. Et elle avait raccroché.

Il se rendit à l'hôtel avec Sandy, mais celle-ci préféra l'attendre dans l'auto. Il entra seul et trouva une Malory en larmes, sans photos scandaleuses mais éprouvant un énorme chagrin et demandant pardon d'avoir été si gourmande dans ses désirs. Elle promettait de ne plus jamais recommencer mais, pour lui, la page était déjà tournée. Il voulut le lui expliquer, mais rien à faire. Ses larmes redoublèrent et il ne savait que faire pour la consoler. C'est alors qu'elle lui demanda de la bercer une dernière fois. Il s'exécuta et, de fil en aiguille, dans une pulsion incontrôlable, il refit automatiquement les gestes qu'elle attendait de lui.

Il ne savait pas à quel moment elle avait cessé de respirer. Pendant qu'il lui faisait l'amour ? Pendant qu'il se relevait promptement pour enfiler son pantalon alors qu'on frappait vigoureusement à la porte ? Il était allé ouvrir parce qu'il pensait que c'était Sandy qui s'impatientait.

Quelle n'avait pas été sa surprise de voir Jean-Marie Brunelle en personne! Il se souvint d'avoir pensé à ce moment-là: «Ah non! Pas encore lui!» Puis, en voyant son visage ravagé par la colère, il s'était rappelé que Jean-Marie était le père de Malory.

Jean-Marie était entré, avait fermé la porte d'un coup de pied tout en sortant un pistolet de sa poche. Il criait: «Où est ma fille? Que lui as-tu fait, enfant de salaud?» C'est à ce moment-là que Gregory avait pensé au sac. Il avait voulu se précipiter pour le dénouer, mais Jean-Marie lui avait barré le chemin en le menaçant de la pointe du revolver. «Ne la touche pas! Sinon je te tue!» Gregory lui avait intimé de cesser ces enfantillages: Malory avait sûrement besoin d'air. Mais Jean-Marie voyait rouge. Il répétait: «Ne bouge surtout pas!» pendant que, nerveusement, tenant toujours le revolver d'une main, il essayait de sa main libre de dégager sa fille. Quand il avait enfin réussi à enlever le plastique, ils avaient découvert, simultanément, qu'elle ne respirait plus. Ç'avait été effrayant! Jean-Marie criait, bavait, délirait. Il traitait Gregory de fils de maudit voleur, de violeur, d'assassin et jurait qu'il lui ferait la peau. Il l'avait obligé à s'asseoir, son arme bien appuyée entre les deux yeux, et lui avait dit de faire une confession complète. Sa dernière heure venait de sonner.

Gregory, mort de peur, s'était exécuté. Il avait commencé à raconter que cela faisait trois ans qu'il avait des relations avec Scarlett, que c'était même elle qui l'avait sollicité.

— C'est faux! Maudit pervers! N'essaie pas d'insinuer que ma fille trompait son mari.

— Non seulement ta fille trompait son gentil mari, mais elle le faisait régulièrement. Avec moi, au moins deux fois par semaine, et depuis trois bonnes années. Avec d'autres probablement aussi. Parce que ta Malory est une insatiable du sexe. Vas-y, tire, et demain matin tous les journaux parleront des «goûts spéciaux» de Malory Brunelle et de son père assassin. C'est ça que tu veux? Eh bien! Ne te gêne pas, tue-moi, je serai mort et je n'aurai pas à subir la honte de voir mon nom étalé à côté du tien. Mais penses-y: ta belle carrière, pour laquelle tu as travaillé si fort, sera ruinée à jamais. C'est ce qui t'attend si tu tires. Tu seras encore un minable *loser.*

Et là, Gregory avait vu qu'il avait marqué un point. Les yeux de Jean-Marie étaient devenus «absents». Comme s'il repassait dans sa tête un film connu de lui seul. Lentement, il avait baissé les bras, s'était assis à son tour et avait pleuré comme un enfant.

Puis tout s'était passé très vite; Jean-Marie avait changé son revolver de main, levé le bras et s'était tiré une balle dans la tempe gauche.

Ahuri, Gregory tentait d'assimiler ce qui venait de se produire quand on avait frappé de nouveau à la porte. Il n'avait pas répondu. Puis il avait entendu la voix de Sandy. Il l'avait fait entrer, lui avait raconté ce qui venait de se passer et, ensemble, ils avaient décidé d'effacer toute trace de son passage dans cette chambre d'hôtel.

Sandy avait pris le sac à main de Malory et ramassé le préservatif dont il s'était servi. Ils avaient essuyé toutes les surfaces et les objets qu'il avait pu toucher. Ils avaient fermé la porte derrière eux en pensant n'avoir rien oublié mais en sachant très bien que tôt ou tard la justice les rattraperait.

Un long silence suivit cette déclaration.

Gregory savait-il comment Jean-Marie s'était retrouvé dans cette chambre d'hôtel précisément au moment où lui y était avec Malory?

Non, il n'en avait aucune idée.

L'inspecteur en chef demanda à être entendu sur cette question. Il avait trouvé dans le portefeuille de Jean-Marie un reçu du teinturier situé juste en face de l'hôtel. L'heure indiquée était treize heures trente, heure à laquelle Malory était arrivée en taxi, suivie de Gregory. On présume que Jean-Marie avait vu la scène directement de la grande vitrine du commerce. Selon la déposition de monsieur Marshall et celle du teinturier, tout concordait dans le temps. On suppose que Jean-Marie était allé en vitesse chez lui pour y prendre revolver et balles. On connaît la suite.

Plus de questions.

Contrairement à la Couronne, l'avocat de la défense appela à la barre une impressionnante liste de témoins, y compris les quatre sœurs de Jean-Marie, mes enfants et moi-même. Ce fut Marcia qui parla le plus. Elle raconta en grande partie ce qu'elle m'avait dévoilé quelques jours plus tôt. Personne parmi tous ces gens n'eut un seul bon mot à l'égard du défunt. Seule Malory aurait pu l'encenser. L'avocat voulait démontrer le caractère rigide et doctrinaire de Jean-Marie et, ainsi, appuyer sa thèse du suicide.

À la suite de nos révélations, il cita à comparaître un psychiatre réputé qui, souvent, était demandé comme expert par la police judiciaire. À peu près tous les membres de la famille avaient été convoqués chez lui pour une consultation. Éclairé par nos conversations, celui-ci vint expliquer qu'il croyait lui aussi fermement à la thèse du suicide de Jean-Marie. Depuis la mort de ce dernier, il en avait beaucoup appris sur lui, soit par l'interrogatoire de ses proches, soit par la lecture de ses notes.

Le docteur Durand expliqua qu'avec l'éducation austère que Jean-Marie avait reçue, il n'était pas surprenant qu'il fût devenu l'homme intransigeant qu'il était. Dès sa petite enfance, on lui avait indiqué sa place dans la société et comment faire pour y arriver. Entouré d'un père haineux et renfermé, d'une mère plus bigote que dévote, de sœurs soumises, il était la raison de vivre, la fierté et le sauveur de cette communauté monomane qui se suffisait à elle-même. Toute une charge sur les frêles épaules d'un enfant!

Dressé à se taire, il était devenu l'homme monolithique par excellence. Il dirigeait le gouvernail d'une main de fer. Comment alors expliquer qu'il ait eu une maîtresse une partie de sa vie? C'était sa soupape. Comme bien des hommes de pouvoir, il savait qu'on peut sortir et s'amuser avec une Marilyn mais qu'on épouse une Jackie.

Au milieu de sa vie, son rêve était atteint depuis longtemps. Il avait fait son devoir avec ténacité et récoltait les fruits de sa persévérance. Il avait réussi partout. Très fier de lui-même, il ne s'était probablement jamais rendu compte qu'il avait rendu femme et enfants malheureux. Son comportement et son attitude étaient un incubateur de vices et de déviances pour qui l'admirait.

Selon lui, Jean-Marie aurait pu devenir bien plus important qu'il ne l'était, un Jean Coutu, un Paul Desmarais ou un Pierre Péladeau, si son rival avait continué son ascension. C'est sa haine pour Gregory qui lui montrait le chemin à suivre. Ce dernier, en coupant court à sa carrière pour prendre soin de Sandy, avait par le fait même limité les grandes ambitions, toujours causées par une haineuse compétition, de Jean-Marie. N'ayant plus son « modèle » à dépasser, après avoir détrôné le roi, il s'était contenté de régner sur sa ville.

Cet homme, à l'orgueil surdimensionné, répugnait à être vu en état de faiblesse. C'était un autoritaire exigeant, porté à exagérer les défauts de ses proches. C'est pourquoi ce spécialiste était persuadé que Jean-Marie avait été brisé à mort par la découverte du cadavre de sa fille dans les circonstances que l'on connaît.

Il termina en disant que le cerveau humain n'est pas une voiture qu'on expertise, que la science peut essayer d'expliquer pourquoi un individu dérape, mais qu'elle ne comprend pas toujours.

Après quelques jours d'attente, on nous prévint que le juge était prêt à rendre son verdict. Gregory risquait la prison s'il était reconnu coupable.

Le juge déclara Gregory Marshall non coupable aux deux chefs d'accusation. Il expliqua le décès de ma fille en ces mots : mort par auto-asphyxie érotique non contrôlée.

En ce qui concernait l'accusation de meurtre au deuxième degré sur la personne de Jean-Marie Brunelle, il ne retint pas l'argument avancé maladroitement par le jeune procureur voulant que Gregory se serait trompé en mettant le revolver dans la main gauche de Jean-Marie après l'avoir tué pour faire croire à un suicide. Il s'appuyait plutôt sur la preuve balistique des traces de poudre que portait Jean-Marie sur cette main, signe que c'était bien lui qui avait tiré. Peut-être avec l'intention de faire accuser Gregory Marshall de sa mort? Probablement. Nous ne le saurons jamais. Pour la Cour, ces traces fournissaient donc une preuve scientifique évidente et incontournable.

Gregory était libre, mais il devrait se soumettre à une thérapie. Le juge, dans sa grande sagesse et son souci d'éviter de mettre la vie d'enfants en péril, voulait l'obliger à soigner sa déviance. Était-il un voyeur? un pédophile en devenir? Avec son attitude malsaine, communément appelée le fantasme de l'écolière, et maintenant que Malory était morte, était-il un danger pour les petites filles portant un costume scolaire? C'est ce dont le juge voulait s'assurer en exigeant un rapport psychiatrique détaillé. Il suggéra fortement à Gregory de se faire accompagner de son épouse à ces séances.

L'affaire était close.

Ce soir-là, je compris enfin la vraie raison pour laquelle Jean-Marie portait l'uniforme SS dans mon cauchemar. Il s'était donné la mort pour ne pas voir son nom souillé par la femme qu'il avait le plus aimée au monde, sa fille, et par l'homme qu'il avait le plus haï. Tel Hitler, il ne voulait pas voir son empire lui échapper. Le fumier était devenu des sables mouvants qui l'engloutissaient tranquillement. Et lui, droit comme un chêne, l'index en l'air, toujours aussi arrogant, s'était laissé ensevelir sans un geste de défense.

Je n'eus plus jamais ce cauchemar. La mosaïque était complète. Jean-Marie s'était suicidé.

Je m'étais trompée.

Cependant, une question me chiffonnait : comment se faisait-il que pas une fois Gregory ne soit apparu dans mon rêve ? Sûrement parce que, contrairement à ce que je pensais, ce n'était pas moi qui détenais la clé de l'énigme.

Je m'étais encore trompée !

20

Le soir de notre retour du palais de justice, Junior et moi discutions des paroles du psychiatre selon lesquelles le comportement de son père avait été un incubateur de vices. Cela expliquait les déviances de sa sœur. Petite fille, et cela bien inconsciemment, elle avait tant voulu que Jean-Marie lui indique le droit chemin. Au contraire, il l'adulait comme une princesse, en sachant qu'elle mentait effrontément et qu'elle avait tort. Même devant ses bêtises de plus en plus énormes, il fermait les yeux. Elle avait sûrement pris cela comme du désintérêt de sa part. De là à chercher ailleurs la punition, il n'y avait qu'un pas...

C'est alors que Junior m'avoua que lui aussi avait une déviance. Il me dit être un DL, c'est-à-dire un *diaper lover*, terme américain désignant un adulte qui aime porter des couches. Ce n'était pas, contrairement à Malory, le fantasme de l'infantilisme, précisa-t-il, mais l'expression d'un besoin de sécurité.

Sur le coup, je pensai qu'il se moquait de moi. J'éclatai de rire. Mais je dus très vite me rendre à l'évidence, il ne blaguait pas. Devant son air sérieux, j'étais abasourdie de stupéfaction.

Je n'avais pas envie qu'il entre dans les détails, mais c'était mal connaître Junior. Une fois qu'il s'était lancé, il tenait à aller jusqu'au bout de ses explications. Il me confia que cela faisait partie intégrante de sa personnalité. Au début, il se croyait complètement dérangé et seul au monde à avoir cette pratique. Très conscient de ses curieux agissements et ayant un désir profond de normalité, il essaya à plusieurs reprises de les cesser. Mais chaque fois, après seulement deux semaines d'arrêt, il devenait nerveux et irritable. La seule façon de se calmer était de se remettre une couche pour quelques heures.

Puis, il se renseigna sur Internet. Il découvrit avec un grand soulagement qu'ils étaient des milliers de personnes dans sa situation et qu'il fallait oublier les stupides comparaisons avec la pédophilie. La plupart des gens touchés par ce problème le sont à la suite d'événements subis dans leur jeunesse, entre autres l'obligation de porter des couches tard durant l'enfance ou à l'adolescence pour cause de pipi au lit ou le fait d'avoir été humilié par cette situation. L'attitude moqueuse de Jean-Marie au sujet de l'énurésie de Junior l'avait profondément marqué.

J'aurais préféré que notre conversation s'arrête là, mais Junior se mit à me parler de Marjolaine, cette femme merveilleuse à qui il avait confié son secret. Elle avait pris des informations et compris ses besoins sans le juger. Il me demanda si je pouvais en faire autant.

Je répondis que j'aurais préféré rester dans l'ignorance de ces choses, mais, bon, puisqu'elles avaient été dites, je ne porterais pas de jugement. Toutefois, je voulais qu'on oublie cette conversation qui me mettait profondément mal à l'aise.

Quand je fus seule pour penser à tout cela, je me remémorai mon questionnement après la découverte du déséquilibre de Malory. Je m'étais souvent demandé comment on pouvait expliquer la perversion sexuelle. Devait-on s'en prendre à la génétique? à un dérègle-ment du cerveau? ou à l'éducation? Maintenant que je connaissais le secret de Junior, et à la lumière des explications du psychiatre, je ne pouvais m'empêcher de penser que mon défunt mari avait causé bien des dégâts chez ses enfants! Aurais-je pu éviter tout cela? Peut-être était-ce moi, Rachel Cardinal, qui par mon exemple avais enseigné la soumission à mes filles?

Puis, je me demandai si Alicia, ma toute douce Alicia, avait aussi ses petits côtés pervers. Si c'était le cas, sincèrement, j'espérais ne jamais le savoir.

Après avoir rempli toutes les formalités, un beau matin de juillet 2006, j'ai tourné le dos à cette maison que j'avais astiquée pendant quarante ans, sans autre bagage que ma valise à cosmétiques, sans un regard en arrière, sans un regret. J'avais atteint mon point de rupture, irrémédiablement.

Junior a voulu me reconduire, mais je lui ai demandé de me laisser vivre mon rêve comme je l'avais si souvent imaginé depuis mars dernier. J'ai donc pris le train pour Québec, où je serais l'ingénieur des plans de ma nouvelle vie. Cette fois-ci, j'avais la ferme intention de ne laisser rien ni personne interférer avec mes décisions. J'avais déposé mon fardeau et je n'en reprendrais plus aucun autre. J'y étais bien décidée.

Je me suis donné la permission de toucher à ma souffrance et d'en parler. Il fallait que j'apprenne à m'aimer, moi. C'est de cela que j'avais souffert le plus : un grand manque d'amour envers moi-même. Et toute ma vie j'avais joué un jeu, endossé différents personnages, des rôles minables dans une pièce de théâtre de dernier ordre. J'avais pris l'habitude d'être le second violon et d'avoir l'estime de moi à zéro. J'avais trompé tout le monde, moi la première.

Mais pour aimer les autres, j'étais une championne. Je savais très bien comment faire. Au cours de cette dernière année, j'ai pris du temps pour fouiller toutes les régions de mon âme. Et j'ai refait en pensée la traversée de mon chemin de Damas. Avec le recul, j'ai pu décortiquer, une à une, les étapes de ma vie non pas pour me flageller, mais pour m'empêcher de commettre les mêmes bévues. Je suis bien consciente que je sors de ce mariage brûlée au troisième degré.

Étant fondamentalement épicurienne, je pense que c'est cet amour de la vie qui m'a fait me relever après chaque épreuve, parce que je m'accrochais toujours à l'espoir que demain serait meilleur. Je refusais de croire que je me trompais encore une fois.

Sincèrement, je pense que Jean-Marie n'avait pas besoin de mourir pour que j'en arrive à ce stade. J'avais déjà amorcé mon départ et, même si ce drame n'avait pas eu lieu, j'en serais au même point puisque j'avais déjà décidé de le quitter. Il y a des mariages qui ne méritent pas d'être sauvés et le mien faisait partie de ceux-là.

C'est bizarre que l'on quitte quelqu'un pour les mêmes raisons qui nous ont attiré vers lui. J'ai aimé

Jean-Marie parce qu'il était complètement à l'opposé de mon père. Je suis entrée dans le mariage comme dans un sacerdoce, avec beaucoup d'abnégation et de générosité.

Je fuyais un petit homme alcoolique, grivois, gueulard, un pelleteur de nuages malpropre, pour épouser un jeune homme sobre, sérieux, impeccable à tout point de vue. Je savais qu'il travaillerait très fort pour m'offrir une vie convenable. Je flottais sur mon nuage rose et l'incandescence de son amour transfigurait chaque chose.

Quarante ans après, je voulais partir justement à cause de son manque de souplesse, de son caractère irritable. Il nous a toujours imposé ses diktats par son autorité mesquine et ses abus de pouvoir. Ses horaires étaient si chargés que les enfants et moi étions les espaces vides dans son agenda. Jean-Marie s'est perdu sur le chemin de l'ambition en se refusant la permission d'avoir du plaisir. Il y avait tellement longtemps que nous n'arrivions plus à être heureux au même moment. D'ailleurs, l'avions-nous déjà été… ?

Programmé pour réussir, il n'a jamais eu aucun sens des nuances. Il était devenu un névrosé obsédé par l'ordre et la propreté. Qu'est-ce que cela cachait ? Jean-Marie avait-il été violé plus jeune ? Afin de plaire à son père, jusqu'où s'est-il abaissé pour entrer dans l'élite des jeunes gens riches et célèbres ?

Après avoir entendu le compte-rendu du psychiatre et le récit de Marcia, je comprenais mieux l'irascible comportement de mon mari. Même enfant, Jean-Marie était régi par des principes rigides qui le confinaient à l'intérieur de lui-même. À l'âge où les autres garçons commençaient à flirter, lui devait savoir se tenir. Toujours bloqué par une pudeur puritaine, il ne pouvait me faire «la morsure de l'amour» pour que je l'exhibe dans mon cou comme toutes les filles à l'époque. Encore bien moins, me manquer de respect. Jamais il n'aurait osé un geste inconvenant, il n'avait pas les mains baladeuses : on lui avait dit de les garder dans ses poches. Avec la machination de sa famille et sur l'ordre de son père, il m'a épousée. Il n'avait même pas le béguin pour moi. La preuve : il m'avait vue rôder autour de lui bien avant et ne m'avait même pas remarquée. Je suis devenue «la femme idéale» seulement quand les Brunelle ont su que Gregory s'intéressait à moi. Il s'est soumis parce qu'on lui avait trouvé l'accessoire parfait pour son ascension jusqu'au temple de la renommée. Par le fait même, il damait le pion à l'ennemi. La maison achetée n'était pas un nid d'amour mais une salle de réception pour sa famille et pour les invités de marque qu'il ne manquerait pas de recevoir.

Quelle déception cela a dû être pour eux lorsque Junior s'est mis à grandir et… à grossir. Jean-Marie voulait un fils à son image et je dois dire que Junior a fait beaucoup d'efforts pour le devenir, mais il n'a réussi qu'à être son antipode.

21

Ville de Québec, un an plus tard.

Chaque matin, quand le temps le permet, je prends le café sur ma véranda juste à l'heure où la nuit retrousse ses jupons pour recevoir les premières caresses du jour.

Depuis mon arrivée, j'ai vu défiler les quatre saisons, toutes aussi magnifiques les unes que les autres, sur cette ville et son fleuve. J'aime à penser que c'est pour me saluer que les bateaux sifflent en passant à portée de vue.

Le premier mois, à Québec, je l'ai dormi presque vingt heures sur vingt-quatre. Je ne m'étais pas rendu compte combien j'étais épuisée physiquement et moralement. Puis, peu à peu, je suis sortie de ma léthargie.

Je me sentais comme un perce-neige après une longue période d'hibernation. C'est encore une fois Marie-Andrée qui m'y a encouragée. Nous avons fait de longues marches dans le Vieux-Québec. Elle m'a entraînée à la découverte des rues, des parcs, des restaurants et des boutiques de vêtements. Marie-Andrée disait que ma garde-robe avait grand besoin d'un *face-lift*. Il paraît que, depuis mon mariage, je m'étais «matantifiée» du côté vestimentaire. Elle avait l'intention d'y remédier dans les plus brefs délais. Pas question de retourner aux minijupes ni aux shorts. Mes jambes ne sont plus aussi attrayantes. Des protubérances joufflues sillonnées de vaisseaux bleuâtres et rouges ont poussé de chaque côté de mes genoux, si cagneux autrefois. Des capris et des jupes longuettes assortis à des corsages aux couleurs chatoyantes, toujours avec un bout de manche, car mes bras aussi ont ramolli, cachent maintenant les signes de mon âge.

Quand Hubert nous accompagne, il double notre plaisir en nous faisant partager sa très grande passion pour le passé. D'après lui, chaque bâtiment, monument, rue, coin de ville a son histoire. Le professeur émerge en lui lorsqu'il nous raconte, non sans drôlerie, les pages du bon vieux temps. À sa retraite, il dit qu'il se recyclera en cocher pour les touristes.

Mon cœur se gonfle de plaisir en pensant à tous ces moments enchanteurs que nous passons ensemble. Marie-Andrée et moi sommes encore et plus que jamais une belle paire d'amies. Son bonheur est toujours au diapason, et j'aime la voir en couple avec Hubert, dont l'amour ne s'est jamais démenti. En réalité, je suis certaine qu'ils sont des âmes sœurs. Ils sont la preuve vivante qu'on ne lutte pas contre la nature des gens.

J'adore la compagnie de ma cadette et de toute sa petite famille. Charles, Victoire et Cassiopée sont des enfants merveilleux. Ne les ayant pas à ma charge comme ceux de Junior, avec eux, je peux être une vraie grand-maman. L'an dernier, à la demande d'Alicia, j'ai assisté à son accouchement.

Quand j'ai vu ma fille grimacer de douleur, j'ai eu envie de rebrousser chemin et d'aller à l'extérieur attendre que tout soit fini. Ma mémoire de mère ressuscitait cette brûlure dans mes entrailles et j'ai eu peur de ne pas être à la hauteur du rôle qu'on m'avait attribué. Alicia, voyant mon inconfort, m'a quand même convaincue de rester.

Pour ne pas la décevoir, je me suis placée côte à côte avec le médecin et c'est complètement bouleversée que j'ai tendu les mains pour recueillir cette petite chose tout humide et vagissante expulsée du corps de ma fille : ma petite-fille. Instant béni d'émerveillement! Cet être si minuscule était entré dans nos vies depuis à peine quelques secondes que, déjà, nous débordions tous d'amour pour lui.

Je serai toujours reconnaissante à Alicia et à Simon de m'avoir permis de vivre cette expérience fusionnelle qui a été un vrai moment d'enchantement. Simon, en mari dévoué et attentif aux moindres désirs de sa femme, m'a réconciliée avec la naissance. Il est attendrissant dans son rôle de père. J'aurais aimé que mes enfants connaissent ce grand bonheur. Mais à regarder Alicia, issue pourtant d'une famille dysfonctionnelle dans laquelle elle a toujours été ignorée par son propre père, je vois qu'elle, au moins, a su traverser la vie en se rendant imperméable aux irritants. Dès sa naissance, Marie-Andrée lui avait donné une solide propension au bonheur. Alicia, dans toute sa sagesse, est sûrement une vieille âme.

Une heure à peine après l'arrivée de Cassiopée, elle me souriait tendrement en allaitant son bébé qui baignait comme dans une béatitude amniotique. Avec son teint laiteux étoilé de flocons de son, ma fille était resplendissante de bonheur. Penchée avec elle sur cette adorable enfant aux yeux de mohair, je buvais l'amour à grandes goulées. J'étais fière d'être la mère d'Alicia, cette femme admirable qui m'avait accueillie dans sa vie avec tendresse et qui n'hésitait jamais à la partager avec moi pour rendre la mienne plus agréable.

De retour à la maison, quand c'était le tour de Simon de faire la grasse matinée, Alicia venait se glisser dans mon lit. Après la tétée, je prenais Cassiopée, qui dormait sur moi en grenouille, pendant que sa mère, blottie au creux de mon bras, se rendormait. Moments délectables!

Est-ce cela qui a fait qu'un lien unique s'est établi entre cette adorable enfant et moi?

Je trouve chanceux grands-parents et petits-enfants qui peuvent vivre une relation aussi étroite. Ceux d'Alicia sont encore plus privilégiés. En ville, ils nous ont, Marie-Andrée, qu'ils appellent affectueusement Nanou, Hubert et moi. À la campagne, où ils se rendent fréquemment voir leurs grands-parents paternels et Fernande, ils profitent du grand air, des animaux de la ferme et d'immenses étendues de terre pour jouer. Ils ont le meilleur des deux mondes.

J'aime entendre Charles et Victoire monter à la course l'escalier intérieur. Je ne sais jamais de quel côté ils vont frapper. Ils partagent leurs va-et-vient entre mes voisins et moi. En ce qui concerne Cassiopée, qui les suit de près à quatre pattes, je ne me pose jamais de question, elle se lance dans mes bras avec un «gan-maman», souriante et très fière d'avoir gravi chaque marche toute seule. Toujours de bonne humeur, tels son frère et sa sœur, elle babille déjà comme une grande. À chaque fois, je ferme les yeux pour profiter de ce court moment de tendresse en inspirant intensément l'odeur incomparable de ses cheveux qu'aucune fleur de mon ancien jardin ne peut égaler. Ma petite-fille sent l'amour bienheureux.

Le dimanche, sur notre terrasse communicante, Marie-Andrée et moi recevons pour le brunch. La plupart du temps, toute la famille est là pour goûter nos fameuses pâtisseries. Diane et Fernande nous apportent des confitures maison auxquelles nous ne pouvons résister. Les touristes attirés par nos rires pensent que c'est un resto et demandent où est l'entrée. Un jour que Junior s'est pointé, il m'a murmuré en m'embrassant sur l'oreille: «Méchante différence avec nos anciens dîners dominicaux à l'assiette triste!»

Ces moments de pur bonheur font désormais partie de ma vie. Et ce sera ainsi aussi longtemps que je le voudrai. N'est-ce pas merveilleux?

Ici, parmi tout mon monde, je ne suis plus jamais seule. Je me sens à l'aise; je me sens moi. Dans mon autre vie, je m'étais complètement oubliée. J'avais oublié qui j'étais vraiment. Maintenant que ma mémoire est revenue, j'essaie de me décaper. Couche après couche, je redécouvre ma véritable essence, ma vraie personnalité. Je n'ai plus besoin de m'adapter aux situations ni de colmater les brèches. Je ne coiffe plus jamais non plus la couronne de la reine de la tolérance. Combien de choses intolérables ai-je tolérées dans ma vie? Dès mon plus jeune âge, devant la violence verbale de mon père, puis celle, plus silencieuse mais combien plus sournoise, de mon mari, j'ai appris à me taire pour acheter la paix. Mais chaque fois les mâchoires de l'étau me broyaient un peu plus le cœur.

Dans mon nouveau logement, je n'ai plus jamais ressenti cette peur irrationnelle qui était devenue mon quotidien. Quelque chose en moi se mourait et il fallait que je réagisse si je ne voulais pas être emportée par ce mal insidieux.

Quand je regarde en arrière, je me dis que j'ai quand même eu des moments de calme serein. Je me rends compte que tous ces petits bonheurs que j'ai eus provenaient de moi-même, jamais de Jean-Marie. Il n'avait ni le temps ni le goût de partager ces «insignifiances» avec moi.

J'ai aimé avoir des enfants. Ce besoin frénétique de réinventer mon enfance. Sauf en ce qui concerne Malory, j'ai goûté pleinement leur divine compagnie. La maternité restera toujours pour moi le plus beau métier du monde.

J'essaie de cesser de me questionner sur Malory, ce magnifique papillon de nuit qui rêvait d'atteindre l'étoile qu'était son père, son invincible et adorable héros.

Elle est morte en laissant derrière elle deux familles salies par le vice et un mari incrédule et marqué à jamais. Heureusement, elle avait choisi de ne pas avoir d'enfant. Au fond d'elle-même, elle savait trop bien qu'elle n'avait jamais réussi à mûrir, à devenir une adulte. À trente-six ans, elle se faisait encore vomir à s'en tordre les tripes pour garder son corps d'enfant et plaire à Jean-Marie. Ce désordre alimentaire lié à sa dysfonction sexuelle fait qu'elle est morte en emportant avec elle une vision totalement utopique de son père.

Quand le procès a été complètement terminé, les policiers m'ont rapporté tout ce qu'ils avaient pris dans le bureau de Jean-Marie. À cette occasion, l'inspecteur Joubert m'a remis un dossier complet de la correspondance que Malory avait entretenue avec son père pendant ses années de pensionnat. J'ai attendu qu'il s'en aille, j'ai jeté un coup d'œil à la première page, qui commençait par : « Mon cher daddy ». Je ne suis pas allée plus loin. J'ai refermé le tout par peur d'y lire des méchancetés sur moi, en me disant que cela ne donnerait rien que je ne sache déjà. Ces documents resteraient confidentiels. Le soir, quand Junior a allumé le foyer dehors, nous les avons regardés brûler. Lui, ne voulait surtout pas lire les réponses que son père avait faites à sa petite princesse. Il sentait qu'il serait encore écorché vif par l'étalement de sa préférence à ses dépens. En fixant les flammes, Junior m'a dit : « Pour moi, Malory n'aura jamais été qu'une mouche à feu. Brillante la nuit mais une vulgaire mouche le jour. » Ç'a été l'oraison funèbre d'un frère à sa sœur.

Parfois, durant mes nuits d'insomnie, je me demande si, pendant cette activité trouble, elle a senti la mort émerger lentement de son plaisir. A-t-elle entendu son cœur lui battre les tempes ? Chaque fois, un long frisson me parcourt l'échine et mon cœur sombre. On n'échappe pas à son passé, autant vouloir distancer son ombre. Quand le doute s'infiltre en moi pour me remettre en cause, je me dis qu'entre parents et enfant s'établit la plus mystérieuse et complexe des relations humaines.

Incapable de supporter une telle tristesse, je me lève et je vais peindre dans mon atelier. Et, chaque fois, la peinture me calme et me rend sereine.

C'est une chance qu'au cours de ma vie je n'aie jamais abandonné mes pinceaux. Cette voie de créativité a été pour moi l'échappatoire qui me permettait d'exprimer ce que je refoulais. Ce passe-temps m'a maintenu, pour ainsi dire, la tête hors de l'eau. Mine de rien, j'ai fait des centaines de toiles. Aussitôt une toile terminée, je l'accrochais dans le salon de thé du bistro et la plupart du temps elle se vendait dans la même semaine. Les clients reconnaissaient ma signature à son petit cardinal rouge. Maintenant, elles se vendent aussi bien à la bijouterie de Simon. Cet été, j'ai exposé mes œuvres dans la rue du Trésor. J'ai osé cette nouvelle expérience après avoir suivi des ateliers sur la connaissance de soi. Guidée par une superviseure qualifiée dans ce long processus, je me suis appliquée à reconnaître mes forces. J'ai perdu ce regard opaque que je posais sur moi et ma nouvelle lucidité me fait du bien. Et j'aime ce que je vois ! J'ai pris conscience que la base de l'amour, c'est l'amour de soi. Dans mon cas, ce chaînon manquait. Quand on décide de s'aimer d'abord, on ne cherche plus désespérément à être aimé par quelqu'un d'autre. J'ai appris à prendre la mesure de mon être et à accepter que tout ne soit pas parfait. Je ne veux plus jamais parler le langage d'un cœur meurtri par un amour de surface. Je n'attends plus non plus que les autres me rendent heureuse. Je sais maintenant exprimer mes besoins essentiels et je m'arrange pour les combler.

Ma vie n'est plus réglée comme du papier à musique parce que je ne veux pas qu'un jour l'ennui naisse de la monotonie. Je laisse beaucoup de place à la fantaisie et à la spontanéité ; ça, c'est mon cœur de bohème qui est ressuscité.

J'ai dû aussi accepter mes défaites la tête haute. J'ai appris à me pardonner ma lâcheté de ne pas avoir fui plus tôt ce voleur d'âmes. Comme au loto, je m'étais dit : tout à coup... J'espérais toujours que Jean-Marie changerait après ses études, après sa carrière, après ses succès, après... des années. En somme, j'ai été l'artisane de mon propre esclavage.

Pour casser avec la tradition, je suis allée passer Noël en Floride chez Miranda. Depuis le temps qu'elle me le demandait. Quelles belles retrouvailles ! Et quelles pies nous avons été. Même si elle me téléphonait tous les premiers vendredis du mois depuis son départ, il y a de cela maintenant quarante-quatre ans, nous n'avons cessé de parler du passé, du présent et de l'avenir.

Elle m'a présentée à sa vraie famille, enfin, aux membres qui en étaient encore vivants. Veuve depuis plus de vingt ans, elle m'a beaucoup parlé de l'amour inconditionnel qui l'avait liée à Stan. À ma question :

— C'était l'amour aveugle ?

Elle a répondu :

— L'amour n'est pas aveugle. Il consiste à fermer les yeux sur certaines choses.

Les enfants de son mari ont tenu à me rencontrer. Cela faisait curieux, au début, de les entendre appeler Miranda « Mommy ». Ils ont tous l'air plus vieux qu'elle ! Enfin, c'est la seule mère qu'ils ont jamais connue. Ce sont des gens charmants et remplis d'attention pour Miranda.

Bien entendu, il a été question de Louis Cardinal. Avec son fort accent américain, un mot français un mot anglais, elle m'a beaucoup fait rire en me racontant l'histoire de son lapin. Nous n'étions que des enfants lorsque tante Niki lui avait envoyé de l'argent pour s'acheter un lapin. Un vrai lapin en vie, avec une cage et tous les accessoires. Elle avait fait un arrangement avec madame Lajoie, notre voisine, c'est-à-dire qu'elle gardait André quelques heures par semaine en échange de carottes pour nourrir Alphonse. Le Noël suivant, alors que nous pensions manger du poulet, nous dégustions son lapin avec des atocas! C'est mon père qui s'était fait un malin plaisir de le lui dire tout bas à l'oreille le soir avant qu'elle aille se coucher. Elle m'a avoué qu'elle avait été malade « comme un *pig* » et qu'elle ne me l'avait jamais raconté de peur que je sois aussi malade qu'elle. Cinquante ans après, elle pestait encore contre ce « *damned* soûlon » et sa fille la punaise.

Naturellement, on a dû parler d'Alison.

Je lui ai raconté les derniers détails et Miranda n'a pas été surprise du tout quand je lui ai rapporté le chantage auquel je m'étais pliée pendant des années.

J'avais peur d'Igor mais, en réalité, c'était bel et bien Alison qui avait mis le feu chez moi. Je ne l'ai jamais revue. À l'heure actuelle, elle joue sûrement la victime auprès de quelqu'un pour qu'on la protège. Elle refile ainsi ses responsabilités aux autres. Alison sera toujours une couleuvre. Elle sait exactement quand et comment se servir de son physique de piteux pitou pour arriver à ses fins. Quand quelqu'un se rend compte de son manège et de sa lâcheté, il la laisse tomber, mais il y a des bonnes gens partout, toujours prêts à aider autrui, elle le sait et elle en profite. Je ne suis pas inquiète pour elle et je ne veux plus y penser. Jamais.

J'ai beaucoup aimé ma visite chez Miranda et voir l'océan pour la première fois à soixante ans a été un réel plaisir. Mais je n'irai plus jamais dans le temps des Fêtes, mes petits m'ont trop manqué. À l'avenir, c'est elle qui viendra affronter le froid du Québec. Elle a déjà réservé des chambres d'hôtel, car ses enfants veulent aussi vivre un Noël blanc.

En revanche, je lui ai promis qu'au moins une fois par année je ferais un voyage avec elle. Elle m'a prise au mot. La semaine prochaine, nous partons pour Monaco avec Marie-Andrée et Hubert. Nous allons voir l'exposition estivale au Grimaldi Forum, en bord de mer. Dans le dépliant, on peut lire ceci : « ... sur près de 4 000 m², des centaines de documents, lettres, posters, photos, films, bijoux, robes retracent, selon un parcours chronologique, l'itinéraire de l'une des grandes étoiles féminines du XXe siècle. Mon idole ! » Peut-être qu'avec un peu de chance je pourrai entrevoir un de ses enfants ou petits-enfants, qui sait ?

Au printemps, Marie-Andrée et moi, nous nous sommes inscrites à des cours de salsa. Je ne dirais pas que nous avons retrouvé la souplesse de nos quinze ans, du temps où nous raflions tous les premiers prix de rock-and-roll acrobatique, mais c'est tout comme. Nous sommes encore très flexibles pour notre âge et, surtout, nous nous amusons comme de vraies gamines.

En mai, sur l'insistance de Junior, j'ai pris mon courage à deux mains et suis retournée dans mon ancienne maison. Il fallait que j'y aille pour exorciser mes vieux fantômes une bonne fois pour toutes. Ç'a été beaucoup plus facile que je ne l'avais imaginé.

Tout d'abord, dès mon arrivée, quelle n'a pas été ma surprise d'être accueillie par un magnifique labrador noir. Minuit m'a fait la fête comme s'il me connaissait depuis toujours. Junior me l'avait tellement bien décrit dans ses rêves d'enfant que c'était facile pour moi de l'identifier.

J'ai suivi mon fils lorsqu'il a monté ma valise dans la chambre d'invités, l'ancienne chambre d'Alicia, et me suis extasiée devant la décoration des pièces. Junior a mis des couleurs très tendance partout. Plus un seul mur blanc. Je ne reconnaissais plus aucun des meubles. Le nouveau mobilier ultramoderne a rajeuni la maison et lui donne une ambiance zen très chaleureuse. J'avais peine à penser que j'avais habité ici pendant quarante ans tellement la personnalité de Junior en occupait les lieux. Et c'était très bien ainsi.

Depuis sa longue et pénible année de maladie, il n'a pas repris une seule once de graisse. Ses pectoraux restent modelés par ses cent pompes quotidiennes et il attribue le maintien de son poids aux longues marches qu'il fait chaque jour avec son chien. C'est Jean-Marie qui doit se retourner dans sa tombe. Il était monté sur ses grands chevaux lorsque Junior, vers l'âge de quatre ans, lui avait demandé un chien pour son anniversaire. Avec son index en l'air et sa voix hennissante, il avait dit: «Tant que je serai vivant, jamais il n'y aura un seul poil de chien dans ma maison. Jamais une puce de chien et, encore moins, un pipi de chien.» Eh bien! Tu es mort, Bwouana (tiens, ce vieux sobriquet qui remonte à la surface), et Minuit, avec ses griffes, a égratigné ton beau plancher de bois franc sur lequel tu nous as toujours obligés à marcher en pantoufles. Paix à ton âme!

Junior a effectué les démarches nécessaires pour changer de prénom. Il s'appelle maintenant Frédéric. Pas seulement à cause du scandale, mais aussi parce qu'il en a toujours eu envie. Je me trompe encore de temps en temps quand je lui parle, mais il ne m'en tient pas rigueur.

Durant le week-end, ses fils sont tous venus me saluer, sauf Jean-Philippe, qui est dans un centre pour jeunes délinquants. Junior lui a interdit sa demeure jusqu'à ce qu'il lui prouve qu'il est revenu dans le droit chemin. Pier-Luc, à quinze ans, a adopté le style Yo. C'est un traîne-savate avec le fond de culotte aux mollets. Quand j'étais jeune, ma mère me chicanait pour que je mette ma tuque l'hiver, maintenant, lui en porte une même l'été. C'est le monde à l'envers!

Quant à Gabriel, il est venu quelques heures, qu'il a passées écrasé sur le sofa et soudé à sa manette de jeux vidéo. Il n'a pas changé sauf qu'il a encore engraissé. Quand mon fils avait son âge, il était rondelet, mais lui, il est obèse.

Junior s'est excusé du comportement de ses fils à mon égard. Je l'ai rassuré en lui disant de ne pas être embarrassé avec moi. Je connaissais ses enfants. Ils avaient un bon fond, il fallait seulement les laisser vieillir. Tout ce que j'espérais, c'était qu'ils se rendent compte à quel point il est un bon père pour eux.

Il fréquente assidûment Marjolaine et se déclare l'homme le plus heureux du monde. Il a enfin trouvé celle avec qui il veut partager le reste de sa vie. Ils attendent pour emménager ensemble que leurs enfants soient tous autonomes. Il vendra la maison devenue trop grande pour eux et, ensemble, ils prendront le temps de se construire une vie à deux. Sans faire de vagues, les gars ont accepté d'emblée les visites fréquentes et de plus en plus prolongées de Jordanne et de Marjolaine.

Elles sont d'ailleurs venues souper ce soir-là. Je dois dire que j'ai eu beaucoup de plaisir en leur compagnie. Assise au comptoir-lunch pour l'apéro et pour déguster un merveilleux cigarillo au cognac (mes préférés) offert par Junior, je les observais pendant qu'ils préparaient le repas. Je regardais Marjolaine aider Junior dans la cuisine, leurs regards complices, leurs mouvements fluides, leurs corps qui se frôlaient, leurs sourires amoureux, et Jordanne qui leur tournait autour en pigeant dans les plats et en racontant sa fin de session à l'université. À n'en pas douter, ils formaient déjà une vraie famille.

Nous avons potiné un peu. J'ai appris que les Marshall avaient vendu leur immense domaine et qu'on n'entendait plus parler d'eux. Selon les rumeurs, ils auraient acheté un vignoble en France et Gregory viendrait en avion suivre sa thérapie.

Les associés du bureau ont eu vent de la succession. Ils ont convoqué Martin pour une rencontre au sommet. La discussion a été houleuse. On lui a signifié qu'on ne voulait absolument pas de lui. Le scandale les avait éclaboussés et ils ne tenaient pas à côtoyer le gendre de l'autre. Ils lui ont offert de racheter ses parts, à son prix. De plus, ils lui ont proposé à rabais des actions dans une société ontarienne. Incapable de subir un nouveau rejet, Martin, qui n'a jamais été combatif, a accepté leur offre. Aux dernières nouvelles, il avait vendu sa maison et s'était installé à Toronto. Junior lui a laissé plusieurs messages dans sa boîte vocale, mais il ne l'a jamais rappelé. Dommage, c'était lui le grand perdant.

Pour le premier anniversaire de la mort de Jean-Marie, les associés en question ont fait paraître dans le journal local une page entière réservée à leur illustre fondateur. Biographie complète à l'appui, ils l'encensaient. Bande de menteurs! Ils ont même eu le culot de comparer sa fin tragique à celle de Gaétan Girouard. Quelle insulte pour cet honnête journaliste! C'est le seul moyen qu'ils avaient trouvé pour redorer leur blason. Après avoir lu l'article, j'ai déposé le journal par terre. Minuit s'est empressé d'uriner sur Jean-Marie, ce qui nous a fait rire aux éclats.

Fred (je ne sais pas si je vais m'y habituer un jour) était heureux de m'annoncer que son entreprise de technicien en informatique prospère de jour en jour. Il reste jardinier paysagiste dans ses temps libres. Il semble que la vie augure mieux pour lui. J'en suis heureuse. Il mérite amplement que le bonheur frappe enfin à sa porte. Pour moi, il a toujours été un fils formidable, attentif à mes émotions. Dans mon action de grâces quotidienne, je n'oublie jamais de remercier pour cet être doux et sensible qui pose encore sur moi un regard rempli de tendresse et d'amour.

J'ai lu quelque part que pardonner, ce n'est pas oublier, c'est mettre un terme à la souffrance. Alors, pour être vraiment libre, je me suis appliquée à pardonner aussi à Jasmine. Je pense qu'elle a été plus malheureuse que moi dans toute cette histoire. En acceptant d'être la maîtresse de Jean-Marie, elle a gâché sa propre vie. C'est elle qui a passé tous ses congés et tous ses week-ends seule. Et seule, elle l'est probablement encore et le sera toujours. Je l'ai vue aux funérailles de Jean-Marie. Pourquoi était-elle là? Pour enterrer son amour? me narguer? voir Jordanne? J'ai quand même eu le temps de remarquer qu'elle n'est vraiment plus attirante. Son visage est plissé comme du papier parchemin et ses lèvres sont tellement bourrées de silicone qu'on dirait des piqûres d'abeilles. De toute évidence, elle met le paquet pour camoufler les traces du temps. Il faudra pourtant qu'elle l'admette: même l'Empire romain s'est écroulé un jour.

Je ne sais pas si elle réalise qu'elle n'a été que la soupape de Jean-Marie Sans aller jusqu'à l'inviter à ma table, au moins je ne la hais plus. Aujourd'hui, je me dis que ce n'est pas à moi de la juger, c'est le rôle de Quelqu'un d'autre.

À la fin de juin, les successions ont enfin été réglées. Chacun de nous a reçu sa part d'héritage. Franchement, le montant a été surprenant. Une vraie fortune. Entre autres, parmi toutes les assurances, il y en avait une de deux cent mille dollars. Lorsque j'ai consulté mes enfants, j'ai suggéré que nous la partagions entre les quatre sœurs de Jean-Marie. D'emblée, nous avons tous signé les chèques et dans l'enveloppe de Jeannine, j'ai mis le cabochon de sa mère et envoyé le tout par courrier recommandé. Je sais que chacune a reçu son enveloppe car j'ai suivi leur progression sur Internet. J'ai même vérifié la signature de chacune d'entre elles. Je ne m'attendais pas à être remerciée, je n'ai donc pas été déçue. Seule Marcia m'a écrit une courte missive en me disant combien elle appréciait notre geste.

Durant le long week-end de la fête du Travail, la semaine dernière, toute ma famille s'est réunie dans une auberge de l'île d'Orléans pour célébrer le mariage champêtre d'Alicia et de Simon et le baptême de Cassiopée, dont j'ai l'immense plaisir d'être la marraine. Il y avait là toutes les personnes que j'aime. Celles avec qui j'ai choisi de vieillir.

Alicia, époustouflante dans sa robe de mariée champagne, avec Simon et les petits bien entendu.

Fernande, mon ange, Diane et Réal Caron ; Marie-Andrée et Hubert ; et Miranda.

Junior, en parrain tout ému, est arrivé avec ses trois fils. Jean-Philippe a eu une permission spéciale pour la circonstance. Marjolaine et Jordanne les accompagnaient. Mettant sa timidité de côté, Junior a lu pour cette occasion un message adressé à Cassiopée qui, tout comme Alicia à l'époque, bave d'excitation en le voyant. Il voulait faire remarquer qu'il était le parrain à la fois de la mère et de la fille et qu'il était doublement honoré de cette grande marque de confiance. C'était court mais touchant.

Les cérémonies furent émouvantes et la réception très réussie. Trois jours de festivités amicales avec un vrai feu d'artifice gustatif!

Dans chaque enveloppe d'invitation, nous avions reçu un morceau de tissu blanc d'environ vingt centimètres sur trente. Nous devions obligatoirement le retourner personnalisé en même temps que notre réponse.

Les nouveaux mariés ont profité de leur première nuit de noces pour nous dévoiler leur courtepointe, dont nous étions tous les artisans. Cela a été très émouvant de voir chacun reconnaître son chef-d'œuvre relié aux autres afin de tenir au chaud tout cet amour.

Voilà à quoi j'ai employé ma première année de liberté. J'ai repris mon existence en main pour jouir du précieux privilège de vieillir. Avec une confiance étonnante, la femme en moi émerge de l'ombre pour reprendre ses formes et ses couleurs. Je peux maintenant donner des ailes à mes rêves.

— NOTE DE L'AUTEUR —

Sur mon île inventée, à travers les mailles de mon hamac, j'ai vu grandir un snack-bar et les gens qui le fréquentaient. Donc, toute ressemblance avec des personnes vivantes ou décédées n'est que pure coïncidence. Et si, au fil de mes mots, vous avez reconnu un sentiment que vous avez déjà éprouvé, c'est que j'aurai réussi à exprimer, pour vous, un morceau de votre âme.

— REMERCIEMENTS —

Pour leur amour et leur foi indéfectible en moi, merci à :
Paul, mon amoureux des quarante-quatre dernières années,
Maxime et Gaëlle, mes enfants chéris,
Marianne, ma douce belle-fille, mon équilibre,
Justine, ma merveilleuse petite-fille,
Grégoire, mon petit-fils, ce trésor si précieux,
Jean-François, Amy et Cassandra, qui embellissent
désormais le jardin de ma vie.

Merci à tous ceux qui m'ont encouragée. Un merci tout spécial à Cécile Bédard, à Marie-Josée Morin et à mon amie Angèle Huynen Lovinfosse pour l'aide qu'elles m'ont spontanément apportée et leur regard éclairant dès les premières lectures du manuscrit.